文庫JA
7〉

トッカンvs勤労商工会

高殿　円

早川書房
7138

目次

登場人物

「鏡特官って、わたしの親ガモみたいですよね」

鈴宮深樹（すずみや みき）
東京国税局京橋中央地区税務署の特別国税徴収官・鏡雅愛付きの徴収官。通称・ぐー子。26歳。

「俺はお前のカモになる気はない」

鏡 雅愛（かがみ まさちか）
同特別国税徴収官。ぐー子の直属の上司。国税局からの出向組。別名〝京橋中央署の死に神〟。35歳。

「ぷっは〜。うんまぁ〜」
「私、まだ三十四ですが」
「アラフォーの現実なんて辛くて（以下略）やってらんないわ」

左から **鍋島木綿子**（なべしま ゆうこ）
同第一徴収課の上席。別名〝夜の担当班〟。独身。趣味は見合い。38歳。

錦野春路（にしきの はるじ）
同第二徴収課徴収官。実家が古美術商のぐー子の新しい後輩。25歳。

錨 喜理子（いかり きりこ）
同第二徴収課徴収官。ぐー子の新しい同僚。既婚。34歳。

「マンモいこうマンモ」

清里 肇（きよさと はじめ）
同署長。万年ピンクリボン運動を展開中。自称〝京橋中央署みんなのドラえもん〟。

Illustration 長崎訓子

「ナポリターナなんだ」
「そいつは生粋の栃木県民だぞ」

本屋敷真事（ほんやしき まこと）
人形町に事務所を構える鏡の幼なじみの弁護士。自称・ナポリ出身の別名〝ジョゼ〟。

里見輝秋（さとみ てるあき）
ジョゼと行動を共にしている鏡の幼なじみで現在はプー。唐揚げ練習中。

「まあ、そこは蛇の道は蛇で」

吹雪 敦（ふぶき あつし）
みんなの法律相談所代表弁護士。勤労商工会中央区京橋支部の税理士兼顧問弁護士。

釜池 亨（かまち とおる）…………………同第一徴収課徴収官。「ニートになりたい」が口癖のぐー子の先輩同僚。29歳。
金子長十郎（かねこ ちょうじゅうろう）……同徴収課課長。統括官。全日本ロールケーキ連盟の会長。
阿久津（あくつ）…………………………同副署長。特官のボス。
唐川成吉（からかわ なりよし）…………人形町の大衆食堂《からかわ》店主。自宅は湊一丁目。
唐川詠子（からかわ えいこ）……………成吉の妻。
堂柿三津男（どうがき みつお）…………新川の輸入食品会社《グリーンフーズ》の元経営者。現在は倒産し無職。
幾嶋ツトム（いくしま つとむ）…………株式会社ホツマの役員。
奈須野縞子（なすの しまこ）……………鏡を慕う、滞納相談者の老婦人。ハスキー犬（鏡）の真の飼い主？
帯刀周吾（たてわき しゅうご）…………東京地裁民事20部の書記官。
相沢芽夢（あいざわ めぐみ）……………ぐー子の友人。
鈴宮益二郎（すずみや ますじろう）……ぐー子の父。神戸岡本で和菓子店を経営。
鈴宮亜季（すずみや あき）………………ぐー子の母。故人。

用語表

特官《トッカン》……特別国税徴収官、特別国税調査官、特別国税査察官の略
本店《ほんてん》……国税局
会社《かいしゃ》……自分の勤め先のこと。ぐー子にとっては京橋中央署
支店《してん》……各地の税務署
庁《ちょう》……国税庁
お上《かみ》……財務省
営業日《えいぎょうび》……納税指導のため外回りに行く日
調査《ちょうさ》……課税部門
徴収《ちょうしゅう》……徴収部門
ぎょうにん……徴収官
トコロ……個人調査部門
さんずい……法人調査部門

料調《りょうちょう》……資料調査課
評専官《ひょうせんかん》……評価公売専門官
本科《ほんか》……税務大学。単に税大とも言う
S《エス》……差し押さえ
J《ジェイ》……ジャッジの略で裁判官の隠語
おやじさん……署長
サブ……副署長

トッカンvs勤労商工会

「…おとうちゃん？」

唐川詠子《からかわえいこ》は目を瞬かせた。

幻覚ではなかった。自分の目の前に、音もなく天井からぶら下がって、畳の上に足をつけていない人間のシルエットがある。

（何故、夫が家で首を吊っているのだろう）

詠子の思考は停止した。これはたぶん夫だと察してからも足が動かなかった。死んでいると思ったからだ。

いくつもの〝何故〟が頭の中に次々と増殖しては、まともな判断力を奪っていく。何故、帰ってきた私に、いつも通りおかえりと言わないのだろう、何故、何故、何故――

詠子の家は、東京都中央区湊《みなと》一丁目にある。築四十年以上の古い木造建築で、フローリングや洋室などといった小洒落たものなどなく、すべてが和室で繋がった昭和長屋の東端が住まいだった。玄関というほどのものでもない引き戸を開けて、すぐのところに土間がある。冷え冷えとしたコンクリートの床と亀裂の入ったモルタルの壁は築年数に相応《ふさわ》しい数のシミだらけだが、日当たりが悪いせいでそれもよく見えない。

古い、……ただ古いだけの家。歩けばギシギシと畳が凹《へこ》み、湿気がいつまでも逃げない。

この家で、詠子は夫成吉《なりよし》と暮らし始めて三十四年になる。ここは元々夫の両親のもので、結婚した当初は、子供ができればいずれもう少し広い所へ引っ越すのだと思っていた。けれど、残念なことに自分たちは子宝に恵まれず、この古い家を出て行くタイミングを失った。

もし、子供ができていたら、成吉も多少無理をして新しい家に移ろうと言っただろう。と、詠子はいまでも思っている。現に、ここ湊地区ではどんどんと開発の波が押し寄せ、古くからの紙業者たちが働く姿は年々消えさっていっていた。隅田川を挟んだ川向こうの佃《つくだ》島には高層マンションが立ち並び、若いファミリーたちがどっと流入してきているのだ。

詠子が嫁いできたばかりのころ、毎日のように細い路地を行き交っていたフォークリフトの姿ももうめったに見られなくなっていた。その代わりに路地に侵入してきたのは、古い長屋を取り壊すための重機で、いまでは詠子たちの住む長屋のまわりは、空き地だらけになってしまっている。

ここを売って、人形町にある店の近くにマンションを買おうか。

そう何度となく、夫婦は相談してきた。

しかし、いまさら新しい場所に移るにも理由がない。都内の新しいマンションはたいていファミリータイプで、夫婦だけで住むには贅沢すぎるように思われた。なにより、子育てをする者のために整えられた立地や公園、行き交う外国製のベビーカーや若くて綺麗な母親たちの姿が、子供もいない中年夫婦がマンションを買うことを躊躇《ためら》わせた。あそこは、自分たちと住む世界が違う。数年前まではたしかに湊地区と同じ隅田川沿いの古い街だったのに、あっという間に時代という大きな刷毛《はけ》で塗り替えられてしまった……

もう、引っ越しはやめにしよう。と、詠子は成吉に言った。そうこうしているうちに私たちも老いた。いまから新しい借金を組んだところで返せるあてもない。それよりは長年住んだ湊で、ゆっくり老後を過ごそうじゃないですか……

いつものように、近所の寄り合いに顔を出したあと、近くのスーパーで夕食の買い出しをしてきた。この事態に直面したのは、その後のことだ。

「おとう、ちゃん……?」

やはり、返事はない。

詠子は、どさりと両手にぶら下げたスーパーの袋を畳の上に落とした。ショックのあまり、今日はオムレツにしようとタマゴを二パック買ったことも忘れていた。

「お…、おとうちゃん、おとうちゃんおとうちゃん、あああっ!!」

詠子はぶるぶると胃がけいれんするのを感じながら、時計の振り子のように鴨居にぶら下がっている夫成吉の体に駆け寄った。成吉は薄目を開け、顔が少し赤黒くなっていた以外はおかしなところは見られなかった。

お昼のドラマなどめったに見ることもなかった詠子だが、それでも首つり自殺をすれば、眼球が飛び出て失禁すると聞いたことがあったので、一瞬夫はまだ生きているのではないかと思った。しかし、触ってみてすぐに、やはり死んでいると思った。いつもふうふうと汗をかいていたメタボぎみの夫。ぷよぷよでバランスボールのようだから、少し痩せないとと軽口をたたいていたその体が、いまは冷たくて固い。

台所から料理ばさみを持ってきて、ビニール紐を切った。驚いたことに夫は、段ボールなどをまとめるのに使う紐で首をつっていた。あの重い体がこんな紐でぶら下がるのだ、とぞっとした。二度とビニール紐には触れない気がした。

成吉を横たわらせたあと、動転しながら警察と一一九に電話をかけた。電話を切って、いまこのがらんとした空間の中に、自分と、もう二度ともの言わぬ夫がいるだけなのだと気づいた。

「なんで……」

それ以上は声も出ない。両手で顔を覆った。そんなことをしても、側に夫の遺体があることには変わりない。出かける前までは普通だった。まったくの普通だった、のに。

（どうして、こんなことに）

詠子が出かけるまでは、いつもの土曜日だった。毎日、仕事で厨房に立ちっぱなしの夫は、休日には決してキッチンに近寄らない。だから、土曜の食事の支度だけは詠子の仕事であり、成吉はローテーブルの上にビールの缶を並べて、だらしなくテレビを見ているだけだった。そんな夫を横目に、買い物に行ってきますね、と声をかけて、うん、と気のない返事があった。あれが最後だった。

自殺の予兆などなかった。考えられない。

何度見ても、目の前に横たわっているのが夫だと受け入れられない。

嘘だ。嘘だ。

これは、なにかの間違いだ。そうに決まってる。

「唐川さん」

びく、と肩が踊った。声のした方を見ると、男が立っていた。警察や救急隊ではない。サイレンの音はまだしない。

「あの、鍵かかってなかったんで…。何度もお呼びしたんですが、その…」

男は言った。

知っている顔だということに、詠子はほっと息を吐いた。男は吹雪敦《ふぶきあつし》という名の、勤労商工会のお抱え弁護士だった。まだ三十代前半だという吹雪は、いつも笑顔がさわやかで、笑うと十分二十代に見える。ストレートで東大を卒業、司法試験も公認会計士試験も通り、将来の成功が約束されているというのに、なにを思ったのか街の商工会などで働いている変わり者だ。

吹雪はいつも親身になって詠子たちを励ましてくれる。この間だって、銀行に融資を頼みにいって無下な扱いをされた帰りに、困り果てて勤商に駆け込んだ二人を快く迎えてくれたのだ。二人は彼を大いに信頼していた。今日だって彼にこれからの店のこと、特に金の工面について相談するつもりだった。

店。

私たちの《からかわ》。

夫成吉と詠子は、この家とともに夫の実家から引き継いだ、人形町にある大衆食堂《からかわ》を切り盛りしてきた。老舗《しにせ》といわれつつも、ただ古いだけの小さな店だったが、近くに日本最大手の広告代理店があったおかげで、店はいつも繁盛していた。

人形町と言えば甘酒横丁という飲食店街が有名である。親子丼を考案したという老舗や、ミシュランガイドで星をとるほどの名店も多い。そんな中で、《からかわ》は、安い値段と夜遅くまでの営業で、この厳しい外食産業の現状を乗り切ってきていた。もちろん、一番の理由は、その広告代理店の関連企業が周囲に衛星のようにひしめきあっていたせいだ。そこの社員だけではなく、印刷会社、広告会社などあらゆる企業に勤めるサラリーマンたちが、《からかわ》を利用した。

いわば《からかわ》は、その広告代理店と何十年という間、一蓮托生でやってきたも同然だった。中には長いつきあいになる常連もいる。若いころは一番安いうどん定食を毎日頼んでいたある社員が、三十年たって役員になってからも店にきてくれることが、詠子たちの密かな自慢だった。

ミシュランの星なんかいらない。うちは一杯二百円で昼間からビールを出す店だ。安くて旨くて早い飯で、戦う会社員たちの胃袋を満たしてやる、ただそれだけの店なのだ。

だが、それが自慢だった。うちより旨い店はいくらでもあるだろうが、うちより早くて、うちより量が多くて、うちより安い店はこの人形町近辺にはない。みんなそれを讃えてくれる。

だから、定休日以外はずっと店を開けていたし、常連に忘年会に使いたいと請われれば朝までやっていることもあった。それで三十年間……、いや、両親の代を入れれば五十年以上、あの人形町にのれんを掲げてやってきたのだ。

うまくいかなくなったのは、あの事件のせいだった。

突然、もう何十年もこの人形町に本社を構えていた広告代理店のH社が、汐留に移転することになった。

折しも世間は不況のまっただ中、これ以上国債を増やすわけにはいかないと消費税の増税が検討され、人々は日々節約をせざるをえなくなった。当然、外食産業はもろに痛手を受けていた。それでも、なんとか《からかわ》のような小さな店がやっていけたのは、あのH広告代理店があったからだ。

そのH社が汐留に移転してしまうと、危惧したとおり客足はどっと減った。毎日昼だけで百人は来ていたのが、二十人を下回る日が続いた。それでも成吉は、人形町の会社はH社だけではない、ほかの会社だってたくさんあるのだからと強がっていた。それに、店はリニューアルだってしたばかりだった。マイホームを諦めた代わりに、いかにも古い食堂といったトタン壁の建物を、いま風の木材を使った洒落た外装にしなおしたのだ。その際内装も、座敷を増やして飲み会を行ないやすいようにした。常連さんだけではなく、人形町を訪れた一般客も入りやすいよう看板もメニューも作り直した。

だが、二人の期待に反して、売り上げは減っていく一方だった。弁当男子がもてはやされ、いつもはカツ丼を食べに来てくれる常連が、妻に冷凍食品の詰め合わせ弁当を持たされ、近くの公園のベンチで食べているのを詠子は何度も見かけた。

なにが弁当男子だ。なにが節約だ。詠子は、水筒や弁当を持ち歩く男たちを特集するテレビ番組を見かけるたび、腹立たしさのあまりすぐにチャンネルを切り替えた。世間は勝手だ。マスコミは勝手だ。彼らは自分たちが目新しいと飛びついて煽った情報の陰で、どんなにたくさんの人が泣いているか、考えたことはあるのだろうか。いや、ないに違いない。マスコミなんかで働く人間は、みな高学歴のエリートばかりだ。《からかわ》に来てくれる常連さんだって、あのH社の社員だけは、財布のふくらみ方が違っていた。

本当は、詠子だってわかっている。H社と取引をしていた多くの中小企業も、体力のある会社は汐留についていき、残ったのは先がないとわかりつつも、ついていくことができなかった零細ばかりなのだ。みな、弁当になるのもわからないでもない。

けれど、店のリニューアルのために信用金庫から借り入れた金も返済のメドがたたず、それどころか借金は膨らむ一方だった。

ついに、税金も払えなくなった。消費税と店舗の固定資産税を滞納しはじめた。なのに信金は税金よりも先にうちに返せと矢のような催促で、毎日のように夫と詠子を追いつめた。働け、もっと働いて返せ。そう彼らは言う。

働けるものなら、働いているわよ。

何度も、詠子たちは信金に訴えた。

私たちだって働きたいの。もっと働けるのよ。でも、食堂なんてお客さんが来てくれなかったらどうしようもないじゃない。ビラを撒け、ホストのように客引きをしろですって、やってるわよ。――観光客が多い表《おもて》の甘酒横丁に立って、詠子は何度声を張り上げてビラを撒いただろう。だけどそのビラだってタダでは作れない。そして詠子の家にはいま時、パソコンもないのだ。インターネットなんてわからない……

物言わぬ夫の遺体にそっと両手を載せて、詠子はうなだれた。吹雪は詠子と成吉を見たとき、一瞬泣きそうな顔をしたが、自分が動揺してはいけないと思ったのだろう、努めて冷静な声で言った。

「警察は…、救急車は、呼びましたか」

力なく詠子は頷く。もう随分前に電話をしたように思えたのに、まだサイレンは聞こえてこない。

吹雪は頬を固くしたまま、成吉の側に正座した。顔に触れ、ああと息をついた。冷たいと感じたに違いなかった。

「…すみません。僕がもっと力になれていたら…」

「そうじゃありません。吹雪さんはよくやってくださってました」

詠子は無我夢中で首を振った。

「この人だって、吹雪さんの言うとおりしてみようって。勤商にお願いしていて本当によかったって言ってたんです。この人、本当に税務署を怖がっていて…。税務署の人たちはなにも相談に乗ってくれないし」

言葉を重ねていくほどに、哀しみよりも怒りが急激に詠子の胸を満たしていった。

「相談に乗ってくれるふりをして、言うことは『法律で決まっていることですから』ばかりなんです。結局はこっちが悪いんだって言わんばかりで、本当に冷たかった…。夫は税務署にいくたびに胃痛を訴えて、その日はなにも食べないありさまで…、追いつめられて、毎日吐くようになって…」

「税務署は、そういうところですから」

慰めのように吹雪が言う。

「ずっとうわごとのように言ってたんです。どうしよう、どうしようって。嗚呼《ああ》きっとおとうちゃん、あいつらに追いつめられて…、それでこんな…」

詠子は、再び夫の変わり果てた姿に目を落とした。そうだ、このお腹まわりだって、半年前まではもっと肉がついていた。食べることが大好きで、特に自分の揚げたフライものが好きで、いつも店で夜遅くなってからカツ丼を食べていた夫。そんなだから、何度言ってもなにをやっても痩せなかった。なのに、その腹が税務署に呼び出されるたびに、みるみるうちに凹んでいった…

「怖かったんだね」

ぽつり、しめたはずの蛇口から落ちた水滴のように、言葉が漏れた。

怖かったね、おとうちゃん、信金のやつらも、税務署も、みんなみんな怖かったんだろうね。だけど責任感だけは人一倍あって、親から受け継いだ店を自分が潰すわけにはいかない。いまさらこんな歳になって、ほかの仕事になんか就けないって…、酔ったふりをして愚痴を言ってた。その愚痴を、詠子は聞こえないふりをした。

「怖かったね。怖かったね。怖かったねえええええ。借金まみれの私らに優しくしてくれたのは吹雪さんだけだった。そうだったよねえええ。だれも助けてくれなかったよねえ。だから、とうとうこんなになって――、おとうちゃん！」

ついにわああと声を上げて、詠子は泣いた。不思議なことに一人でいたときは涙の一粒も出てこなかったのに、目の前に吹雪がいるだけで、うねりのようなものが胸を喉を駆け上がって、どうにもこうにも抑えきれなかった。吐くように泣いた。あんまりにも勢いよく泣いたせいで、鼻の頭と目元とこめかみがぎんぎんと痛かった。

しばらくすると、詠子はひっくひっくとしゃっくりを繰り返す程度には落ち着いてきた。

吹雪はなにも言わなかった。無力感を噛みしめるような顔をして、遺体の前で微動だにしない。

ふいに吹雪は立ち上がって、玄関ドアのほうへ行こうとした。鍵をかけてしまったので、開けてきます、と彼は言った。ふと、その目がある物を認めて、足が止まった。

「あれ――、遺書じゃありませんか」

詠子は顔を上げた。部屋の端に追いやられていた食事用のローテーブルの上に、掌《てのひら》サイズの手帳が開いた状態で伏せてあった。

吹雪は素早くそれを取って、ひっくり返した。そして、うっと息を呑んだ。詠子は、夫の手帳を見たいとは思えなかった。きっと良くないことが書いてある。そう思った。

「ひどい、ですね」

「え……」

「お辛いでしょうけど、見てください。これはちゃんと見たほうがいい」

「なんて…、書いてあるんですか…」

できるなら、吹雪に読んで欲しいと詠子は思った。いま、夫が最後に書き残した字など見てしまっては、きっとまた激しく泣いてしまう。

「昨日、税務署に行ったと書いてあります。京橋の中央署に」

詠子は瞠目した。初耳だった。たしかに昨日、成吉は夕方仕込みが済んだ後店を空けていたが、信金に行くと聞いていた。まさか税務署に行っていたとは…

「あの、この人はなにをしに行っていたんですか？　私…、知らない…」

「たぶん、消費税の滞納金のことだと思います。こう書いてありますから。『鏡《かがみ》さんにお願いしに行った。だけどだめだときつく言われた。ものすごい剣幕で怒鳴られた。いい考えだと思ったのにもうだめだ。もう――終わりだ。もう術《すべ》がない』と…」

ハッと顔をあげた。吹雪の険しい表情が視界に映り込んだ。きっと、いま自分は途方に暮れた顔をしているだろう。

「じゃあ…、夫はこの税務署の鏡って人に脅されて…」

「十分に考えられますね。この人は徴収官ですよね。京橋中央署の――たしか、特官」

そうです、と詠子は頷く。夫に担当者の名刺を見せてもらったことがあった。肩書きのところに特別国税徴収官と書いてあったのを覚えている。

「有名な人ですよ。この辺りじゃ」

「そうなんですか…」

「死に神と言われています。どんな相手からも情け容赦なく滞納金を取り立てるんです。仏壇の位牌《いはい》や、家族同然の飼い犬まで、ね。勤商にも苦情がすごくて、正直まいってます」

「位牌も…」

吹雪の勤める京橋勤労商工会は、弁護士や税理士を雇えない中小企業の経営者たちが多く入会している。彼は、いままでにもその鏡に関する多くの相談をもちかけられているのだろう。険しい顔で言った。

「怒鳴られた、と書いてあります。たぶん、こんなこと日常茶飯事なんでしょうね。ひどいな。この特官っていうのは課長よりも上のクラスで、税務署内じゃかなりの権限をもっているんです。そんな人間に頭ごなしにやられて、唐川さんはきっと生きた心地もしなかったでしょう。特官は、特に悪質な滞納者を相手にする部署なので、高圧的な輩も多いんです」

「あ、悪質って……」

「どういう経緯でこの特官が唐川さんの案件をもつことになったのかは不明ですが……」

サイレンがぐっと近づいてきて、止まった。救急車だ。この路地には車は入ってこられないため、少し離れたところに停車したのだろう。その向こうからパトカーのサイレンが混じって聞こえる。

いつもは人通りのほとんど無い路地に、ばたばたとせわしない足音が響いていた。磨りガラスの嵌《はま》った窓に人影が映っている。唐川さん、大丈夫ですか、と屋外から自分たちを呼ぶ声がする。ドアホンが切れているせいだ。警察も駆けつけて、ちょっとした騒ぎになっているのかもしれない。

しかし、詠子の耳にはほとんどその喧噪《けんそう》は聞こえていなかった。

(鏡というトッカンが、おとうちゃんを脅していた…。その死に神が酷いことを言ったから、おとうちゃんは追いつめられた。それで、衝動的に首をつってしまったんだ——)

息が詰まりそうになった。そこまで夫を追いつめ、死ぬ間際にそんなことを書かせた税務署に対して、怒りで呼気が湯気のように感じられた。

——やっぱり、違う。

違和感は、確信に変わりつつあった。

変だ。変だよ。どう考えても変だった。おとうちゃんは自殺なんかしない。これは自殺なんかじゃない。

おとうちゃんは殺されたんだ。税務署に頭を下げに行って、あいつらに脅されて、怖くて怖くて…、それから逃れたい一心でこんなことをしてしまった。そうに違いない。

殺された。

(鏡って男に——、税務署に殺された!)

「唐川さん」

吹雪が、そっと成吉の手を胸の前で組ませた。まだ若い彼の優しさを詠子は感じた。彼は、詠子に成吉の手帳を握らせた。詠子は、今度はしっかりと手帳の最後のページを開いて見た。もうだめだ、という、夫のなぐり書いた力無い鉛筆の文字が目に入った。

〝もう、だめだ〟

(だめなんかじゃない)

ドンドンドン、とドアを叩く音がする。唐川さん、ここを開けてください。大丈夫ですか。大丈夫ですか――。

詠子は立ち上がった。いまは夫を失った無力感より、怒りのほうがはるかに勝っていた。突然体のどこかで点いた火が、自分の中のありとあらゆるモノを燃やして動力にしている。そんな感じがした。

こんなこと、許されてなるものか。

このままおとうちゃんを無駄死にさせてなるものか。自分がなにも知らなかったら、あいつら税務署はおとうちゃんにこんな寂しい死に方をさせて、なにも知らないままのうのうと罪を繰り返す。恐喝、暴言、脅迫、二言目には法律法律とばかのひとつおぼえのように繰り返して、それでいて決して自分たちを顧みることはないのだ。

(許せない)

詠子は吹雪を見た。彼は詠子の心の内を読んだかのように、力強く頷いた。

「僕も同じ思いですよ、唐川さん。大丈夫です、力になります」

ぐっ、と彼女は歯を食いしばった。いつもそうだ。吹雪はいつも、詠子たちの欲しい言葉を言ってくれる。その言葉に、詠子たちはどれほど折れた心を慰められただろう。

(思い知らせてやる)

吹雪の言葉を栄養ドリンクのように飲み込んで、詠子はゆっくりと玄関のほうへ歩いていった。

1　死に神に殺されたんだ

七月の人事異動が終わり、わたしこと鈴宮深樹《すずみやみき》の勤める京橋署は、前々からの告知通り京橋中央署になった。お台場等の急激な人口増加に対応するため、京橋地区に南署が新設されたのである。

とはいえ、けっこう大規模な改変のわりに、看板は申しわけ程度にしか修正されていない。晴海方面の納税には南署をご利用くださいという旨をお知らせするポスターが、ほかの張り紙のすき間を縫うように貼られている。

「不況だねえ」

しみじみと、わたしは告知ポスターを眺めた。ここエレベーター前の冷水器は随分前からわたし専用と化している。職場でも、ペットボトルにここの水を入れて持ち歩く可哀想なOLはわたしくらいのものだ。

だって、暑い。

季節はこれから真夏を迎えようという七月の半ばだが、すでに外はうだるような暑さである。焼けつくような陽光が都会のコンクリートジャングルとアスファルトに照り返され、行き交う人々の上を容赦なく直撃する。まるで、天空から巨大な虫眼鏡でじりじりと焦げつかされているような気分だ。

それでも、なんとか心が溶かされずにバイオリズムを保っていられるのは、ひとえに待ちに待った夏のボーナスが支給されるからだった。

「ああ、これでバーゲンに行ける。なに買おう。新しいキャミソールとUVカットの日傘が欲しいなあ。それから…それから…」

頭の中に、先日美容室で読んだ雑誌の中身が、キラキラを伴って展開されていく。例えば新色のアイカラー。ビジューのついたちょっとお洒落なトレンカ。ローヒールのバレエシューズにストライプの効いたマリン・ワンピース。あれも欲しい、これも欲しい。いいのだ、美容室の雑誌を読むのもタダなら、妄想するのもタダである。

「あら、ボーナス入ったらまずは百貨店で高いヘアクリップを買うって言ってなかったっけ」

給湯室帰りの先輩、同じ徴収課の鍋島木綿子《なべしまゆうこ》さんが、耳ざとくわたしのつぶやきを聞きつけて言った。

艶のあるチョコレートブラウンの長い髪を完璧な夜会巻きにし、営業（外回り）仕事もなんのその八センチヒール以下の靴は履かないというポリシーを貫く彼女は、わたしにとっていつも眩しい存在だ。清涼感のある白のサマーニットに紺色のベルト、芥子《からし》色のタイトスカートは、ウエストラインを故意に隠さなくてもいい勝ち組にしか許されないコーディネイトである。

彼女は上席《じょうせき》といって、一般の会社でいうところの、ヒラよりは少し上の役職にあった。これらはわが職場である税務署特有のものだが、よく考えれば統括官は課長と呼ぶこともあるのに、何故か総括上席や上席は役職では呼ばない。主任や係長とはちょっと意味合いが違うのだ。

「そのサマーニット、素敵ですね」

「そう？　この間のデート用に買ったの。男の人ってこういうかちっとした服好きよね。あとタイトスカート」

ふう、と彼女はいいにおいのする息を吐いた。歯磨き粉のにおいだ。

木綿子さんは、三十八歳花の独女だ。何故花の、なのかというと、明らかに売れ残りではないからである。銀座のホステスと見まごうばかりのすばらしいプロポーション、エクステやマスカラなど必要なはずのない自前一センチのまつげ。わたしと干支《えと》を同じくする彼女だったが、明らかに女度はあちらの方が上だ。

「デートか、いいなあ。ずいぶん前にお見合いした人ですよね」

「そう。でも会うのが二ヶ月に一度とかなのよね。向こうが日本にあまりいないから」

長年、お見合いを趣味としてきたこの木綿子さんだが、そもそもそれも一人っ子の義務として親を安心させるために三十五を過ぎてから始めたものだという。彼女は遅い子で両親はもう八十歳近く。こうなったら最後の親孝行として結婚するしかない、と腹をくっているのだ。

しかし、どういうわけか彼女ほどの逸材でも、夫候補はなかなか見つからないようだった。

理由は単純だ。木綿子さんが仕事を辞めたくないからだ。

「今度の人は長く続いてますよね、おつきあい」

「会う回数が少ないしね。でもね――いろいろ難しいんじゃないかしら」

彼女の含みのある言い方は、明らかに結婚というゴールに対しての、〝難しい〟を意味していた。

「私、外国なんて行くつもりないもの。二十四時間開いてるコンビニが半径五百メートル以内にある家でないと無理。いつか飢えて死ぬわ」

「…言えてますね」

現代日本は、利便性を徹底的に追求しすぎた結果、若者を堕落させているという意見は、往々にして正しいと思う。

チラリ、と腕の時計を見た。始業開始まであと七分ある。今日うっかり朝寝坊して化粧するのでせいいっぱいだったから、トイレで歯を磨いておいたほうがいいかもしれない。

「そう言えば木綿子さんは、バーゲン行きました？」

木綿子さんは給湯室でカップを洗うと、ハンカチで手を拭きながら戻ってきた。なんと なく、わたしは彼女と連れだってトイレに行った。このフロアの女子トイレには、個人用 のロッカーが備え付けられている。わたしはここに裁縫ポーチやいざというときの試供品 セットを置いているが、木綿子さんに至っては電池式のヘアアイロンまで常備している。 これは、彼女が特に歓楽街案件を得意としていて、銀座モノをまかされることが多いから だ。

経営者も従業員も圧倒的に女性が多い銀座では、女性特有の財産隠しや税金のごまかし が多発する。ここ京橋中央署の通称〝夜担〟の彼女としては、日本一の席料をとる店にへ ろへろに萎えた髪では乗り込めないらしい。こう、意気込み的に。

「靴だけ見に行ってきたわ。二十五センチなんてすぐになくなっちゃうから早めに行かな いと」

彼女はモデル並みに背が高い。たぶん、この身長が彼氏のなり手を少なくしているのだ ろうな、と余計なお世話なことを思う。

「欲しいものがあるなら、二〇％オフの時に買っておいたほうがいいわよ。最近すぐにな くなっちゃうし、半額セールしないまま秋物に入れ代わるでしょう」

「ですよねー。やっぱ不況だからかなあ」

どのメーカーも在庫を持たないよう、ギリギリの数で回しているから、以前よりセールに回される商品が少なくなったと言われている。最近はみな夏でもブーツを履くし、半袖のワンピースでも重ね着をして冬に着ていることが多い。服をシーズンごとに買わなくなるから、ますますメーカーの売り上げも下がる…。これでは百貨店が軒並み赤字率を更新するはずである。

「そういえば、ぐーちゃん。お盆はどうするの？」

鋭いところに切り込まれて、わたしは、ぐ…、と言葉を失った。

「たしか、神戸だったわよね。実家に帰ったりするんじゃ、いろいろと物いりじゃない」

「そう、…なんです」

自然と、今朝届いたばかりの父からのメールを思い出した。

四年前、かたっぱしから受けた公務員試験に落ち、たったひとつだけ受かった国税局に就職することを決めてから、わたしと、神戸の老舗和菓子店を営んでいるわが父とは、長年断絶状態にあった。理由は、税務調査が入ったことがきっかけで一度実家は倒産の憂き目にあっているからである。父は税務署を憎み、親の敵とも言える国税局に、ただ安定している職だからということで就職を決めた娘をも同様に憎んだ。こうなることがわかっていたからこそ、わたしはわざわざ関西在住であったにもかかわらず、東京国税局の採用試験を受けたのだ。

以来四年、一度も電話で話したことのなかった父との関係は、最近になって急激に改善しつつある。携帯電話という文明の恩恵にようやく与《あずか》った父が、ぽつりぽつりとメールをよこすようになったからだ。

「お父さんは、なんて？」

「盆くらい、母の墓参りをしろって」

「正論だわね」

現在進行形で、見合いという親孝行中の木綿子さんはばっさりと言い放つ。

「ぐーちゃん、こっちに来てから一度も帰ってないんでしょ。行ってきたらいいじゃない」

「う、うーん。そうですよね……」

木綿子さんが個室に入った。歯ブラシに歯磨き粉をこすりつけながら、鏡に映った自分の肌が荒れていることに気づいてどんよりしていると、勢いよくドアが開いた。

「あ、おいッス。おはよッス。お疲れサマッス」

軽い挨拶を口にしながら、ものすごく難しい顔をして入ってきたのは、この七月に異動で浦安からやってきた第二徴収課の錦野春路《にしきのはるじ》だ。はるじ、という変わった名前の彼女は、その独特の江戸弁からすでに徴収課では「はるじい」とか「おハルさん」などと呼ばれている。

「あ、ぐーさん先輩。今日小鳥遊《たかなし》さん来てますっけ」

ちなみに、七月から入った新参者の後輩にすでにぐーさん扱いされているのは、周囲がそう呼ぶせいだ。鈴宮深樹という名はほとんど忘れ去られ、ぐ、ぐ、と言いたいことを言えずに口ごもっていることからついた渾名《あだな》が、後輩にまで認知されてしまっている。

「小鳥遊さんって、評専官《ひょうせんかん》の？」

評専官というのは、評価公売専門官という特殊な役職で、主に不動産や動産の評価、公売に関する業務を一括している。つまり、わたしたち徴収が差し押さえてきたものの評価をする専門の係なのだ。人数はトッカンより少なく、担当は広域なので、どの税務署にも必ずいるというわけではない。

彼女がわたしに聞いてきたのは、京橋中央署の評専官である小鳥遊さんのデスクが、わたしのちょうど真後ろだからだろう。

「そです。この前差し押さえた月島のビル、かっなりボロいんで取り壊して土地で売ったほうがいいんじゃないかって意見が出てるんス。そうしたらギリギリ延滞税まで払えるっぽくて。でも、その場合処分費けっこうかかるんで、釜さんが小鳥遊さんいたら聞いてきて欲しいって」

「今日は京橋中央署《かいしゃ》にいるんじゃないかな。カバンがあったし」

「ですよねえ。おっかしいな。ったくどこ行っちゃったのさ。こっちは聞きたいことがあるんじゃよ。このへんの地価のことなんて千葉の田舎もんにはさっぱりじゃよ」

春路は個室に入らず、おもむろにロッカーを開け、中から栄養ドリンクの瓶を取りだした。わたしはその中を見てぎょっとする。コラーゲンドリンクから、ヒアルロン酸入りカフェイン。飲む葛根湯など数種類のドリンク剤がぎっしり詰まっているのだ。彼女は、その中の一本を男らしくぐいっと呷り、

「ぷっはー。うんまぁ〜。ぃよーし、今日もやる気、元気。はいではさいなら」

片手をヒラヒラさせながら、あっという間にトイレを出ていってしまった。

「あいかわらず、騒々しいわね。二課の新人」

春路が去るのを見計らったかのように、個室から木綿子さんが出てきた。徴収課には一課と二課があり、同じ統括官でも一課長のほうが序列は上である。そして、新人はたいてい二課から配属される。わたしのように、事務官をあがっていきなりトッカン付きになるのは本当にまれなのだ。

「あの子、実家が古美術商やってるんですって」

「こびじゅつ?」

「お父さんが有名な鑑定家らしいわよ。だから、評専官とか合ってるんじゃないかしらね。実際相当の目利きで、この間初めてのS《エス》（差し押さえ）に行って、会社の応接室の価値の

ないプリント絵には見向きもしなかったって」

「へえ…。それはそれは」

「会社名義で購入した美術品を、滞納者が個人名義の自宅に移していて、会社にはよく似たイミテーションしかなかったそうなの。それで、その場にいた釜池《かまち》くんが持ってかえろうとするのを、『これは偽物だ。本物がどこかにあるはず』って聞かなかったって。ね、なかなかじゃない」

わたしは同意した。来て半月でもうそんな武勇伝を持っているとは、なかなかできる新人といえるかもしれない。

すごいなと思う反面、じりり、と胸が焦げついたような痛みを感じた。無意識のうちに胸の真ん中を押さえた。なんだろうこれ。よくない気分を感じる。

たとえるなら、肋骨が一回り小さくなって内臓を圧迫しているような息苦しさだ。

(ストレス溜まってるのかな。そういえば、このごろ暑くてよく眠れないから)

七月に入って気温は鰻登りどころか夏を追い越す勢いで、エアコン代を節約するという決心も三日で揺らいでしまった。マンションのどの部屋からも室外機が熱風を吐き出していて、窓を開けてなんてとても寝られない。

ワンルームの部屋に備えつけのエアコンは型が古くて電気代がかさむし、洗濯に失敗して色落ちしたニットの色で染まってしまったシャツを買い直さなければならない。

やっぱり、この夏も実家に戻るのは難しいかもしれないな、と思った。心の中では父に申しわけなく思うが、わたしはどこか、帰れない理由ができたことにほっとしてもいる。情けないことだが、わたしはまだどんな顔をして父に会っていいかわからないのだ。メールでは他愛もないことを返せるけれど、実際に会うとなればまた話は別である。

帰ってこい。

一度でいいから、母さんに顔をみせろ。そう言われるたびに、体が凍る。

父に会いたいと思う。同じ社会人として、あんなことがあっても自分の仕事を貫く父を尊敬している。

けれど、わたしの中には時間に引きずられながらもなんとか成人して、社会人になったわたしのほかに、もう一人の子供のままのわたしがいて、父に対して未だ大きなわだかまりを持っているのだ。

どうしたらいいのかな。

正直、途方に暮れていた。いい歳をして、大学まで出て社会人になって、ちゃんと生活資金を稼いでいるくせに、どうしていいかわからないことがあまりにも多すぎる。子供のころは、二十六歳なんてなんでもできる立派な大人なんだろうと思っていたのに、いまのわたしときたら基礎のないままたてた柱のようだ。ちょっとした雨にもぐらぐらと揺らぐから、上になにも載せられない。

だから、成長できない。

（ああ、後輩ですらあんなに朝からやる気見せてるのに、わたしがこんなんじゃだめじゃん。もっとしゃきっとしないと）

プライベートでの憂鬱に引きずられないようにする秘訣は、頭の中にパーテーションをたてることだ。ここから先は仕事。プライベートは関係ありません、というフリをして自分自身を騙すのである。

「自分自身を騙すのって、大事ですよね」

「大事よ。アラフォーの現実なんて辛くてしんどくてわびしくてやってらんないわ。多少夢でも見てないと」

まだ出勤してきたばかりだというのに、もう木綿子さんは唇にクリームを塗り直している。これだ。この女子力だ、わたしに足りないのは。

「あと、口にするのもいいんですって。私は大丈夫だ、とか、私はやれるとか、そうすると耳が声を拾って脳まで届けてくれるから、なんとなくそんな気になれるんですってよ」

「口にする…、よし」

トイレから出たら実家のことは忘れよう、わたしは大きく息を吸い込んで、勢いよくドアを開けた。

「よーし、大丈夫。わたしはやればデキる子！　ぜったい出世する！」

とたん、物騒なものが目の中に飛び込んできた。


「ほう、だれがデキる子だ」


思わずドアを閉めそうになった。

（…で、出たーっっ）

限りなく黒に近い濃紺のスーツ。そしてハスキー犬がさらに怒っているかのような物騒な顔。

鏡雅愛《かがみまさちか》。三十五歳。身分は東京国税局京橋中央署特別国税徴収官。略してトッカン。

「朝っぱらから、お前の顔以上の冗談を聞かせられるとは思わなかったな、ぐー子」

「…ぐー子じゃないです。鈴宮です」

もう何回繰り返したかわからない答えを、わたしは性懲りもなく繰り返した。

鏡は、わたしの直属の上司だ。役職は、特別国税徴収官。徴収課には一課と二課のほかにも特官課というものがあって、そこでは特官と特官付きがそれぞれふりわけられた、滞納金額五百万円以上の特に悪質な案件を受け持っている。

この特官という役職が、わたしのような新米徴収官とどれくらい違うかというと、ヒラとエリート、下っ端と部長くらい違う。

鏡は、そのおそるべき行動力と徴収実績から、すでにここ京橋中央署の〝死に神〟として一目置かれている存在だった。どんな滞納者からも、たとえヤクザまがいの経営者からでもきっちり滞納金を巻き上げ、どんなにたくみに隠してある現金も商品券も隠し場所を暴いてくる、凄腕のトッカンとして。

そしてわたしは、彼の直属の部下である〝トッカン付き〟である。

「もちろん、トッカン付きは徴収キャリア二十年のベテランが、総括上席の前フリでなる実力席だ。デキる子であって当然だな、ぐー子」

ぐぐ、とわたしは言葉を呑み込んだ。

鏡の言うとおり、国税局の税務官は、税大の研修を終え、二年間の財務事務官を終えると専門コースに振り分けられる。たいていは課税部門で、法人・個人含めると全体の九割が課税の調査官になる。

しかし、わたしの所属する徴収課は、この大規模な課税部門に比べるとたった一割しかいない。だいたい十年から十五年の間、あちこちの税務署の徴収部門を渡り歩いたのち、上席になり、デキる人から総括上席になったり、国税局からお呼びがかかったり、勉強のために課税に飛ばされたりする。この総括上席というのは課長である統括官の補佐官のようなもので、自分のチームのスケジュールを管理し、必ず署で待機する。税務官は外回りが多いからだ。

そして、その総括上席の上が統括官、つまり課長クラスである。統括官には老若男女いるが、もちろん若いほど出世が早い。統括官になる前に、総括上席ののちに特官付きになる人もいる。いまのわたしの役職がそうだ。

まだ事務官を終えたばかりの新米ペーペーなわたしが、何故課長補佐クラスのトッカン付きに配属になったのかは、謎だ。

(だって、そもそもわたしが決めることじゃないし!)

もちろん、わたしだって国税という組織に入ってもう四年目だから、お家の事情というのもある程度把握している。

いままで、トッカンやトッカン付きは、四十代や五十代のベテランエリートが務める役職だった。しかし、昨今の公務員削減政策のせいで、三十代の中堅の人数がごそっと減ってしまっているのだ。このままでは、数年でいまの国税システムを支える有能なベテランが、ことごとく定年になってしまう。

よって、いままで四十代半ばでしかなれなかったトッカンも、いまのうちにベテランについてキャリアを積ませるという上の考えから、三十代でなれるようになってしまった。トッカンの年齢が下がったのなら、当然トッカン付きの年齢もまた下がる。

「まあ、お前は奇跡的に研修やペーパーの点数だけはいいからな。この先、うまくやればひとつぐらい出世するだろう。定年ギリギリに」

「ぐっ……」

「なんだって税大で一番だったくせに、実地になるとこんなに使えないんだ？　まあ東大に行ってニートになるやつが増えてる時代だからな。似たようなものか」

「ぐぐぐっ……」

「そういや、高校受験も当日にインフルエンザになって、結局私学の滑り止めに行って、センターの日もインフルエンザで、地方公務員試験もインフルエンザだったんだろ。お前どんだけインフルに好かれてるんだ。冬は寄るなよ」

しっしっ、と手で払われた。すでにいまからばい菌扱いである。

「――で、お前の今日の予定。任せていいんだろうな」

「だ、大丈夫です」

わたしは力強く頷いてみせる。週明けの月曜日は営業日、納税相談の予約がいくつか入っている。わたしは、この七月頭からいくつか個別に案件を任されていて、当然相談も差し押さえも一人で行くことが多くなった。つまり、一人徴収官デビューしたのだ。

今日は、いままでなんだかんだと文句ばかり言っていた《イズミ石材》の泉さんと、人形町の老舗人形焼店《寅福》の福留さんが来署予定である。前者は怖い顔のスキンヘッドの中年男性で、なにかというと脅すようににらんでくるので苦手だったが、最近、人が変わったようにまじめに納税するようになってくれた。どうやら、うまく銀行から融資を受けられて商売がまわり始めたらしい。《寅福》の福留さんは、世間話が大好きでよく話を脱線させられるが、まじめに分納を続けてくれている。いい人だ。

税金を納めるのにいい人も悪い人もないのだが、こっちも人の子、どうしても応対しやすい相手に親切にしてしまう。この間も、鏡にそのあたりをかなりきつく注意されたばかりだった。

「俺は忙しい。今月はたいして手間のかかるものは割り振られてないはずだ。一人でやれ、いいか、くれぐれも勝手とヘマはするなよ」

言って、彼はトッカン専用のデスク脇にカバンをぶら下げ、パソコンを立ち上げるとデスクに深々と腰をかけ、黙々と書類に目を通し始めた。

(めずらしい、鏡特官が朝コーヒーを飲まないなんて)

どんなに夏暑くて灼熱地獄でも、みぞれ混じりの氷点下の冬でも、彼は文京区の自宅からロードレース用の自転車で通勤する、それが鏡だ。黒光りするヘルメットに濃紺のスーツ姿で、それこそ黒い弾丸のように疾走してくる。そして、エレベーターを使わず一気に二階まで駆け上がり、周囲に威圧感と違和感を振りまきながら出勤。いきなり使い込んだ職場用直火型マイ・エスプレッソマシンでコーヒーを淹れ始める。この間《かん》、どんなに暑くても息も切らさない。

毎朝、給湯室からいかにも高そうなコーヒーのにおいが漏れ始めると、わたしは始業ベルを意識する。それが、日課だった。

しかし、今日に限って彼はコーヒーを淹れていない。それどころかデスクに座り、険しい顔で書類を読んでいる。あの、いつもはデスクの端に尻をひっかけるようにして、決して座らない現場第一主義の鏡が。

いやな予感がした。こんな風にお約束が覆される日は、ろくでもない事が起きると相場が決まっているのだ。

しばらくして始業ベルが鳴り、各課の統括官がミーティングを始めた。京橋中央署に徴収課は第一と第二の二つがあり、それぞれ徴収官が六名在籍している。ロールケーキ大好きな金子《かねこ》統括が今週のロールケーキについて蘊蓄《うんちく》をかたむけている向こうで、第二徴収課の鍵本《かぎもと》課長が来週人間ドックで有給をとる、と告げていた。国税では三十五歳以上になると、健康診断とはべつに人間ドックにいくよう規定で定められている。たしか鍵本さんの奥さんは同じ国税の人間で、いま産休中のはずだ。

簡単な進捗を終えると、ほとんどの徴収官が席をたち外出してしまった。納税予告を送っても電話をしても捕まらない滞納者が多い以上、仕事の大方は外回りに終始する。あっという間にフロアはガランとなった。デスクに座っているのは、各課のお留守番役である総括上席二人と、統括官、それに鏡とわたしほか一人くらいのものだ。

（いま、鏡特官はなんの案件に取り組んでるんだろう）

わたしはデスクでいくらか管理からあがってきた書類の処理をしたあと、チラリと鏡を盗み見た。京橋中央署のトッカンは彼を含めて三人いるが、一番上のトッカンは副署長《サブ》の阿久津《あくつ》なのでここには座らない。次のトッカンの鉢須《はちす》さんは鏡以上に現場大好き人間で、そもそもここに座っているのを見たことがない。

鏡が、じっと難しい顔をして書類を睨んでいる。いったいなにをあんな真剣な顔で見ているのだろう、と脇に積んである開いたファイルを盗み見た。わたしの見間違いでなければ、犬、と書いてある。

（犬？）

犬って、なんだろう。また前のように高級犬でも差し押さえするつもりか。それともまさか、自分で犬でも飼うつもりなんだろうか。思わず彼がハスキー犬を飼っているのを想像して、吹き出しそうになる。

下を向いて笑いに耐えているると、ふいに鏡が立ち上がってどこかへ行ってしまった。カバンはあるので相談ブースにでも行ったのだろう。

そのとき、場のしんとした空気をバズーカ砲で粉砕するかのような、無神経な声がした。

「やあやあ、みんな元気でやっとるかね!!!」

さらに、しん、となった。

「ハイハイ、みんな健康診断の結果は見たかね～。三十五歳以上の人は確申《かくしん》（確定申告）までに人間ドックにいっときなさい。ね、いっときなさい」

腕をぐるんぐるん回しながらふくよかな体が酒税ブースからこちらに向かって歩いてくる。あの無駄に肺活量のある声、そして用もないのに署内をうろうろしては署員の仕事の邪魔をする空気の読めなさ、――間違いない。

「署長」

この京橋中央署の署長、清里肇《きよさとはじめ》だ。

清里は、なにやら腕に乙女よろしくバスケットをぶら下げていた。中にはピンク色の安全ピンのついたAの形をしたリボンがぎっしり詰まっている。乳ガン検診を促進するためのピンクリボンだ。

「いいですか、みなさん。よい仕事をするためには、健康が一番です。体の健康は心の健康から。みなさん素敵なプライベートを送ってますか――っっ!?」

「…………」

彼は大仰に耳に手をあてて聞く真似をしたが、署員からの返事はない。ああこの静けさ、まるで墓場のようだ。

あまりのテンションの低さに、清里はぷうう、とチューインガムのように頬を膨らませ、

「んもう、なんだよなんだよ。なんでみんなそんなお通夜みたいなの。このワタシなんかね、もう夏休みとって奥さんとバリに行ってきちゃったのよ。いいねえ南の島。ゆれる外国人のおねえさんのおっぱい。アロハー」

朝からセクハラ満載でどこからつっこんでいいのかわからないが、とにかくバリとアロハの間に関連性はないはずである。

「みんな奥さんと旅行行きなさい。シングルは見合いしなさい。カップルは結婚して早くいちゃいちゃしなさい。いいですか、体の健康は心の健康から!! ノーストレス、ノー残業。そしてこまめな検診こそイエス！　ワタシなんかこうして毎日ピンクリボンつけてますからね！　ほらピンクリボン！」

ぐいい、と親指で背広の胸につけたピンクリボン着用を促す。しかし、残念ながら署長《おやじさん》はマンモグラフィーに挟めるほどの胸をお持ちでないはずだ。

「ね、錨《いかり》ちゃん。人間ドック行きなさい、人間ドック。体は大事だよ～」

「……署長。私、まだ三十四ですが」

この夏、立川から異動してきた第二徴収課の錨さんが、じと目で清里を睨んだ。さすが署長《おやじさん》。朝から派手に地雷を踏んでいる。

錨さんの冷たい氷のような目線にスルーされたあと、清里の目はターゲットを探して彷徨《さま》い始めた。そして、こっそり出て行こうとしたわたしが不幸にもロックオンされる。

「ああ、鈴宮ちゃん！」

捕まった。

「いたのね〜。ぐーちゃんもマンモいこうマンモ」

と、バスケットの中からピンクリボンをとりだし、ぐいと押しつけた。

「ちょ、なんでいまごろピンクリボンなんですか？」

だいたいピンクリボンデーは十月一日のはずである。なのに、署長《おやじさん》はこの京橋中央署内《かいしゃ》で万年ピンクリボン運動を展開中だ。彼の頭の中の時間の流れはいったいどうなっているのか。

「いやですよ。こんなの、秋でもないのにつけてたらバカ扱いされます」

「なに言ってるの。大事なことじゃないの。そりゃ、君にはマンモに挟む胸もないだろうけどさあ」

余計なお世話だ。

わたしに無理矢理ピンクリボンの在庫を押しつけると、署長《おやじさん》はつま先スキップで金子《かねこ》統括のデスクへ押しかけていた。数分後、彼の胸にもピンクリボンが燦然《さんぜん》と輝くのだろう。

わたしはため息を呑み込んで、冷水器のあるフロアに出た。相談は午後からだから、それまでにいくつか書類仕事を終えておく必要がある。

それにしても、喉が渇いた。規則で冷房が二十八度に決められているとはいえ、この古い建物内でどれだけ冷気が保たれるというのか疑問だった。今日は営業日だからパンストにローファーで来たけれど、足が蒸れて仕方がない。

冷水器にかぶりついていると、だれかが階段をあがってきた。徴収官の一人が外回りから戻ってきたのかと視線をやったが、知らない顔だった。男だ。しかも若い。

「こちら、徴収課ですね」

まだ冷水器の水をすすっているわたしをまっすぐに見つめて言う。仕方なくわたしは濡れた口元を手の甲でぬぐった。なんだろう、この男。どこかの会社の税理士だろうか。

「そうですけど…、納税相談の方ですか?」

「いえ、そうじゃないんです」

にこにこと笑みを噛みしめるような顔で男はわたしにぐっと近づいた。ちょっと長めの髪はやわらかい茶色をしていて、全体的に理容院ではなく美容院に行っているんだなあというヘアスタイルだ。税務官にはこういうタイプはあまりいないので、思わず目がいってしまう。

こざっぱりとした夏用の黒のスーツはダブルピンストライプで清涼感があってお洒落である。それより目を惹くのが、男の目力だった。ちょっと子供っぽい顔つきなのに、妙な迫力がある。黒目が大きいのだ。

(そうか、チワワの顔に似てるんだ)

チワワにたとえるには、男はひょろりと背が高くて、どちらかというとダックスフントが立ち上がったという感じ。

「あのう、じゃ、どういったご用件で…」

「ああ、失礼しました。わたくしこういうものです」

男は内ポケットから名刺入れを取り出し、慣れた手つきで一枚差し出した。わたしは反射的に受け取った。弁護士、と書いてある。

「みんなの…法律相談所…？」

「はい、代表の吹雪と申します」

この弁護士さんは、吹雪敦という名前らしい。一見すると暑いんだか寒いんだかよくわからない名である。

「うちでは、離婚問題から過払い訴訟からモンスタークレーマーから職場の過度なセクハラまで、幅広く取り扱っております。なにかありましたらお気軽にどうぞ」

「はあ、どうも」

お気軽にと言われても、弁護士にごやっかいになる人生はあまり歩みたくないものだ。

「で、どうですか、この職場はセクハラなんかは」

「はあ、まあ…」

たったいま、そこで署長《おやじさん》にマンモに挟む胸がないと言われたばかりです、と思わず言いそうになった。

「産休や育休はとれてます？　子供が熱を出して早く帰れる職場ですか。嫌がらせは受けてない？」

「あ、そのへんは大丈夫みたいです」

実際、産休も育休も法律で定められているとおりにとれるし、産休明けで育児中の税務官が早退しやすいよう、配属は十分に考慮されている。数少ない公務員の恩恵である。

「いやいや、それはよかった。最近は税務署さんも人数減らされて大変みたいですしね。こんなご時世ですし、公表された滞納額も年々あがってるし」

「はあ、まあそう…、ですかね…」

「取り立てるほうもキリキリやらないと、滞納者相手でも銀行がかたっぱしから持っていきますしね。お忙しいですね徴収官も」

「はあ…」

さっきからこの人はいったいなにが言いたいんだろう、とわたしは吹雪を見た。どうも相手はわたしからなにかを聞きだそうとしている雰囲気を感じる。

わたしの警戒感を察したのか、吹雪は困ったように両肩を上下させた。

「そうそう、ちょっとお話を聞きたいと思いまして」

「話、ですか…？　弁護士さんがわたしに？」

「はい。鏡雅愛特別国税徴収官の、普段の勤務状況について」

「鏡特官の!?」

　思わぬ名前が飛び出してきて、本気で腰を抜かしそうになった。チワワの顔をした弁護士が、よりにもよってハスキー特官を調べている。いったいどんな理由で!?

「あの、鏡特官が、なにかしたんですか…」

「それについては、そのうち訴状をお届けすることになると思いますが」

「訴状！」

　ひっくりかえりそうになった。訴えられる!?　あの鏡特官が。そんな、いったい誰に!?

「ざっと言うと、国家賠償法一条に基づく損害賠償請求訴訟ですね」

「こっか、ばいしょうほう…」

「中央区湊一丁目三五‐××にお住まいの唐川成吉さんをご存じですよね、鏡特官付きの鈴宮深樹さん」

　吹雪がわたしの名前を知っていることに、わたしは驚きと恐怖を隠せなかった。この男は、鏡のことをかなり調べてきている。

（唐川成吉…）

　言われても、すぐにどういう人だったか思い出せなかった。たしかに先月まで担当する案件はすべて鏡とともに行動していたが、わたしが処理した中に唐川という人はいなかったように思う。もっとも、鏡は一人でわたしの知らない案件を山のように抱えているから、わたしが知らない件だったとしても不思議ではない。

殊に、特官は多額の滞納や、特に悪質だと上が判断したケースを請け負う。

「ご存じないんですか」

「え、えと、あの…」

「ひどいな」

一瞬、吹雪の目が変化したように感じた。睨まれたとか、笑ったとかいう変化ではない。たとえるなら、瞳孔が開いたような違和感…

——殺気。

わたしが唐川という名前に反応しないことに、何故か吹雪は激しい怒りを覚えたようだった。しかし、その冷たい炎のようなものも、瞬きをしたと同時に綺麗に消え去り、あとにはチワワのような人なつこい顔が、大きな黒目でわたしを見つめていた。

「…まあいいです。税務官の方々はお忙しいですからね。もし、裁判ということになれば、この唐川さんが今回の原告ということになります」

「さいばん…」

「亡くなったんですよ」

「え」

「唐川成吉さんは、自殺しました。前月十七日に自宅で首を吊ってね」

う、とわたしは後ずさった。彼が言った自殺という言葉に、まるで後ろから鈍器で殴られたような衝撃を感じた。

「原告の唐川詠子さんは、鏡雅愛特官および国税局、京橋中央署署長の公式な謝罪と損害賠償を求めています。亡くなった夫成吉さんは、担当官である鏡氏から長期間にわたって、いわれのない脅迫、恐喝を受けていた形跡があるんです。ちゃんとした証拠もね。だからこれは言いがかりでもなんでもない。正当な権利であり正当な行為だ」

ばちっと、冬の静電気のような衝撃が走った。わたしの心が、この吹雪という男に反発したのだ。ごく本能的に。

敵だ、と。

言葉もないわたしに、彼はさも忘れていたかのように、今度は尻ポケットから別の名刺入れを取り出し、

「ああそうだ。申し遅れましたが、わたくし相談所のほかにこういうこともやっております」

「これ…」

わたしは、思わず悲鳴をあげそうになった。もう一枚差し出された名刺に印刷された、見覚えのあるロゴ。そして添え書かれたある組織名に。

勤労商工会中央区京橋支部　顧問弁護士、吹雪敦。

（き、勤労商工会…、よりにもよってあの勤商が、鏡特官を訴えに来た！）

この子犬のような顔をした弁護士は、税務署の天敵からの刺客だったのだ。

なのに、わたしときたらその天敵に、名刺を差し出されてからようやく気づくというマヌケぶりを露呈してしまっていた。

「ごらんの通り、僕の仕事は、血税でおまんま食わせてもらってるくせに、ろくに働かない公務員どもを血祭りにあげることです」

不意打ちカウンターを食らわされて頭の中が真っ白になったわたしを嘲笑うかのように、チワワ弁護士の黒目が高い位置でぐにゃりと笑った。

「これからいろいろとお話を聞かせてもらうことになりそうですね、特官付きの鈴宮さん」

——まごうかたなき、大事件の幕開けだった。

2　税務署の天敵

「ああ、勤商ってアレでしょ。やたらとうちらにつっかかってくる、商工会の特殊版」

わたしが、口の中にコンビニパンをつっこみながら、昼間襲撃してきた吹雪敦という謎の弁護士のことを話すと、外回りから戻ってエアコンの風の下でひと涼みしていた木綿子さんが言った。

「そうかー。勤商におかかえ弁護士なんていたのねえ。あそこ、申告の勉強会なんてしてるわりには税理士もいないって評判なんだけど」

一口に、商工会といってもいろいろある。

よく、商工会は商工会議所と混同されるが、両者はまったく別のものだ。それぞれよるところの法律が違うのだから。商工会は商工会法、商工会議所は商工会議所法に基づいて設立されており、商工会議所の活動のほうが外国関連も多く幅広い。

そして今回、鏡特官を訴えてきたのは、これらとまったく関係をもたない別の組織だった。その名も勤労商工会。略して勤商。

ぶっちゃけて言えば、国家権力から弱い市民を守るため戦う——を掲げる、自称正義の味方、税務署の天敵である。

「勤商に訴えられるなんて、さすが鏡さん」

と、木綿子さんは妙な感心の仕方をした。

勤労商工会は、弱者救済を掲げる中小業者のための任意団体である。その歴史は長く、全国に六百カ所以上の支部を持ち、会員も二十万人以上いるという。活動内容そのものは、商工会とあまり大差ないが、違う点と言えば、特に税務行政の改革をスローガンに、デモ活動などを積極的に行なっている。

「まあねえ、あそこも銀行の貸し渋りとかに対してかなり力になってくれるっていうし、悪いところばっかりじゃないのよね。ただ…」

彼女は意識的に声を潜めた。木綿子さんのいわんとしていることはわかる。勤商は社会労働党の支援団体なのだ。つまり、後ろに政党が控えている。

「中には、過激な党員が勤商にいることもあって、そういうところだとやたらと税務署や都税事務所に言いがかりをつけてるみたい」

「じゃあ、今回の吹雪って人も」

「かもね」

こざっぱりとした夏用の黒のダブルピンストライプ・スーツ姿で、にこにこと笑顔を振りまきながら税務署を襲撃してきたチワワ顔の弁護士。吹雪敦。彼は、はっきりとわたしに宣言したのだ。——特別国税徴収官、鏡雅愛を訴えることになる、と。

「でも、国家公務員個人を訴えることはできないでしょ。全部国相手になるんだから。だから、国に任せちゃえばいいのよ。さすがに鏡特官が降格させられたりすることはないって」

わたしはあいまいに頷く。たしかに鏡は国家公務員だから、鏡が職務上行なった行為に対する訴えは、すべて国が相手になる。

「でも、あのチワワ弁護士が、こっちには証拠があるって…」

「証拠ねえ」

彼女はどうだか、という顔をした。

「まあ、とにかく鏡さんはいなくてラッキーだったことはたしかね」

当の訴えられそうになっている本人は、名古屋に出張中でデスクは空っぽだ。今日は朝からお高いコーヒーの香りは漂っていない。

「悪運強いわね」

「…ですねえ」

「いい機会じゃない。ぐーちゃんも独り立ちしないと」

言われて、ハッとした。

「とにかく、ぐーちゃんがいくら思い悩んでも、実際その唐川って人のことを担当してたわけじゃないんだからどうしようもないでしょ。この件は鏡さんにまかせて自分の仕事しないと」

コンコン、と腕時計をつつかれて、わたしは午後に入っている納税相談のことを思い出した。慌てて自分のデスクに戻り、書類を確認する。

たしかに、トッカン付きという名の職務とはいえ、いつもいつもトッカンの秘書のようなことをしているわけではない。個別の案件もたくさん持つし、一人で新幹線に乗って出張することも多い。とか言っている間に、管理の子に呼ばれた。予約のお客さん（納税相談者）が来たのだ。ますますハスキー対チワワなんて言ってる場合じゃない。

（いつまでも、半人前のお付きじゃいられないんだ。自分の仕事をしないと）

パーテーションで区切られた相談ブースに、恰幅のいい中年の女性が立っていた。人形町を初めとして日本橋に数店舗をもつ、《おからや豆腐店》を経営する青木可南子《あおきかなこ》さんだ。

人形町自体は日本橋署の管轄だが、ここの場合会社の登記が八重洲になっているので、京橋中央署の管轄になるのである。

「ごめんなさいねえ、今日ちょっと急いでて」

「お忙しいんですね」

わたしは言った。実際、青木さんの《おからや》は最近少し持ち直しているらしく、分割の滞納金も毎月きっちり返納されている。

「いいえぇ、商売のほうはあいかわらずなんですよ。でも、ほら、今週は草市だから」

ああ、とわたしは言った。毎年、七月の半ばに人形町で行なわれる草市は、日本橋の夏の風物詩だ。お盆に使用する、迎え火・送り火をたくためのオガラやお供えの草花、お盆用具などが、この時期になると一斉に売りだされる。ピーマン、トマト、ナス、長い茎のほおずきが通りをいっぱいに埋め尽くし、昔ながらの下町の雰囲気を楽しむことができるのだった。

「そうか、東京は新暦のお盆だから早いんだ」

「あら、関西の方？」

「神戸です」

「じゃあ、旧盆ね。関西のほうは同じお盆でもぜんぜん違うんですってね。いいですね。ちょうどお仕事もお休みで」

「あ、はは…。実は、最近墓参りにもろくに行けてなくて…」

仕事中なのに、プライベートで痛いところをつかれてしまった。

それでも、こうして他愛のないおしゃべりができる相手というのは、税務署にとってもありがたいものなのだ。たいていはギスギスした金の話に終始するし、こちらを問答無用で敵視してくる滞納者のほうが多い。朝っぱらから死ぬ死ぬ死んでやるとわめき散らす困ったお客さんだっている。

「またお世話になります」

青木さんは深々と丁寧にお辞儀をすると、足早に税務署を後にした。

わたしは、その後ろ姿をどこかたのもしく見送った。最近は、《おからや》のような地域性ブランド力がそこそこある老舗も、経営が難しくなっているという。特に豆腐のような生ものを扱う店は大変だろう。そんな中で、青木さんたちはなんとかお金をかき集めて、こうして毎月分納にやってきてくれる。本当によくやっていると思う。

「鈴宮」

すぐ後ろで名前を呼ばれて、飛び上がりそうになった。見ると、副署長《サブ》の阿久津がこちらを見ている。

「あ、あの…副署長…なにか…」

徴収一筋三十余年。徴収課のボスでもある彼は、いつ見ても税務職員というよりは、捜査一課の課長のような風貌だ。

「客と余計な私語はするな。ここは馴れ合うところじゃない」

阿久津の声はさほど大きくはなかったが、徴収ブースには聞こえたようで、デスクにいた錨さんと釜池さんがこちらを見た。

「君だけだぞ。納税相談に一時間も二時間もかけるのは。そんなタラタラ仕事をして、ほかはどうする、もっと効率をあげろ」

「は、はい…」

言葉では肯定したが、わたしにはほかの言い分もあった。世間話をして相手の警戒心をゆるめ、余計なことに金を使っていないかチェックするという方法だってあるはずなのである。

特に、あの人形町という地域には、水天宮を中心にして、昔ながらの老舗の酒造元や人形店が立ち並んでいる。古き良き江戸文化の香りが残っているのと同時に、わたしたちにはわからない付き合いやしがらみもあるだろう。

（青木さんの《おからや》は、百年前から付き合いのある料亭が立て続けに不渡りを出して、一気に苦しくなったんだ。でも、そのことを彼女ははじめ言わなかった。百年分の義理があるからだ）

自営業者と一口に言っても、相手はさまざまだ。阿久津はもっと効率をあげろというが、そんな一様に工場みたいな対応ばかりするのもどうなのだろう。

しかし、わたしが納税相談を苦手にしていることはまぎれもない事実だった。そして、同僚の錨さんたちと比べて、対応件数が極端に少ないことも。

「君ももう四年目だろう。いつまでも鏡の尻にひっついているから、脳みその中までゆとり教育になるんだ。もっとキビキビやりたまえ」

四年目、という言葉が思いもかけずぐっさり刺さった。

午後二人目のお客も、偶然青木さんと同じ人形町の甘酒横丁に人形焼店を持つ、《寅福》の福留郁己《ふくとめいくみ》さんだった。

「まー、今日も暑いですねえ。地下鉄の駅からここまですぐなのに、もう汗だく」

いつも元気な福留さんは、中年のおばちゃんらしく声も態度も大きい。人間、税務署に来るときはどこかこそこそしてしまうものなのに、この人はいつも署長のように堂々と挨拶を振りまきながらやってくる。

(よし、今回は無駄口なし。巻いてやるぞ)

さりげなく副署長《サブ》の視線を気にしながら、わたしは腕まくりをした。

《寅福》の場合、会社の登記は銀座なのでうちの管轄だが、やはり実質的に稼働している店舗は人形町だ。かつては銀座にも店を構えていたらしいが、規模を縮小して人形町店だけになった。

登記なんていいかげんなものだ。会社としてのブランド力を出したいがために、銀座の住所で申請する企業は多い。実際の工場は長野県の山奥にあるという場合も少なくないのだ。今回鏡がはるばる名古屋のド田舎まで出かけていったのも、銀座に登記はあるものの、実態のない企業だった。たぶん、銀座にあるとされている会社の七〇％はすでに実態のない幽霊企業なのじゃないか、とわたしは踏んでいる。

「ね、鈴宮さん、私見ちゃった」

「なにをですか？」

「《おからや》の青木さんが、ここに座ってるの」

わたしはぎょっとして思わず口ごもってしまった。むろん、青木さんが徴収課に出入りしていることは完全な個人情報なので、わたしは頷くことも、それに対してコメントすることもできない。

「ね、あっこも税金滞納してるの？」

「いや、そういうことはわたくしどもの口からは…」

「あら、隠さなくったって、人形町の人間ならだれでも知ってるわよ。あそこ経営辛そうだもん。まあいまの世の中どこもそうよね。うちもそうだしね」

「だ、だれでもって…」

「だれでもよ。だって、うちらの融資頼める銀行なんて決まってるしねえ。この間だったかなあ。うちの人が、T信用金庫で勤商の人と一緒にもの凄い勢いで頭下げてる青木さんのダンナさんを見たって言ってたわあ」

なるほど、そういう線からバレることもあるのか、とわたしは納得した。地元密着型の信金でというのはいかにもありそうな話である。

(し、しかし、いまはこんなことを話している場合じゃ…)

さっき注意されたばかりというのもあって、副署長《サブ》の視線が気になる。

わたしの焦る心を知ってか知らずか、福留さんは、いかにも人の噂話が好きそうな近所のおばちゃん、という風に、ここだけの話だけどね、と続けた。

「ここだけの話だけど、青木さんところの息子さんがねえ。また大変なの」

「はあ…、そうなんですか」

「高校辞めて店も手伝わずにふらふらして、なのに、ある日突然お腹の大きなお嫁さんつれてきちゃったんですって」

それは、つまり出来ちゃったも出来ちゃったってことだろうか、とわたしは目を丸くした。よくある話とはいえ、ついさっき顔を合わせた相手が当事者だと、柄にもなくドキドキしてしまう。

「そ、それで…?」

「どうしようもないから入籍させて、あの店の上で同居してるんですって。でもねえ、言っちゃなんだけど、うちもだからわかるけど、店の上なんて狭いもんよ。木造長屋なんだから。部屋が三つあるかないかでしょう。大人四人に赤ちゃんなんてとんでもない。そのお嫁さんもずうずうしい人で、押しかけてきたくせに店も手伝わないわ、そのくせ自分の服だなんだって大荷物持ち込んで、おかげで毎日親子げんかしてて、その声が店まで筒抜けですって」

大変ねえ、と口で言いながらも、顔には「面白くてたまらない」と書いてある。もっとも、他人の不幸は蜜の味というのはいまに始まったことではないから、驚きはしなかったけれど。

「うちも息子が一人いるけど、大学行ってくれてるだけマシかしらね。たいした大学じゃないから、きっと就職も大変だろうけど、高校中退でデキ婚よりはねえ」

きっと、福留さんがここまで青木さんの家庭内事情に詳しいのも、近所で古くからのつきあいで店舗を営み、同じような家族構成だからなのだろう。

福留さんの《寅福》とて、決して余裕があるわけでもない。こうして、年に何度も税務署へやってきて、滞納金の分納に追われている辛い状況だ。だからこそ、「あそこよりはマシ」と自分自身に言い聞かせて、苦境を乗り切ろうとする。

辛いとき、苦しいとき、人はついつい他人と比べてしまうものだ。そして、自分が相手より上にいるか下にいるかを意識してしまう。決して聞いていて愉快なことではないが、青木さんの現状を踏み台にしようとする福留さんの気持ちもわからないではない。

(わたしだって、つい比べてしまう。木綿子さんは上席だからいいけど、異動してきたはるじいや、錨さんたちは歳が近い。特にはるじいは後輩だ。まだ徴収官になって一年目なのに、あんなふうに評専官の手伝いができるなんて…）

「そうそう、鈴宮さん。それで、今月の分なんだけれど、ね…」

ひとしきりご近所の噂話を税務署《かいしゃ》で披露したあと、ようやく福留さんは本日の用件について語る気になったようだった。実際、彼女の店とて、青木さんの《おからや》をどうこう言える経営状況ではない。そうでなくては、この徴収課に月参しなければならないわけはないのだから。

てっきり、青木さんのように分納に来たのだと思ったら、彼女の話は今月の売り掛けがまだ入金されていないから、もう少し待って欲しいということだった。《寅福》は小売りが中心だが、関東一円の喫茶店等に商品を卸しており、毎月多額の売り掛けが発生するのだ。

しかし、この不況によって売り掛けの回収が滞るというのはよくある話だ。ある程度はこちらも事情を汲まなくてはならない。

入金を確認次第すぐに連絡する、と言い置いて、福留さんは帰っていった。もちろん、そんな約束は反故《ほご》にされることも多々あるので、次の予約日のことも、待っている間にももちろん延滞税は発生することをきちんと念押しした。とかく税務署に来さえすれば、滞納金を待ってもらえたり、その日限りで延滞はストップすると考えている人は多い。しかし、実際滞納が消滅するのは、きっちり耳を揃えて滞納金が払い込まれたその時点であって、相談をしに来た日では決してない。

早い話が、この一四・六%というべらぼうに高い延滞税を払うくらいなら、銀行から借金していたほうがナンボかマシなのだ。

「でも、青木さん。お元気だったのねえ。最近店にはご主人しかいらっしゃらないから、てっきり病気か、腰でも痛めたのかと思ってたわ」

最後まで、話のメインは青木家の噂話だった。

その後、わたしは副署長《サブ》の目を気にしながら、《イズミ石材》の泉《いずみ》さんとの面談に挑んだ。

「あのう、それで、どうですか」

「…………マアマアッス」

「そ、そうですか」

泉さんはあいかわらず迫力のある禿頭で、パーテーションで区切られた狭いブースの中で向き合うと怖かったが、最近は銀行の融資を受けて経営が少し持ち直したからか、応対は以前よりずっとやわらかだったのが幸いだった。

(こ、怖いんだよね。この人、前に一度怒らせてるから)

まだ鏡に付いて間もないころ、わたしはこの寡黙な泉さんを激怒させたことがあった。一四・六％の金利なんてとても払えない、と突っぱねた彼に、わたしは何度も同じことを繰り返したのだ。

『でも、法律で決まっていますから』

この借金は店がしたもので、家の車を取られては子供を学校に送れなくなってしまう。そう訴えられても、

『法律で決まっています』

『残念ながら、法律なんです』

延滞金の利率が国税徴収法で定められているのはまぎれもない事実だ。しかし、その時泉さんはあの大きな職人の手でデスクを大音量で殴ると、なにも言わずに署を出ていってしまったのである。

いったいなにが悪いのかわからず、わたしは途方にくれた。そして、鏡に『永久なるぐー子のナイトヘッド』――つまり無能とののしられながら、アドヴァイスをもらったことには、つまりわたしが『法律』という単語を使いすぎたのがいけなかったということだった。

『そんなの、決まってるものは決まってるじゃないですか！』

『決まってるものをただ連呼するだけならロボットでもいい。お前に払ってる給料は、行

政がその上をいくサービスを求めているからだ。粗大ゴミに出されたくなければ、死ぬ気で再予約とってこい！』

〝法律で決まっていることだから〟とぴしゃりと言い張って、客のどんな理由もはねのける横柄さ。そう思われたからこそ、泉さんはわたしに対して怒りを露《あらわ》にしてみせたのだろう。

（法律って言葉は、黄門さまの印籠《いんろう》だなあ）

あれから二年。少しばかりはマシに立ち回れるようになったいまになっても、つい不真面目な滞納者相手には使ってしまいたくなる。大いなる反省点だ。

（はあ、今月は反省すること、多いなあ）

泉さんとの面談をすませ、ぐったりとした体を引きずってデスクへ戻った。相談したとおり、今月から少しだけ返済額を多くすることになった泉さんは、無表情ながらも少しうれしそうだった。

正直なところ、いま時墓石屋なんて、よく銀行が融資してくれたものだと思う。実際、最近は土地が高く、田舎へなかなか供養にいけない人のためにビル型集合墓地が流行っていて、石材店はまったくのあがったりだとぶちぶち言っていたのに。

（なんだろう。大型の注文でも入ったのかな。ま、税務署《かいしゃ》としては払うものを払ってもらえればどんな売り上げでもいいんだけど…）

もちろん、どんな金でもいいとはいえ犯罪は困る。

「四年、かあ」

意味もなくつぶやいてみた。

結局のところ、今日は納税相談を三件しただけで終わってしまった。ここのところ実のある内容をやれているか、と自分に問うてみる。答えはＮＯだ。

知識は増えた。経験もある程度は積んできた。そうしてそろそろ半人前を脱しなければならないいまになって、わたしに圧倒的に足りないのは処理能力だ。現に後ろの席の錨さんは今日はほとんどデスクに戻らず、滞納相談のブースにこもりっきりである。

彼女はわたしより八つ上の先輩でこの七月に異動してきたばかりの新顔だが、かなり仕事ができる人だと評判だった。とにかく、仕事が速いのだ。

（錨さんは、今日十人くらいと会ってるなあ。この差か）

がっくりきた。


デスクに戻ってしばらくしても、目の前の鏡特官の席はずっと空のままだった。出張は一日だけのはずだったのに、やっぱり、もう署長《おやじさん》の耳に入って、上に呼ばれたりしてるんだろうか…、とわたしは五階の署長室のほうをチラリと見上げた。

国家賠償法については、国税専門官の試験勉強で一度頭にいれたきりだったので、ほとんど忘れてしまっていた。わたしは、パソコンを開けてネットにつなぎ、国家賠償法について検索してみた。

——国又は公共団体の公権力の行使に当たる公務員が、その職務を行うについて、故意又は過失によつて違法に他人に損害を加えたときは、国又は公共団体が、これを賠償する責に任ずる。

（やっぱり、鏡特官個人が訴えられるわけじゃないんだ）

最悪、鏡の非が認められたとしても、賠償は国が行なうと書いてある。ということは、いくら個人が、夫の自殺は鏡のせいだと憤っても、鏡個人に賠償金を払わせたり、刑事告訴して刑務所にいれたりすることはできない。

つまり、あのチワワ弁護士がどれだけ意気込んでも無駄なのだ。わたしはほっとして、パソコンの検索画面をクリックで閉じた。随分長い間アナログだった税務署《かいしゃ》のデスクワークも、最近はパソコンで処理することが多くなっている。それに、いまはネットの巨大掲示板の書き込みが決め手となって、徴収や調査が行なわれることもままあるのだ。特に会社の経営状況などは、首を切られた元従業員や、内部の人間が腹いせに事情を暴露していることもめずらしくなかった。まったく、ネットはありがたい。

時計を見ると、すでに定時を回っていた。

今日は会社日になったけれど、明日からはまた外回りだ。帰りにドラッグストアで日焼け止めを補充しようか、などと考えながら帰り支度をしていると、

「ちょっとちょっと、ぐーさん!!」

わたしは振り返った。徴収一課の釜池《かまち》亨《とおる》が、ただならぬ形相でわたしを手招きしている。

「釜池さん？　まだ帰ってなかったんですか」

釜池は、いつもデスクの上にひからびたわかめのようにつっぷしている、やる気のない徴収官である。口癖は「ニートになりたい」で、口をひらけば不幸臭を振りまき、現場のテンションを下げると評判だった。

やる気がいつも最低ラインギリギリを突っ走る彼のことだから、きっと定時に仕事を切り上げて帰ったのだと思っていた。その彼が、なにやら手にノートのようなものを持ってわたしを呼んでいる。

「いいからこっち来て」

「なんですか、もう」

わたしは、彼と連れだって誰も使っていない徴収ブース脇の会議室に入った。

「これ見て、これ」

彼がわたしに見せたのは、いま流行の iPad だった。ちなみに、税務署内に個人所有のパソコン等の持ち込みは禁止されている。

「ちょ、だめじゃないですか。こんなの見てちゃ」

「いいから見て、大変なことになってる」

釜池が無理矢理、わたしの耳にイヤホンをつっこんだ。とたんに、iPad の画面に映し出された状況に音声が加わる。

ひさしぶりに早く帰れると思っていた矢先、呼び止められたことに内心むっとしていたわたしだったが、数秒もすると iPad の画面を食い入るように凝視していた。

「なに、これ…」

なんと、そこには京橋中央署のある新富町の駅前で、長い横断幕をもち、スローガンを記したプラカードを掲げた百人近い人々の姿が映し出されていたのだった。

《税務署の横暴を正せ。

国家権力をかさに、市民を死に追いやった税務官をこのままにするな!》

画面が切り替わった。現地レポーターらしき女性の側に、ひょろっとした背広姿の若い男が立っている。

『——そうなんです。国家公務員というのは、このKさんのご主人を脅迫し、自殺にまで追いやったというのに、罪に問われることはないんです。どんなことをしても国が護ってくれるんですよ。いいご身分だと思いませんか!?』

聞き覚えのある声だった。レポーターの差し出したマイクの先に、知っている顔が映し出される。

小さな顔に、黒々とした大きな黒目が印象的な若い男。吹雪敦だ。

(あの、チワワ弁護士!)

思わず、無言で釜池を見上げた。ひょろっとしたもやしのような釜池が、いつもよりさらに血色の悪い顔で言う。

「これ、外から戻ったらすぐそこでやってたんだよ。もうビックリして。で、テレビカメラやってて、生っぽかったから、まさかと思ってさっきトイレでテレビに繋げたんだ」

そうしたら、案の定夕方のニュースで流れていた、ということなのだろう。

こんなに大事になるなんて、とわたしは青ざめた。おそらく、吹雪の後ろで横断幕をもってスローガンを叫んでいるのは、勤商の人間だろう。あそこは確定申告のための学習会などまっとうな活動のほかにも、消費税の増税反対や大型店の出店規制等、中小商工業者を守る運動をさかんに行なっている。

つまり、このようなデモも。

『Kさんは人形町の老舗の食堂でいっしょうけんめい働く、まじめな経営者でした。彼の食堂が経営難に陥ったのも、なにもかもこの不況のせいです。なのにこの税務署職員は彼のために尽くすどころか、毎日のように彼を脅迫し、恫喝した。Kさんはとうとう精神を病んで自殺に追い込まれたんです。

怖ろしいことに、税務署職員は国家公務員というだけで、なんの罪にも問われない。今日ものうのうと出勤し、Kさんのお葬式に線香の一本もあげにきませんでした。このまま国家権力の横暴を放置しておけば、第二第三のKさんの悲劇が繰り返されないとも限りません』

横断幕を手にした人々が、横暴を許すな、と何度もシュプレヒコールを繰り返している。

「…これは、さすがの鏡トッカンでも無罪放免にはならないんじゃない、かな…」

恐る恐る釜池が言う。

「それもだけど、釜池さん、わたしたちどうやって帰るの？　なんだか見てたら、この人たち、いつのまにか税務署《かいしゃ》の前に移動してるよ…」

わたしは金子統括がいないのをいいことに、そうっと統括席のむこうに侵入し窓にへばりついた。正面の窓ではないので姿はよく見えないが、声が聞こえる。『国家公務員の横暴を許すな』という…

「裏口、行こうか」

わたしは、釜池と真剣に顔を見合わせた。

＊＊＊

次の日、早々にわたしは署長室に呼ばれた。

「まあまあ、鈴宮くん、座って座って。おや、ピンクリボンしてないね」

まだピンクリボンネタを引っ張っているらしく、署長《おやじさん》の胸には例のあれが恥ずかしげもなく付随している。

わたしはおっかなびっくり署長室のソファに腰を下ろした。ペーペーのわたしが普段署長室に呼ばれることといったら、査定に響くほどのおしかりタイムだけだ。最近は大きなヘマをしていないと思っているが、それでも偉い人ゾーンに呼ばれると落ち着かない。

鏡がいるかと思ったが、呼ばれたのはわたし一人だったらしい。

今朝、鏡は京橋中央署《かいしや》には出勤していない。大企業の営業並みに外回りが多いため、徴収官のブースの西の壁には大きなホワイトボードがかかっていて、それぞれの外出先が明記されている。鏡の欄には、そっけなく彼の字で、今日から福岡に出張と書いてあった。名古屋に引き続き、また出張……。戻ってくるのは三日後だ。

(鏡特官、九州に出張なんて聞いてなかったのに)

——昨日の夜遅くに税務署《かいしや》に戻った夜担の木綿子さんによると、定時をはるかに過ぎた九時過ぎまで署長室に灯りがついていたという。ということは、出張は昨日の晩に急遽決まったのだ。あの吹雪によるデモのテレビ放映のことが原因に違いなかった。

「…で、どうなんだね。実のところ」

強面《こわもて》の顔をさらに険しくして、副署長《サブ》の阿久津が言った。

「唐川詠子の弁護士は、唐川の死は自殺にまで追いこんだ鏡に責任があるとして、税務署に謝罪と公務の改善を求めている。こちらの応対次第では、告訴も辞さない構えだ」

「告訴…」

聞いてはいたものの、実際にはるか上役から言われると迫力のある言葉である。

「で、鏡くんは、あの《からかわ》の主人にどういう応対をしていたんだ。君は知っているだろう。トッカン付きなんだから」

「まあまあ、そんな鈴宮くんを責めるように言わなくてもいいじゃない、阿久津くん」

あいかわらずマイペースな清里が、コーヒーの中に二つもフレッシュを入れながら言った。

「ぐーちゃん、あのテレビ見た？」

「はあ…、まあ…」

「あれねえ、どうもむこうの弁護士が、夕方のニュース番組の中の、『あなたの憤懣解決します』ってコーナーに投稿したらしいのね。それでそれに合わせてデモまで準備してた、ってとこみたい」

とこみたい…、とはどこまでも他人事のようなコメントである。

「昨日の夜ね、あんなことになったから、急いで鏡くんに事情は聞いたのね。阿久津くんはいなかったから、僕と二人だけだったんだけどさ。

唐川さんが亡くなったのは事実みたいね。しかも首つりだったって」

わたしは頷いた。それは、あのチワワ…じゃない、吹雪弁護士に聞いた。本当だったのだ。

「ぐーちゃんは、この唐川さんの件は知ってるの？」

「いえ、この七月からは、個人でいくつか案件を持たせてもらってます、ので…」

「ああ、まあ見習い期間終了したんだもんねえ。そういうもんだよね。じゃあ唐川さんの件は知らないの？」

「先年の分はわたしも見たと思うんですが、…たしか、老舗の食堂ですよね。消費税の滞納が二百万ほどあったと思います」

「そうなの。あのへん、H広告代理店の移転でたくさん潰れたんだよね。唐川さんもその煽りをモロに受けちゃったって感じかな。マイホームを諦めて多額の融資も受けて店のリニューアル資金にまわしたのに、その直後にH広告代理店の移転が決まったのよ」

わたしは渋い顔をした。そうなのだ。昨今あのあたりで滞納が増えているのも、大企業が次々に汐留やお台場などといった新しい場所へ移転していくからなのである。

広告代理店やテレビ局としては、空港や新幹線の利用しやすい場所にあるほうが、なにかと便利なのだろう。汐留は品川駅の側だし、羽田も近い。都内中心部からに比べれば、いざとなれば出張にかかる時間を一時間以上短縮することができるだろう。

けれど、ならば何十年にもわたって、その企業と共に歩んできた零細企業はどうなるのだろうか。

実際は、どうにもならない。体力のある会社はついていくが、そうでないものは泣き寝入りするだけだ。《からかわ》のように、従業員にランチを提供して成り立っていた店などはひとたまりもないだろう。

しかも、長年の夢であるマイホームを諦め、信金に借金をしてリニューアルした矢先のできごとだったのだ。不運としか言いようがない。

「実際のところどうなんだ。鏡くんの対応は。向こうが言うように、恐喝や恫喝なんてことがあったのか？」

「いいえ、わたしの知る限りでは…特に…」

ごにょごにょとわたしは言葉を濁した。

「じゃあ、君が見ていてどうなんだ。ほかの滞納者に対しても、恫喝したりしていたことはあったのか？」

「いえ、それは…」

「それは、なんだ」

「ぐ。でも、鏡特官はその…」

「どうなんだ、はっきりしたまえ！」

息を吸って、吐く勢いにまかせて、

「その…、顔が、怖いので、普通に強く言っただけでも、恫喝されていると相手が感じることもあると思うの、です」

日々の経験から、わたしは思うところを述べた。鏡の顔が怖くてハスキーで相対しているだけでプレッシャーを感じるのは嘘ではないはずだ。

「でもねえ、証拠があるんだよねえ」

清里が、ほとんど真っ白になったコーヒーをうまそうにすすった。

「証拠!?」

「向こうの言い分によると、唐川さんがねえ、なんでも日記、書いちゃってるんだよねえ」

「日記!?」

そう、と彼は言って目を瞑《つむ》ってコーヒーを飲む。

「向こうの弁護士が、鏡くんにも接触してきたらしいんだよね。で、それによると、唐川さんが事の顚末《てんまつ》を詳細に日記に残していて、それを読むとてもこっちに勝ち目はないんだってことなのよ」

「日記って、証拠になるんですか⁉」

「まあ、最終的な判断は裁判所がするだろうけどね。でも、離婚裁判なんかでもDVの記録は日記でもいいらしいから」

「恫喝された、って書いてあったんですか⁉」

「らしいよね」

「鏡特官、本当に恫喝してたんですか？」

「恫喝というか、かなり強く怒鳴ったりはしたらしいよ」

困ったねえ、と真っ白いコーヒーを飲み干す。

それって、もうほとんど黒じゃないの、とわたしは胃の中に冷たいものがしたたり落ちるのを感じた。あの鏡が、一般人相手に恫喝まがいのことをするとは考えにくいが、当の本人が怒鳴ったと認めている以上（そして、証拠の日記が残っている以上）こちら側に争う余地はない。

「じゃあ、鏡特官、訴えられるんですか？」

「そんなわけないだろう。バカか、君は」

阿久津が、心底わたしをバカにしたような上から目線で、

「こんなことでいちいち非を認めたら、国税システムそのものが破綻してしまう。ほかの職員たちが萎縮して滞納者たちに強く出られなくなったらおわりだ。それでなくとも国家公務員は世間から反感をもたれているし、政治的なことを理由に納税しないずうずうしい滞納者が増えている。国税を守ることは国家を守ることだ。君も税務官の一人なら、そのようなことを軽々しく口にするな」

厳しい口調だった。例の銀座のクラブの一件以来、わたしは副署長《サブ》の阿久津からよく思われていない。彼はいま時珍しい職場での男尊女卑主義者で、男女雇用機会均等法は史上類を見ない悪法だと言ってはばからなかった。既婚女性が、育児を理由に職務に集中しないのがご不満らしい。

そんな阿久津だったが、この場合彼の主張が全面的に正しいことくらい、わたしにもわかる。

たかだか強く言ったくらいで訴えられては、そもそもわたしたち徴収官の仕事は成り立たない。

「向こうの弁護士さん、なんだかいろいろ動いててやなかんじだよねえ。いきなりテレビなんてびっくりしちゃうよ」

「そうですよね」

「あの弁護士さん、元裁判官だってね。東大文Iストレートで、三年のときに司法試験に合格した秀才なんだってさ」

「えっ、そうなんですか⁉」

あのチワワがそんな華麗なる経歴の持ち主だとは…。まったく。人は見かけによらなさすぎる。

「そんな優秀な逸材が、どうしてよりにもよって勤商なのかなー。やだよ、選挙が近いのはわかるけど、こういうことにウチを使わないで欲しいよ、まったく。勤労商工会のスーパーバイザーで、弁護士と税理士の資格をもってるなんて、そんなめんどくさい人間がよりによってなんで京橋にいるの」

「署長」

ついつい口が滑りがちになる清里を、阿久津が窘《たしな》めた。とはいえ、清里の言いたいことは察せられた。

あの吹雪という弁護士は、根っからの社会労働党員なのだ。それで、現在の与党を追い込むていのいい材料に、あの唐川さんの奥さんとご主人の死を利用しようとしている。

(きっとあの吹雪が、ご主人が自殺して動揺した奥さんに、殺したのは税務署だって煽ったんだ。人の死を政治活動に利用するなんて…)

生理的嫌悪感がこみ上げた。

***

——しかし、わたしと京橋中央署の上に爆弾が落ちても、日々の業務は続いていく。

わたしは、いつまたあの吹雪が税務署《かいしゃ》にやってくるか内心びくびくしながらも、鏡不在のままいくつかの職務をこなさなくてはならなかった。

次の日、わたしが新富町の地下鉄の改札を出ると、奇妙な場面に出くわした。

「あ、鈴宮さん」

同じ徴収課の錨さんだった。

「ここから上がらないほうがいいみたい」

「どうかしたんですか?」

「…例のデモやってる」

ぐ、とわたしは言葉を呑み込んだ。出勤時間だというのに、彼女が深刻な顔をして階段を下りてくるはずである。

わたしたちはいつも使っている出口ではなく、遠回りになるルートを選択して地上にあがった。こんな朝早くからデモ活動しているなんて、まったく迷惑というかそのパワーは恐れ入る。

「ほんと、参るね。いつまでやるのかしら。今日は帰りにいろいろ寄って帰りたかったのに」

彼女のうんざりしたため息に同意しながら、わたしは署までの短い距離を並んで歩いた。

「ねえ、よりによってボーナス日なんて」

「そうですよね」

ボーナスが出るのは涙が出るほどうれしいが、こうなると事情は微妙だ。

そう言えば、錨さんとこうして二人で話すのは初めてかもしれない。まだ歓迎会はやっていないし、わたしは徴収でも特官課で、彼女と一緒に仕事をすることはないからだ。

「京橋中央署、忙しいね」

錨さんは言った。わたしは、横目で彼女を盗み見た。長めの茶髪をいまはやりのビーズのヘアコームでまとめ、一筋だけ耳の内側にたらしている。化粧は薄めでアイラインなどは描いていないが、眉の形はプロの人が描いたように綺麗だ。木綿子さんほど女度が勝っているわけではなく、さりとて、きちんとしている大人の感じが十分にある。ほどよく色の出た革のショルダーに、シルクジャージ素材のパンツが、麻混のサマージャケットにぴりっと合っている。かっこいい。

「錨さんは前はどちらにいらしたんですか？」

「立川よ。中央線一本でいけるからまあよかったけど、通勤はすごかったなあ」

「お家はどちらなんですか」

「高円寺」

…いいところに住んでるなあ、とわたしは思った。彼女は既婚者で、聞くところによると（もちろん木綿子さん情報だ）大学の同級生だった大手エリート商社マンと結婚したのだという。

いつだったか、高円寺の駅近マンションの最上階に住んでいるくせに、子供のために文京区に引っ越したいとか言ってたわ、贅沢よね、と木綿子さんが唇をとがらせていたのを思い出した。

そら、あれだ。木綿子さんは、戦う女としての女度が高いが、錨さんは守る女としての女度が高い。決して自分は損をせず、防衛ラインギリギリに収まりながら確実に勝ちにいくタイプ。

（だから、勝ち組結婚できたのかな）

「お子さんはいらっしゃるんですか」

聞いた瞬間、聞かなければよかったと後悔した。彼女の顔が、一瞬コントローラーのボタンを押したように一時停止したからだ。

「ううん、まだなの。歳が歳だから、そろそろ欲しいなと思ってるんだけど」

「そうなんですか。でもわたしなんか母が四十歳のときの子なんですよ」

苦しいフォローだったが、錨さんはそう思わなかったようで、ぱっと顔を明るくした。

「そうなの？　四十歳で？」

「もうとっくに病気で亡くなりましたけど。不妊治療もないときだったんで、一人できただけでも奇跡だってよく言ってましたね」

　そうこう話しているうちに、あっという間に署に到着した。階段をあがって挨拶をすると、それぞれのデスクに分かれた。木綿子さんも釜池も今日は朝から外回りらしく、出勤簿に判を押すやいなや、もう出かける準備をしている。

　そう、徴収官はとにかく外回りの現場が多いのだ。滞納している会社や個人のどこにどんな隠し財産があるのかは、書類を見ているだけではさっぱり見当がつかない。よって、優雅にお昼に一緒にランチという機会も、あんまりない。木綿子さんが昼にいることが多いのは、たんに担当している会社が夜にしか営業していないことが多いからだ。

（錨さんか。いいな、高円寺の持ち家にエリートサラリーマンのダンナさん…。そのうち子供ができて産休に入るんだろうな）

　いいないいなと羨んでも、わたしの場合産休の前に立ちはだかる壁の数が多すぎる。まずは相手だ。

　みんな、いったいどこで相手を見つけるんだろう。

　錨さんの場合、ダンナさんは大学の同級生だということだった。やっぱり、そうでもない限りは、出会いのチャンスは社会人サークルか、コンパか職場に限られる。だが、わたしの場合職場はない。今回の異動でやってきたのは錨さんと春路のふたりだけだ。トイレに駆け込むと、そこで木綿子さんと鉢合わせした。朝のこの時間は、何故か二階の女子は一斉にトイレに集合する。

「いっそのこと、署長《おやじさん》に頼んでみればいいじゃない」

朝の日課なのか、トイレの洗面台でしゃこしゃこと歯を磨きながら、木綿子さんが言った。

「え、署長《おやじさん》⁉」

「署長《おやじさん》の趣味は、署内のシングル撲滅らしいから」

そういえば、毎回ピンクリボンとともに署内見回りにやってくるとき、独身者は結婚しなさい、既婚者は旅行に行きなさいと叫んでいる…ような気がする。

「署長《おやじさん》に頼んだら、いい国税職員紹介してくれるんですって。いままでも何十件も仲人してきたって自慢してたわよ」

「木綿子さんは頼まないんですか」

「だって、身内はイヤだもの」

あっさりきっぱり、彼女は切り捨てて口の中の泡を出した。

たしかに、かくいうわたしもできることならそんな上司の紹介などではなく、もう少しでもいい、ロマンチックな出会いを期待したいものだ。

そして、いよいよ三十を目前にせっぱ詰まったら、その時こそ恥をしのんで胸にピンクリボンを飾り、ピンクリボン党に入党する覚悟である。

＊＊＊

鏡のいない特官課の二日目は、波乱で幕を開けた。

正確には、鏡のかわりに金子から手渡されたボーナス明細をチラ見した、前の日の夕方から波乱含みだった。なんと、わたしが貰った夏のボーナスが、予想額を大きく下回ったのだ。

（に、に、二どころじゃない。全部で三十五万しかない！）

たいへんざっくばらんにお金の話をすると、わたしのような経験年数が三年以上五年未満、大卒の基本給は二十二万九百四十三円である。もちろん、これは毎年株価のように景気によって容赦なく変動する。この上に地域手当というのが加算され、わたしの場合東京は物価が高い地域であるから、四万円弱支給される。

そして、肝心のボーナスだ。去年は年間でぎりぎり四出たか出ないかくらいだったので、わたしに支給された金額は百万ちょい。民間企業と比べてもゴクフツーというか、別段高いわけではない。さらにここからがっぽり税金を引かれるので、東京で一人暮らしをする身にはつらい台所事情だ。

そのようなことを踏まえて、わたしは捕らぬ狸とばかりに早々に今年のボーナスを予測し、使い道を事細かに妄想していた。しかし、予測より二万円ほど少ない。これは、全体的な支給額が下がったか、わたしだけが個人的に査定が低かったかのどちらかだ。

ボーナスには期末手当と勤勉手当があるが、勤勉手当がいわゆる査定にあたる。その基準は四段階ある。特に優秀、優秀、良好、良好でないの四つだ。最後の「良好でない」は、懲戒免職レベルなのでめったにつかない（と聞いている）。

つまり、

（査定が下がったんだ、絶対そうだ！）

トイレの個室で茶色くプリントされた薄い紙を握りしめながら、わたしはわなわなと震えた。

思えば、ここ半年のわたしの仕事はさんざんだった。鏡から徐々に仕事を任されて行ったのはいいものの、ろくに確認もしないまま銀行に突入したり、滞納者を怒らせたり、間違った書類を大量に発送してその事後処理に同僚たちをかり出したり…、ゴミ箱に捨ててはいけない書類をシュレッダーにかけずに捨ててゴミ処理場まで行くハメになったり…

鏡と共に阿久津に報告に行った際、

『素人以下』

と、何度絞られたことだろう。

自分で判断する前に、上司に確認を。とは、新人の頃から何度も注意されてきたことだった。しかし、それが四年目になれば、『それくらい自分でなんとかしろ』になる。そうして自分でやらなければいけないとやっきになれば凡ミスを繰り返し、慎重になれば仕事が遅いと言われる。

矛盾だらけだ。けれど、悲しいかな、それが職場というものだ。頭ではなく体で覚えていくしかない、この徒労のような感覚…

（ああ、でも、こうもはっきり数字で『お前は役立たずだ』って宣言されると凹むなあ）

泣きたくなった。

さらに、泣きっ面に蜂とばかりにトラブルは続いた。このところ納税相談もたいした問題もなく、分納もうまくいっていただけに、この鏡のいない時期にやっかいな客がやってきてしまったのは、不運だった。

「だから無理だって言ってるだろ。俺の収入は国民年金しかないんだ！」

フロアじゅうに響くだみ声で、男はわたしを怒鳴りつけた。

この堂柿《どうがき》三津男《みつお》の応対には、ずっと手を焼いていた。彼は、京橋に健康食品の輸入会社を経営していたが、ネット販売のたちあげに失敗して多額の負債をかかえこみ、倒産した。

だが、会社が倒産しても滞納金は残る。本人はとっくに隠居したつもりでいるが、税務署としてはそうはいかない。年利一四・六％で雪だるま式に膨らんでいく滞納金を耳を揃えて返してもらうまでは。

「うちの会社がうまくいかなかったのは不況のせいだ。俺のせいじゃない。なんなら俺の銀行口座でもなんでも調べたらいいだろ。国民年金しか入ってねえよ」

「はい、存じ上げてます」

堂柿の口座に国民年金しか入金がないのはとっくに確認済みである。

「ないものはないんだ。国民年金がなかったら、俺は死ぬ。それともなにか、家を売れってのか」

「そういう方法もあるにはあります」

「なんだと!?　お前らは俺にホームレスになれっていうのか」

冷静に対応したわたしに、逆上した男の胃液くさい息がふりかかった。顔に唾を飛ばされても、わたしは努めて平然とした表情を崩さない。もちろん心の中では、泣きたいのをぐっとこらえながらである。

「追い出せるもんなら追い出してみろ！　いいか、俺は知り合いがテレビ局にいるんだ。いくらだってお前らの顔を全国に晒《さら》してやるぞ！　そうなったら動画サイトに永遠に晒されて、お前らの近所にだってお前らがやっていることがバレるんだ。いいのか」

まったくいわれのない脅しだったが、その場にいた誰もが、もし本当にそんなことになったらまずいと、ぎくりとしたはずだった。税務署《かいしゃ》に限らず、国税局《ほんてん》の職員の中には、家族にすらどういう仕事をしているのか話していない者が多い。守秘義務の関係もあるが、あの男の言うようにどうしても近所からの偏見を気にしてしまうのだ。

わたしが止めるのも聞かずに、堂柿は「税務署は人殺し集団！」などと喚きちらしながら去ってしまった。

ふと、我に返ると周囲の人々がこちらを見ているのがわかった。お客さんだけではなく、デスクにいた徴収課の同僚もわたしを見ている。その目が、あからさまに「もっとうまくやれよ」と非難しているようで、わたしはいたたまれなくなった。

要領が悪いって思われているのはわかっていた。いままでそういう視線を浴びてこなかったのは、ひとえに彼らが鏡特官に遠慮していたからなのだ。

いわば、鏡特官はわたしの保護膜のようなものだった。それが思いもかけない事態に、こうして一人で仕事をするようになって、次々とボロが出た。

思い知らされる。わたしは鏡特官という保護者がいないと、こうまで仕事ができない人間なのだ。職場に微妙な空気を感じた。

（うう、針のむしろがいたたまれない…）

わたしは予定していたとおり、堂柿の会社があるという新川一丁目に行くことにした。

ホワイトボードに行き先を書き込み、金子統括に出ることを伝えて、バタバタと会社をあとにする。

これは、逃げだ。

自分でもよくわかっていた。

だけど、失敗したときの職場ほど、空気を吸うのも拷問な場所はない。

もう何年も使って、ブランドロゴも剝げ落ちてしまっている日傘をさして、地下鉄の駅まで急いだ。

署を出ると、自然と肩の力が抜けた。さすがにこんな真夏の暑い日や、大雨の日や真冬の現場はいやになるものの、一人という心地よさはなにものにも代えがたいものなのだ。

最近のわたしは、書類を揃えるよりも先に現場に行くのが癖になってしまっている。なにごとも動け。何度でも目で見て判断しろと鏡にしつこいほど指導を受けたたまものである。

現場に行くのは嫌いじゃない。徴収官になって二年目、税務官になって四年、あんなにいやだ辞めたいとゴネまくっていたこの徴収の仕事の中にも、楽しみとほんの少しの余裕をもてるようになった。それが現場だ。S《エス》や指導にいく時はさすがに気が重くなるが、情報集めのための現場調査はそんなに嫌ではない。会社を離れ、一人でカメラを持って実際の会社の状況や、アポをとったのち取引銀行に滞納者の取引状況を確認しにいく。楽しみなのは、動くときはたいてい一人だということだった。

結局、わたしは税務署《かいしゃ》という集団の中にいても、一人でいるのが好きな偏屈タイプなのだろう。仕事のやりかたを覚え、責任を取らされるプレッシャーはあるものの、一人でいると安心する。気を遣わなくて済むからだ。朝、錨さんと一緒に歩いたほんの数百メートルも、わたしにとってはかなりのストレスだった。常に相手のことを気遣って、嫌われないように、変に思われないように会話を振りつづけなくてはならないというのは、正直しんどい。

新富町から日比谷線に乗って茅場町で降りた。あの鏡だったらこれくらいの距離は、お得意のロード用自転車で向かったかもしれない。

(そういえば、ずいぶん長い間、鏡特官と話してないなあ…)

実際には、あの事件が起こってからまだたった二日間だし、いままでにも鏡が長期間出張でいなくなるときだってあった。なのに、こんなに長いこと会ってない気がするのは、いま鏡が前代未聞の事件に巻きこまれているからだろうか。

首都高の下を流れる日本橋川は、新川一丁目にたどり着くと隅田川に合流する。

わたしはここに所在登記されている、堂柿所有の会社ビルを訪ねた。昭和の末に建てられた三階建ての商業ビル……、といえば聞こえがいいが、実際はコンクリートの表面に無数のひびがはいり、かなり老朽化が目立っていた。一階の店舗部分のシャッターは閉まったまま、シャッター中央の郵便受けにはこれでもかとチラシやダイレクトメールが突っ込まれていて、長い間開けられた様子はない。

三年前に廃業してから堂柿は一階の店舗部分を閉め、二階を住居にして生活しているという。妻とは十年前に死別し子供はいない。見たところ所有している車もないようで、ビルは生活感もなく閑散とした雰囲気が漂っていた。

大事なのは、堂柿がここでいまも商売していないかどうかを確認することだ。近くに喫茶店があったので、昼食がてら立ち寄り、堂柿の所有するビルについてそれとなく尋ねてみた。

「ああ、三年くらい前まではなんとかフーズって看板が出てたけど、最近は見ないねえ」

わたしは心の手帳にしっかりと情報を書き留めた。なるほど、廃業したというのは本当らしい。

あんた、刑事さんかなにか？　と聞かれたので、不動産関係のものです、と答えておく。現場を回るときの徴収官のお決まりの台詞である。

まさか、こんな小娘が税務署から調査にきていると思ってもいない女性は、堂柿の亡くなった夫人と仲がよかったらしく、堂柿がよせばいいのに何度も商売をたちあげては破産し、そのたびに借金をするので、タイミングを見はからって離婚しようとしていたのだという余計な情報まで教えてくれた。

「じゃあ、それからはオーナーさんお一人で住んでるんですか？」

「みたいよ、女が出入りしてるのみたことないしね。うちにゴハン食べにくることも多いから、愛人なんていないいんじゃない？　ほんとにあの男見栄っ張りでさ。社長でないと気が済まないのよね。車はいつも外車だったし。従業員もいない会社のなにが社長よって感じ。千世《ちよ》さんがどれだけ苦労したか…」

しかし、この近辺で外車に乗っているところは見かけないという。実際、所有していたベンツは平成十六年の春に売却し、借りていた駐車スペースの契約も解除している。ということは、本当にいまは車には乗っていないのだろう。

「あのビルの三階は空き部屋みたいですが、誰か住んでる気配はありませんか？」

「えーっ、あそこ空き家だよずっと。住んでたら夜に電気がつくでしょう？」

喫茶店を出たあとこっそりビルの入り口にある電気メーターを確認してみた。たしかに、女性が言ったとおり電気が使われている形跡もないし、水道もガスも止まっている。

（ここを貸せばいくらか収入があるだろうに…。それとも、借り手がないのかな）

見てくれからしてかなり古いビルだから、若い女性の借り手は見つからないだろう。それとも貸し主があの調子だから、借り手とトラブルになってなかなか居着いてくれないということも考えられる。

「まあ、あの人もさ。まさか千世さんがあっさり死んじゃうとは思ってもみなかったらしいのよね。だから、墓参りだけはしょっちゅう行ってるみたい。ここの近くの永昌寺ってとこに随分前から墓を用意してたみたいだし。ま、ね。あたしらもそうだけど、この辺の人間って地方から出てきたのも多いから、墓が遠いのよね」

「堂柿さんはどちらの方なんですか」

「さあ、栃木とか言ってたかなあ。それって千世さんだったかな。覚えてないわ。でも、親の墓参りも行けないって言ってたくらいだから、随分田舎じゃないかしら。ま、千世さん死んでからどうしてるのか知らないけど。偏屈だしねえ。まったく、男って女房いなくなるととたんに老けるわよね。あんなにせっせと墓参り行くんだったら、生きてるうちにもっと女房孝行してやりゃよかったのに」

「そんなに熱心にお墓参りされてるんですか？」

「みたいよお。朝の日課っていうか、ジョギングコースっていうか。ほら、あの人、腹出てるからね。メタボが気になるんでしょ」

　女性の口調は、堂柿に対する棘《とげ》に満ちていた。

「いっつも商売商売って倒産するたびに会社たてて…、ろくに金にもならないのにさ。スナックで俺は社長だって嘯《うそぶ》いてる時に、千世さんは近くのスーパーで総菜作ってたよ。腕を油で火傷のシミだらけにしてさ」

「それは、大変でしたね」

「でしょぉ？　なのに死ぬときはあっという間だったわよ。ガンでね。アキちゃんあたし入院するわって最後にウチに来てくれてから、二ヶ月持たなかったの。馬鹿な男だよ。いまさら後悔しても、女房はもうとっくに墓の中なんだから」

ふいに、胸に、もう何年も会っていない父の顔が思い浮かんだ。


写真も十分に撮ったし、所在と状況の確認もした。わたしはいろいろ得た情報を忘れないよう、駐車場の脇にぽつんと立っている自動販売機にノートを押しつけてメモをした。

わたしたち徴収官は、差し押さえに行く前には、こうして何度も相手の生活状況や財産の確認を行なう。いざ差し押さえに行ってなにもなかったら踏み込み損だからだ。

（あのジジイ、ぜったいなにか隠してるっぽいんだよね。じゃなきゃあんなに怒鳴りまくる理由がないもの）

人間、聞かれたくないことを聞かれた時や、早くその場を立ち去りたい時は、とかく大声を出して煙に巻こうとするものだ。しかし、そんな相手を何百人と見てきているわたしたちにとっては、相手の怒りさえ、大きなヒントを得たも同然なのだった。

（だけど、たしかに現状では収入はない。ビルはテナント入ってないし、誰かにこっそり貸してる気配もなかった。わたしの思い過ごしかな…）

そのまま、来た道を戻って茅場町の駅に行くはずが、気がついた時には違う橋を渡っていた。いつまで経っても駅につかないのでおかしいと思ったら、箱崎である。

「うわ、日本橋まできちゃった」

京橋中央署管轄は新川までで、日本橋川を渡ると日本橋署の管轄になる。

急いで携帯で現在地を確かめた。トホホなことに、かなり遠くまで来てしまっている。いまから茅場町まで戻るより、水天宮駅まで行ったほうが早いとナビにまで諭されてしまった。

もう、こうなったら人形町駅まで歩こう、とわたしは腹をくくった。この暑い中、日傘片手にふうふう言いながら歩くのは辛いが、人形町まで行けば日比谷線で築地までいける。ついでに、人形町にある例の《おからや》と《寅福》もチェックできるだろう。

（堂柿さんの件が終わったから、次はええとなんだっけ、勝どきのほうに滞納法人がいくつかあって、わたしに振り分けられたんだっけ…）

鏡から、徐々に仕事を任されるようになってからというもの、いろんな案件がありすぎて常に頭がパンクしそうだった。一つをやり終えたと安心していたら、別の一つを忘れている。そのたびにあらゆる方向に謝ったり謝ったり謝ったりして、そのたびに自分の中の自信タンクのメモリが下がっていく。

頭を下げるたびに、自分の中にあるあらゆる穴から、少しずつ自尊心が漏れていくようだった。その穴は寂しさからできたりするし、自分の仕事の不出来からもできたりする。結局、仕事をしている以上その穴を完全にふさぐことはできないので（できても、すぐに別のところに穴が空く）わたしが出来ることといったら、仕事をきちんとするか、プライベートを充実させて自信タンクを補充するしかないのだった。


人形町は、甘酒横丁通りを中心に、水天宮までの大通りをはさんで両側に商店街がずらりと並ぶ観光地である。昔ながらの商店はほとんど戦後に建てられたものだが、一部戦災を免れた部分もあって、いまでもレトロなビルや日本長屋が点在している。

なんとはなしに、水天宮を目指さず、大通りから一本内側にひっこんだ道を歩いた。陰を歩きたかったからだ。小径に入るとうだるように暑かった空気がすこしやわらいでいてうれしい。

平入り二階建ての長屋はどれも古く、老朽化しているものとレトロと呼べるものが混在していたが、不思議と落ち着ける空気が漂っていた。

（このあたり、ずいぶん古いんだなあ）

税務署(かいしゃ)のある新富のあたりも、古さの名残りのある街だ。運が良ければ昼間でもお稽古に通う芸者さんに会えることもあるし、料亭もまだ残っている。昔あのあたりに花街があったからだろう。けれど、この人形町ほどレトロな感じはしない。人形町には戦災にあっていない建物がしぶとく残っているからで、あちこちに遊郭風の欄干のある出窓や、緑色に染まった銅板張りの壁を見ることができた。

好きだな、と思った。

この古びたものにしか出せない色の群れ、歩けば歩くほど細い小路に迷い込んでいくような感じがなんだか安心する。ここにいるのが正しいような、ずっとここを探していたかのような既視感を覚える。人形町に来るのは初めてのはずなのに。

ふいに、なにかが燃えているにおいが鼻をついた。ふと見ると、家の前で女性が小さな皿の上に藁のようなものを燃やしている。

まだ午後のけだるい空気の中、こざっぱりした普段着に前掛けをした中年の女性が、皿の側でじっとかがんで、立つ煙を見つめていた。打ち水をした後なのか、地面は雨でもないのに濡れていてほんの少しだけ冷気がした。

迎え火だ、と思った。そう言えば、お客さんが言っていた。今週は人形町は草市だって。草市はお盆で使うオガラやお供えお盆用具を売る期間で、東京の下町は新盆といわれ一ヶ月早い。

七月十三日。これからが東京のお盆の本番だ。

「おかあさん、おしょろさまできた」

その女性の娘らしい小学生くらいの女の子が、馬のように足の生えたキュウリを持って出てきた。そのキュウリやナスが、お盆にご先祖様をお迎えするためのものであることは知っていたが、こうして実際に目にしたのははじめてだった。関西ではあまり見たことがない。

――馬鹿な男だよ。いまさら後悔しても、女房はもう墓の中なんだから。

ゆんわりと立つ煙を見ているうちに、ふいに、喫茶店の女性が堂柿のことを言った言葉を思い出した。

妻を亡くして、たったひとりの老後になってしまった初老の男。あの往生際も柄も悪い堂柿が何故か身近に感じられるのは、あの男がどこか父に似ているからだった。仕事仕事で妻を顧みず、その結果妻を亡くして、一人で毎朝墓参りをする…。たった一人であるはずの女性に対して、なにも尽くしてこなかった男。

神戸岡本にあるわたしの実家は、もともとは一階が和菓子屋の店舗で、二階と三階が住居になっていた。わたしが生まれる前かすぐあとに、祖父と父がビルに建て替えたらしく、あそこはずっと長い間大事な、父の城だった。

――もう一回して。ぶーんっ、てして。もっとして。

わたしは、両親の間に比較的遅くできた子だった。一人っこで、父もまた一人息子だったから、当然のごとく祖父母の愛も両親も独り占めすることに慣れていた。

その中でも特に好きな遊びがあった。両手を父と母とで繋いで、二人がわたしをブランコのように持ち上げる。足が急に浮いて、わたしは歓声をあげる。――あの一瞬の浮遊感がやみつきになって、よほど好きだったのだろう、何度も何度も父にせがんだことを覚えている。

あの家でわたしたちが暮らしていたのは、わたしが中三の冬までだ。ちょうど高校受験を直前に控えた時期に、母が亡くなった。いまでも、息が白く粉を吹いたようになりはじめると、いまはもうないあの家の土間で両手をさすりながら指に息を吐きかけていた母のことを思い出す。

あの日、父は風邪をひいた母を無理矢理配達にいかせ、自分は商店街の寄り合いだと言って飲みに出かけた。母は配達を終えたあと酷い咳をしていたが、明日の仕込みのために冷たい水で道具を洗い、煉切《ねりきり》をつくるための白餡を火取っていた。煉切作りは和菓子屋の日課で、焦げつかさないように常に火の前にいなければならないので、母は横にならず、咳き込みながら背中を丸くしていた。わたしはその横で、ふかした大和芋を裏ごししながら、寄り合いばかり大事にする父の悪口を言っていた。

「深樹ちゃん、もういいよ。上で勉強してきなさい」

わたしが単語帳ばかり気にしているので、受験生の娘に申しわけないと思ったのだろう、母はそう言ってわたしを部屋へ戻らせた。

母が亡くなったのは、その日の夜中だ。まったく突然のことだった。心配になって下へ降りたわたしが見たのは、真っ白な顔でほとんど嘔吐のような咳をしていた母だった。白い息がとぎれることなく、紺色の夜の中に、まるで霧吹きをしたようにつぎつぎに散っていた。

わたしの顔を見た母は、「お父さん、早く帰ってくるといいわね」……そのまま店で激しく咳き込んで倒れ、意識を失った。

救急車で運ばれ、いくつもの管で命をつなぎ止められている間も、わたしはまだ母が死ぬなどとは思ってもみなかった。だって、母は風邪だったのだ。自分でもそう言っていた。風邪ならいまは薬とか注射とかで一週間もすれば治るはずだった。たとえインフルエンザだったとしても同じくらいだろう。母は老人でも幼児でもない。十分に大人で、まだ若い。なのに、どうしてどうしてこんなに大事になっているの……？

劇症肺炎だった。

母の最期の言葉を忘れられない。「深樹ちゃん、ストーブ消してきた？」白生餡のついた顔のまま、二度と目を開けてはくれなかった。

まだ中学生だったわたしにとって、死はまだ遠く、どこか物語の中のロマン的な匂いさえするものだった。人生の終わりは、老いとともにやってくる。そんな認識があった。父方の祖父母はわたしが生まれたころにすでに亡くなっていて、母方の祖父も祖母もガンで亡くなった。それでもふたりともすでに老齢といえる歳だったから、どこか仕方がないものだと捉えていた。

なのに、なんでお母さんが死ぬの。お母さん、まだ若いでしょ。風邪をひいたくらいで死ぬような歳じゃないでしょ。ねえ――

携帯なんてなかったから、あの日の夜、父に連絡もしなかった。ただ、あっけなく息を引き取って、すべての医療器具を取り外され、もう誰もなにも母のために施してくれなくなった体を呆然と見ていた。ただの風邪なのに、そう言って半ば怒りながら看護師にくってかかった。怖ろしく寒い夜だった。廊下は氷で出来ているように冷たく、看護師も白い息をしていた。白い息で言った。「お母さんは、運が悪かったの」

あの家を思う時、目を瞑れば中学生のわたしがいて、病院のリノリウム材が青光る廊下に立ちすくんでいる。たぶんわたしはまだ、母が死んだことを受けとめ切れていないのだ。そういう意味では、心の底で父を許していない。

これが、わたしの勝手な思いこみだということはわかっている。だって、母は父を恨んだりはしていないだろう。最後まで、父の城と仕事のことを気にしていた。

なのにわたしは父に対してわだかまりを捨てられない。社会人として、自分の仕事を誇りをもって続けている父を尊敬しているのに、あの日病院の非常階段の青いランプの下で白い息を吐いていた小さいわたしが、まだ許しちゃだめだ、こうなったのは全部お父ちゃんのせいだと顔をぐちゃぐちゃにして泣き叫んでいるのだ。そのことが母にひたすら申しわけないから、なかなか墓参りに帰る決心がつかない。

子供だな、と思う。

だけど、わたしはいつまでも、父と母の子供だ。仕方がない。

気がつくと、わたしは立ち止まり、日傘のつくる小さな影を黙って踏んでいた。いつのまにか母子は立ち去っていて、あたりには焚いた迎え火の残り香のようなものがかすかに漂っていた。

いまでも父は、もう他人のものになってしまった実家の前で、母のためにああして迎え火を焚いているのだろうか、と思った。それとも線香をあげて、手をあわせるだけだろうか。店にはもう父以外の職人はいない。売り上げが安定しないから、バイトもいれられないと言っていたことを思い出す。

甘酒横丁の交差点に向かって歩いていると、ピーマンやトマト、ナス、長い茎のほおずきがそれぞれカゴに盛られて売られていた。わたしは、なんとはなしに屋台に出ていた店員の男性に聞いた。

「これって、うちでもできます？」

「え？」

「あの…、田舎が関西で、仏壇も実家なんですけど、東京で迎え火って焚いてもいいんですか。ここで迎え火を焚いたら——」

母は、わたしのところへ来てくれるだろうか。

父のところのついででいいから。

うんと大きなキュウリを買って、足の速そうな精霊馬を作ったら、東京方面も寄ってくれるだろうか、そんなことを思った。

「ああ、こっちに出てきた人ね。おたく関西なの？」

わたしは頷いた。

「そうねえ、迎え火ねえ、どうかなあ。でもやって悪いことはないと思うよ。もともと迎え火も送り火もお盆のお供えも、先祖だけじゃなくて供養されてない霊のためにやるものだもの。ほら、水の子も余分に作るし」

「水の子って？」

男性は、帰ってきたご先祖様の食事で、蓮の葉の上に研いだ米と刻んだ野菜を盛るのだ、と教えてくれた。

「ほんとうは、家の中にお盆棚とか作るからねえ、位牌があったほうがいいんだろうけど、最近は迎え火もしないで送り火だけの家もたくさんあるからねえ」

難しいことは気にしなくていいんだ。ようは気持ちだよ、気持ち。

そう言われて、なんとなく心が軽くなった。わたしは大きなキュウリとナスとつくりもの蓮の葉、それに迎え火に使うオガラのセットを購入した。おじさんが親切に水の子の作り方を書いた紙を入れてくれた。

商店街沿いに歩くと、人形町の駅への入り口が見えた。やっと冷房にあたれると心なしか足が速くなる。


「まだ従業中なのに、私用の買い物ですか」

わたしは足を止めた。

「国家公務員はいいですね。好きに外出して外で息抜きですか。民間だったら厳重注意で降格ですよ」

大きな黒目が、少し高いところからわたしを見ていた。こざっぱりとした夏用の黒のスーツを抱え、真夏なのに長袖のシャツにアームバンドをつけている。その上にのっかっている、チワワの顔。

勤商の顧問弁護士、吹雪敦。

(なんでこんなところにこいつがいるの!?)

わたしは、思わずお盆セットの入ったポリ袋をぎゅっと握りしめた。

3 ジョゼという名で出ています

　七月十三日はお盆の入りで、その日わたしは母のために迎え火を焚くため、仕事で立ち寄った人形町でお盆用品を衝動買いしていた。

なのに、よりにもよってそんな場面で、あの因縁の男と鉢合わせしてしまったのだ。勤商の顧問弁護士、吹雪敦。

「国家公務員はいいですね。好きに外出して外で息抜きですか。民間だったら厳重注意で降格ですよ」

　言われて、さすがにむっとした。

「まるでストーカーですね、吹雪さん。弁護士さんだかなんだかしらないけど、はっきりいって気持ち悪いです」

　きっとこれまでのわたしだったら、まずいところを見られてしまったとオタついただろう。しかし、いまは怒りのほうが勝っていた。母のためになにかしようと思い立った、その純粋な気持ちに思いっきり泥水をかけられた気がしたからだ。

「まあそれも仕事なので」

「なんでこんなところにいるんですか」

「まあ、そこは蛇《じゃ》の道は蛇《へび》で」

わたしのなけなしの反抗を、吹雪はあっさりと受け流した。さすがは法廷で戦う弁護士。わたしのような小娘に吠えたてられても痛くもかゆくもないのだろう。彼の作り物の笑顔が微動だにしないのが小憎らしい。

(なにが東大ストレートだ。なにが元裁判官の勤商の弁護士だ。どうせ性格か素行に問題があって裁判所をクビになったに決まってる。わたしがこんなチワワ相手に怯むことなんてないんだ)

わたしは彼を無視して、さっさと地下鉄に潜り込もうとした。しかし、神さまが意地悪をして目の前で交差点の信号が赤に変わる。

「逃げなくてもいいでしょう。僕はあなたの力になれるのに」

「………」

「鈴宮さん、あなたあの鏡を嫌ってるんでしょう。いろいろ噂は集めましたよ。あんな身勝手な男が唯一の上司なんて、気の毒なことだ」

「………」

「鏡が処分を受ければ、あなたは彼のトッカン付きではなくなるんですよ。うれしくないですか」

「…………」

「たしかに、滞納者に訴えられるなんて、あなたがた税務職員にとっては面白くない話かもしれない。けれど、この世の大多数を占める一般市民にとってはどうですか？　恫喝されて発作的に首を吊るまで追いつめられてもなんの罪にも問われないなんて、あなたが唐川さんの奥さんなら、許しておけますか。唐川さんは自殺される前日、鏡に頭を下げに行ったんです。何時間も店を空けて鏡を待っていた。なのにあなたの上司はまったく彼の言い分を聞かず、拒絶し、あろうことか唐川さんを恫喝したんですよ。全部証拠が残ってるんです。唐川さんの日記でね」

「あなたは」

いいかげん黙っていることにとうとう耐えかねて、わたしは口をひらいた。

「なんです」

「あなたは、何故そこまで鏡特官が憎いんですか」

「え、憎くなんてないですよ」

チワワの黒い大きな目がキョトンとした。そんな表情がやけに子供っぽくて、いちいちこの男の悪意を巧妙にかき消してしまう。

「誰も憎くなんてないですよ。僕が訴訟を起こすわけじゃないんだから」

「じゃあ、仕事だからですか?」

「それもそうだけど、もっとわかりやすい理由がある」

ニコーと吹雪は笑った。笑うと、ほんとうに菓子をほおばった子供の顔になる。

「僕は、正義のヒーローになりたいんだ」

「は…?」

「カッコイイでしょ。非力な人を守って巨悪と戦う。相手が悪辣であればあるほど、ヒーロー性が際だつ。だから通勤はいつもバイクです。正義のヒーローはバイクで登場すると相場が決まってる」

一瞬茶化されたのかと思った。けれど、見上げた先にある吹雪の顔は至って真面目だ。それも、冗談の余地はないくらいに。

なに。

なんなの、この人。どこまで本気なの。

「この場合、巨悪は君たち国家公務員だ。いつもいつも安全地帯にいて国家権力という凶器をふりまわしている。そりゃあ公務員になったばかりのころは難関を突破してきた優秀な人材だっただろうさ。けれど、人はぬるま湯に浸かっていれば能力的にも精神的にも堕落する。

断言してもいいけど、日本中の公務員以外のすべての人々が、国家公務員も能力に応じて民間レベルでクビにすべきだと思っているはずだよ。だいたい、公務員が犯す犯罪に対しての処分がぬるすぎる。交通事故を起こしたのが民間人ならクビになるのが普通なのに、君らは停職処分で済んでしまう。不公平もいいところだ。

だから、現在の法律が許す限りにおいて、今回は僕が君たちに鉄槌を下す。たまには痛い目に遭うといいんだよ。実際、悪なんだから」

悪。

「残念ですよね。もっとみんな国家公務員を攻撃するために立ち上がればいいんだ。なのに、東大とか京大とか、優秀なやつはたいてい国家権力の側に就職してしまう。それじゃ意味がない。能力の独占と偏ったバランスはなにも生み出すことはない。人は権力と戦ってこそ、なにかを生み出せるものだ。新しい価値観や技術、思想、全てを人は戦って得てきたんだよ」

信号が青に変わったというのに、何故か、わたしは動けなかった。

「僕は、法律を盾にする者の傲慢さが許せないんだ。——その傲慢さはね、十分悪なんだ。根絶されるべきだよ」

こいつ、頭がおかしいんじゃないの。

そう笑い飛ばそうとしているのに、どうしてだか、ぞっとした。

実際、吹雪の主張は単純明快だった。正義のヒーローになりたい。だから、東大法学部を出てストレートで判事にまでなっておきながら、あっさりその地位を捨てて、敢えてかつての同胞たちとは敵対する陣営に身を置く。国家権力に立ち向かう……

吹雪はきっと極度のナルシストなのだ。完全に、国家という巨悪と戦う自分に酔っている。

(だけど)

この男をただの狂信者として切り捨ててしまうのは簡単なことだ。左翼、パブリックレーマー……、この類の思想をカテゴライズする言葉はいくつもある。

けれど、まったくのきれい事ではなく、実際に彼のように裁判官の地位も名誉も、国家公務員という安全地帯も捨てて、困っている中小業者のために働ける人間がこの世にどれだけいるだろう。わたしはそう思わずにはいられなかった。

そして、世間ははたして、弱者のために立ち向かった彼と、安全地帯の中に逃げ込むわたしたちとどちらを支持するだろうか。

(わたしには、できない)

自分にそこまで自信がない。賢くもない。なにより、自分がかわいすぎる。

明治座へ向かう中年の女性たちが、青だというのに横断歩道を前にたちすくんでいるわたしに奇妙な視線を向けていた。すぐ目の前に地下鉄の入り口があるのに、わたしはどうしてもその中へ飛び込めなかった。

どうして、この男はそこまでなりふりかまわず国家権力に立ち向かえるのだろう。こんな世の中だからこそ、誰だって、大きな傘の下に居たい、絶対的ななにかに守られていたいと望むはずだ。なのになにもかも捨てて、はっきりいってたいしたお金にもならず、名誉にもならず、お上に睨まれることに全力を傾けている。

だからこそ、怖いのだ。守るものがなにもない人間の向こう見ずな体当たりほど怖いものはない。

「あなただって本当はわかってるでしょう。鏡雅愛がどういう人間か。滞納者に向かってどういう態度をとってきたか。トッカン付きなんだから」

「…………わたし…」

「僕はね、なにも憶測でこんなこと言ってるわけじゃない。独自の調査で、裏はとってるんだ。あなたたちがここ京橋中央署に来てから担当した滞納者たちのうち、二十人ほどから証言を得ている。鏡雅愛がいままでどんな対応をしてきたのかをね。ひどいもんだ。恫喝なんて日常茶飯事だったじゃないか。そうでしょう」

「そんな」

「例えば、世田谷区尾山台の下島絵津子《しもじまえつこ》さんを覚えていますか。彼女はもし裁判になったら、こちら側の証言に立ってもいいとおっしゃってくださっています」

（し、下島絵津子って、あの犬の！）

わたしは思わずぐぐっと声をあげそうになった。下島絵津子と言えば、わたしが一人徴収デビューの日にぬかみそ爆弾を投げてよこしたおばさんではないか。彼女なら、たしかに愛犬を奪われた恨みで、鏡特官をやりこめる裁判に出てこないとも限らない。

「ど、どうしてあなたが、わたしたちが担当した滞納者なんて知ってるんですか」

「いやあ、それはもちろん、蛇の道は蛇で」

だんだん、このチワワ弁護士が蛇っぽく見えてきた。それも、楽園でエヴァにいらないことを吹き込んで夫婦仲を崩壊させた、あの蛇だ。

「ね、あなたの鏡特官は決してしてはならないことをしたんだよ。滞納者とはいえ一般市民を恫喝、恐喝するなんて絶対に許されない。なに、どうせここで罪を認めたってクビになんてならないよ。せいぜい降格処分くらいさ」

わかるよね、君なら——と吹雪が小さく言った。その声はわたしの耳に、まるで生きているようにするりと入り込み、心の中に小さな蜷局《とぐろ》を巻いて居座った。

「みんな、唐川さんのためなんです。あの人にはもうなにも残ってないんだよ。気の毒でしょう。あの人は夫も店も、仕事も金も未来も全部、なにもかも失ったんだよ。それに比べたら、鏡雅愛が失うものなんてたいしたことない。頭を下げるくらいしたっていいはずじゃないか」

重い。胃が一気に重くなる。

わたしの心が揺れているのを察知したのか、吹雪はさらに、

「頭を下げるだけでいいんですよ。心の底から謝ってくれれば、彼女は訴訟をやめてもいいと言っているんだ。だからもうここは観念して、自分たちの非を認めたらどう——」

「Faccia tosta!《ファッチャ・トスタ》　嫌がってるじゃない彼女」

吹雪のささやきに、からっと乾いた秋晴れのような声(ついでに日本語ではないものも混ざっていた)が覆い被さった。

見ると、横断歩道の真ん中に、頭にアンパンマンのお面をずらして被った妙な男が立っていた。外国人かと見まごうばかりのやけに高い鼻、そしてふわっふわの金髪が、国民的人気アニメのお面にそぐわなさすぎる。

「Buon giorno!《ボン・ジョルノ》　いい夏だね。バカンス日和とはこのことだよ。少々ベタベタするけど」

多くの日本人がたいていそうであるように、わたしは彼が言った日本語ではない言葉に敏感に反応した。

(やっぱり外人!?)

男は二人いて、隣のやけにばかでっかい男もバイキンマンのお面を被っているところから、二人は連れ合いのようだ。バイキンマンのほうはアンパンマンより頭一つ分背が高く、

体もやけに分厚かった。きっとサングラスをして黒服を着たらシークレットサービスのように見えるだろう。髪の毛は柔道家のように短い坊主頭で、堅苦しい黒縁眼鏡。それがやけに迫力がある。

アンパンマンとバイキンマンは、日本橋ジャパニーズという縫い取りのある野球のユニフォームを身につけていた。どうみても二人とも社会人なので、草野球チーム仲間かなにかだろうか。それにしても、日本橋ジャパニーズとはどこをどうつっこんだらいいのだろう。

「それとも宗教の勧誘？　政治団体？　どっちにしてもお嬢さんが嫌がってるんだからそれ以上くっついたら警察が来るよ。ってかオレが呼ぶよ」

「なんだい、不審な君たちは」

「Svitato《スヴィタート》!?　Svitato. いいね、不審なオレたちです〜」

吹雪の言い分は的確だったが、意外にもアンパンマンのお面の男は軽く笑い流した。わたしは内心驚きを隠せなかった。あの強引な吹雪が押されている。これが外人の空気を読まないパワーなのだろうか。

「宗教の勧誘なんかじゃない。仕事の話だ。あっちにいっててくれ」

「ふうん。じゃあ、オレたちも仕事の話をするよ。——真面目に」

と言って、半ば強引にわたしと吹雪の間に割り込んだ。

「なんだ、君は」

「ジョゼと呼んでくれてかまわない」

外人顔のアンパンマンが、ぐいいと自分に親指を向けてウインクする。わたしは目眩《めまい》がした。本当に、なんなんだろう。このやけにテンションの高い不審な外人は。

彼は、尻ポケットに手を突っ込むと、使い込んでいる色をした革のカードケースから名刺を取り出し、吹雪の目の前でヒラヒラさせた。

「それ以上の接触は担当弁護士としてとっても認められないんだ」

吹雪の顔がさっと曇った。男たちへと向けていた軽蔑的な視線に、みるみるうちに警戒心が混じる。

「担当弁護士!?……って、誰の!?」

「チカの」

「誰!?」

「君の上司の、特別国税徴収官、鏡雅愛」

――わたしは、ぽかんとした顔でジョゼの日本人離れした高い高い鼻を見た。

＊＊＊

京橋中央署《かいしゃ》へ戻り、ひたすら事務仕事に徹したあと、わたしはジョゼと名乗った不審な外人弁護士と会うため、再び人形町へと足を向けた。本当は鏡がいないときぐらい定時で上がりたかったのだが、なんとなく今日に限って徴収課が緊迫だっていて、一時間ぐらい残らないと気まずい雰囲気だったのだ。

あのいつもは閑散とした徴収課のスペースに、人がたくさん集っていた。錨さんや釜池が、ネットに繋げたパソコンの前でひたすらなにかを調べている。それだけではなく、いつも定時になるとトイレで髪を巻き直す木綿子さんが、少しくたびれた横髪をそのまま放置して、真剣な面持ちでパソコン画面とにらめっこしていたのが気になった。

なにか大捕物でもあるのだろうか、それにしたって一課と二課が同時期にあんなふうに集まるなんて、めったにないことだ。

六時過ぎの人形町は、まだ太陽が沈んだばかりで、うっすら明るく、西に溶けかけのバター飴のような空が広がっていた。わたしは、ジョゼに教えてもらった住所を携帯ナビでたどりながら、早足で細道を歩いた。この自動車も入らないくらいの道を歩いていると、身が詰まったような安堵感を覚える。これは自分でもあまり説明のつかないことだった。

有名な親子丼店の前を通り過ぎ、車も通れないような細い道をいくらか行った先に、事務所の入ったビルがあった。素敵なレトロビルだ、と見て思った。白亜のモルタル装飾が細部にしてあって、一見洋風なのに、一階の正面にあるのは水面のような模様の入ったガラスの木製引き戸である。《明朗会館》という木製の看板がかかっており、弁護士事務所の案内はない。だが、渡された名刺には明朗会館二階と書いてあるので、ここで間違いないようだった。

「こんにちは…」

引き戸をノックするのも変なので、声をかけて戸を開けた。正面を入ると広い土間があり、右手にポストが並んでいる。ということは、ここには事務所が何件か入っているのだろう。もらった名刺にある、《本屋敷法律事務所》のポストもある。その上に、人を呼ぶのに使うベルが置いてあり、「御用のときは鳴らしてください」という指示もあった。なんにしてもいま時レトロな事務所だ。

チンチン、と鳴らすと奥の階段から誰かが下りてきた。あの印象的な高い鼻…、に、弁護士らしからぬ首筋あたりまでの長髪。今度はアンパンマンのお面がついていない。しかも、なんと今度はジャージ姿だ。

「あの、本屋敷《ほんやしき》さん…でいいんですか？」

「ジョゼだよ」

言い切られてしまった。

それにしても、外から見るとレトロな洋館のようだったのに、中は土間があったりして純和風なのが面白かった。階段も急で、大人二人が上がるたびに、ぎゅっぎゅっと音がする。

「このへんのレトロなビルは、たいてい看板建築だからねー」

本名本屋《ほんや》敷真《しきま》事《こと》さんこと、ジョゼが言った。

「看板建築？」

「洋館に見えるのは正面だけなんだよ。中はふつうの木造二階建て」

「嘘！」

「ホントホント。銅板とか張ってあったり、モルタル細工があったりするのはたいていそう。ハリボテなんだよ」

「銅板って、あの緑色の？」

たしかにこの辺りは、妙に緑がかった古い壁面の家がいくつも目につく。築地市場の入り口あたりにも、たしか同じような仕様の古い家があったように思う。

「カビてるからもう緑だけど、関東大震災後のころはまだピッカピカだっただろうね。機会があったらもっと高いビルの上から見てみるといいよ。ハリボテだってよくわかるから」

ジョゼは気さくな調子で、人形町の建物群についての蘊蓄を語って聞かせてくれた。彼は特にこの昔ふうのハリボテ看板建築が気に入って、ここを事務所にしているのだという。

「だって、オレたちが借り上げないと、On c'è ombra di dubbio《オンチエ・オンブラ・ディ・ドゥッビーオ》（疑う余地なく）古いだけだって取り壊されちゃうでしょ」

たしかにそうかもしれない。いま時インターホンもないベルで呼び出す事務所なんて、めったにお目にかかれない。

ジョゼの事務所は、二階の奥にある二間続きの部屋だった。これまた昭和な雰囲気の応接セットが並んでいる向こうに、重厚感のあるサイドボードがあり、お洒落なワイングラスがぶら下がっている。その下には見たこともないような洋酒のボトルがみっちりと並べられている。まるでバーだ。

衝立《ついたて》の向こう側は、キッチンになっているようだった。見覚えのある坊主頭が左右に動いていた。あの黒熊のバイキンマンだ。それにしても大きい。身長は一九〇をゆうに超えているだろう。

「な、なんだかいい匂いがしますけど」

「ああ、気にしないで。いまアッキーが唐揚げをあげてるんだ」

「唐揚げ⁉」

なんで事務所で唐揚げ⁉と思ったが、あまり深くつっこまないことにする。

「昼間はゴメンね。いきなり声をかけて。実はそのうち訪ねていこうかと思ってたんだけど、あの時は本当に本当の偶然だったんだよ」

それは、あなたたちのあの時の格好を見ればわかります、と言いそうになった。まさか吹雪にしても、敵である鏡の弁護士が草野球のユニフォーム姿で現れるとは夢にも思うまい。

「あの時は自己紹介してなかったよね。オレは本屋敷真事。ジョゼって呼んでくれていいよ」

グイイ、と親指で自分を指し、ウインクされた。これが彼の普段のスタイルなのだろうか。だとしても、もうどう対応していいのかわからない。

「なんで、ジョゼなんですか」

「ナポリターナなんだ。わかるだろ。この彫りの深い顔立ち。そしてナポリの海の匂いのする陽気な空気」

「そいつは生粋の栃木県民だぞ」

揚げ物の片手間に、黒熊がお茶を運んできた。真実を茶菓子に添えて。

「栃木!?」

「そうだ」

「…って、どこですか?」

口にしたあとに、まずいと思った。彼の顔が間違ってハイターで漂白してしまった残念なキューピーのように白くなってしまったからだ。

（しまった。二人とも栃木人だったか）

ここで栃木県民らしい二人を敵に回すわけにはいかない。わたしは必死で小学校のときに覚えた日本地図を頭の中に再現しようとした。しかし、どんなに思い起こそうとしても東京から上はさっぱりピースが埋まってくれない。なんとなく新潟や秋田の位置がわかるくらいだ。

「栃木っていうのはね、宇都宮とかあるところ」

陽気なナポリターナらしい笑顔に戻って、ジョゼが言った。

「それから、日光東照宮なんていうのも有名だね。オレは外人だからよく知らないけど」

「ええと」

わたしは引きつり笑いをした。この名刺の本屋敷真事という、立派な日本名はとりあえず無視していい設定らしい。

「ああ、紹介が遅れたね。こっちのでっかいのは里見《さとみ》輝秋《てるあき》。アッキーって呼ぶといいよ。こんなでかくてむさい図体してるけど、ホントは自分のカブトムシが死んだってだけで三日三晩泣き続けられるくらいピュア・ハートな持ち主なんだ。誤解しないで」

「いや、まだ誤解する前に、いろいろ理解できてません」

「ああ、そうだったね。ごめんね。それにアッキーは真性の田舎者だからいろいろと許してやって欲しい。なんせ栃木の郡民だから」

「オレと小中高と同じだったお前はどうなんだ」

　黒熊さんからクレームがついた。

「それとね。こいつ、いまはプーしてるから、うちの事務所のボディーガードとして雇ってるんだ。最近物騒だからね。オレは人を殴らない主義だけど、世の中には殴らないとダメなやつもいるからさ。ま、こいつは卑怯者だから、いざというときは逃げる可能性もあるんだけど」

「はあ」

「中学の時だって、いつまでも一緒だって誓ったオレたちを裏切ったんだ」

「栗山村が塩谷郡を出て日光市になったことをいつまで根に持ってるんだ」

「許せないよ」

　究極に話がかみ合っていない。

　わたしはあまり深く考えるのをやめて、彼がここにわたしを呼び出した真意を問うことにした。もう栃木がどこだっていい。

　里見は再びキッチンのほうへ戻っていった。パチパチと油の跳ねる音とともに、肉の揚がるいい匂いが部屋に充満する。

「実際チカとはさ、長い付き合いなのよ、オレたち」

　黒熊さんこと里見が入れた日本茶を、熱燗のように飲み干して、ジョゼは言った。

「じゃあ鏡特官も、栃木の人なんですか？」

「うん。そう。オレたち小中高と一緒だもん。あ、オレは生まれはナポリだけどね」

と、設定の矛盾をすかさず修正する。

「部活も一緒だった。中学校のときはアッキーとチカとオレとで華麗なる三遊間って言われて、お嬢さん方にすごい人気でね。いつも白球がオレたちの間を華麗に駆け抜けていくんだ」

それは、残念ながら三遊間として機能してないに等しいのではないか。

「…でも、高校に入るとあいつ部活やめてバイトするようになったんだよな。ま、めずらしかないけど」

「オレもやってた。新聞配達」

衝立の向こうで、里見が言った。

「田舎だからそれくらいしかバイト先がなかったしな」

「じゃ、ないだろ。あいつの場合ハナの家のさ…」

「真事」

ふいに、ジョゼは黙ったかと思うと、一瞬で話題を切り替えた。

「まあ、そんなことはこのさいどうでもいいんだ。今日わざわざ君に来てもらったのはほかでもない、いまチカが追いつめられている唐川成吉の自殺についてなんだけど」

（いま、たしかに〝ハナ〟って言ったよね…）

何故か、心のフィルターに敏感にひっかかってきた名前。普通に考えると、ハナは女の名前だ。

「…あの、鏡特官の弁護士ってことは、鏡特官がジョゼさんに依頼したんですか」

「だったらよかったんだけどさ」

「違うんですか」

「チカって、あのとおりの男なんだよ。頑固で融通が利かなくて最後の最後でツメが甘いわけ。今回のことだって見たでしょ、あのバカみたいなデモ。テレビ見てこっちもびっくりしてさ。何度も連絡したけど、余計なことはするな、全部指定代理人が片づけるって言ってきかないんだよ」

「指定代理人って…」

「国家賠償法の場合、被告が国になるからね。当然国側から戦える人が出てくるわけ。チカの場合、もし訴えられたら法務局の訟務部から訟務検事が出てきて担当することになると思うの」

次々に知らない単語がでてきて頭の中が混乱しそうだった。法務局の訟務検事なんて、まるで早口言葉のようだ。

「検事…、って、刑事事件とかで起訴とかする人ですよね」

「うん。訟務部の検察官は行政訴訟のプロだからね。専門家だから、まかせとけっていうチカの言い分もわかるんだけどさ…」

彼は、まるで本物の外人のように、オーバーリアクションで肩をすくめてみせた。

「相手の勤商の弁護士。吹雪とかいったっけ。オレはね、実はああいう正義の味方がんばりますみたいなの嫌いじゃないよ。でも華麗なる三遊間で苦楽を共にした親友がさ、あんな顔はチワワみたいだけど中身ハゲタカみたいなヤツの出世に利用されるなんて、がまんできないわけ」

「出世にって」

「あれ、知らない？」

ジョゼは、中年のおばちゃんのようにテーブルの上のお菓子の袋に手を伸ばし、白い砂糖のかかった薄焼きせんべいをぽりぽり食べ始めた。

「そっか。税務署さんでも上のほうはもう調べがついてると思うけどな。あの吹雪っていたでしょ。勤商の弁護士。あいつの祖父が労働党の大物だよ。父親は京都府議」

「労働党…」

たしか、署長《おやじさん》が勤商と労働党の関係について、ちらりとコメントしていたような気がする。それにしても驚くのは、あのチワワ弁護士にそんな隠されたバックボーンがあったということだ。

（なんだよ、あいつ、意外とおぼっちゃまなんじゃない）

「だから、あいつはいまのうちにがっちり勤商にからんで、国政叩きにいきたいわけ。労働党ってけっこう体育会系でさ。若い内にデモとか演説とか数こなすほうが内部で評価されるんだよ。もっともあの弁護士の場合、政治家なりたさだけで国家権力にたてついてるだけじゃなさそうだけど。放っておいてもじいちゃんが大物だから労働党の票は取れるんだし」

「労働党…」

「気にくわない男だけど、頭が切れるのはたしかだな。今回ヤツが目をつけた唐川成吉は、市民の同情を買えるいいネタだよ。ミキ、だっけ。詳しくは聞いてない？」

「し、下っ端ですから」

いきなりファーストネームを呼び捨てされて、ドギマギしてしまった。そう言えば最近ぐー子ぐー子言われすぎて自分の名前も忘れそうになる。

「じゃ、話そう。そもそも唐川成吉がどういう経緯で借金が膨らんで、自殺にまで追い込まれたかは知ってるね」

わたしは頷いた。大衆食堂《からかわ》は、大手広告代理店H社の汐留移転の煽りをくらって客入りが激減してしまった。折しも先年、信用金庫からいくらかまとまった金を借りて店をリニューアルしたばかりだったから、その負債は返すどころかどんどん膨らんでいく。ついには税金を滞納するようになり、追いつめられた成吉は鏡特官になにごとかを直訴するも、すげなく追い返され（彼の日記によると、激しく恫喝されたとある）とうとう首をくくって自殺してしまった――

「そうだね。でも、それだけ聞いてもおかしな点は二つある」

「二つも？」

「一つは、唐川成吉はチカになにを言いにいったのか、ということだ。発見者のうち片方はあの勤商の吹雪だろ。ってことは唐川は自殺する当日、吹雪に融資等の相談をするつもりだったってことだ。なのに急に首をつってしまった。ほんとうに衝動自殺なのか。だいたいチカに会いに行ったっていう時間が怪しい。こっちでもいろいろ調べたんだけど、その日唐川成吉は夕方に、仕込みのあと店を空けていたそうなんだ。これっておかしくないだろうか？　午後五時なんて明らかに定時狙いだよね」

あ、とわたしは小さく声を漏らした。たしかにそうだ。税金の相談があるなら、ちゃんと予約をとって昼間にくればいいだけのことなのに。

「たぶん、唐川はチカに内緒の相談があったんだ。昼間には言えないようななにか。それを拒絶されて自殺したんだとしても、後ろめたいことがあるのは唐川のほうだ。チカに非はない」

「そうですよね！」

思わずソファから身を乗り出したわたしに、Senz'ombra di dubbio!《センツオンブラ・デイ・ドウッビーオ》とジョゼが応える。

「二つ目だ。唐川がなにかを隠していたんじゃないかと思って、オレは唐川家について独自に調査をしてみた。結果、面白いことがわかった。

なんとね。あの湊一丁目の家は、今年の三月に妻の唐川詠子名義に書き換わっていたんだ」

(名義が、変更されていた!)

息を吸い込んだあと、わたしはコトの重大さを自覚して身震いした。

大衆食堂《からかわ》の経営者は、唐川成吉だ。彼は両親から相続した湊一丁目の自宅と人形町にある店舗の上物(建物)を所有している。だから、税金が滞納になれば、このうちどちらかを売って支払うという手段をとることもある。

しかし、店舗については多額のローンが残っている以上、売却は難しい。もしかしたら勤商の吹雪とそのことについて話し合っていたのかもしれない。となれば、売るのは湊一丁目の自宅のほうということになる。

ここを長年所有していたのは唐川成吉の父親だ。だからいきなり彼が息子の妻に相続させた可能性はほとんどないといっていい。つまり、湊一丁目の自宅は成吉に一度相続され、その後名義が妻である詠子に変更されたのだ。

何故か。

「計画的自殺かもしれないな」

大皿の上に山盛りになった唐揚げを運んできた里見が、ボソッと言った。いつのまにか、せんべいの袋はジョゼから彼の手に移っている。

自然な流れで、唐揚げをすすめられた。弁護士事務所にきていきなり山盛りの唐揚げをすすめられる自分もどうかと思ったが、あまりに美味しそうなのでいただくことにする。

「オレたち、肉食系男子ですから」とジョゼは言った。

「どうなのかな。このあたりは、ミキのほうが専門家でしょ。オレらの考えだと、この場合所有権が唐川成吉から妻詠子に移ったってことは、いざというときにも税金のカタにされないってことだよね」

わたしは唐揚げをほおばりながらあいまいに頷いた。現行の法律では、個人格と法人格は厳密に区別されているので、たとえ唐川成吉が経営する店の滞納金だったとしても、妻詠子の所有財産には手がつけられない。この法律を悪用して、法人から個人に財産を移す輩がどれほど多いか。国税局の戦いの多くは、この手口で隠された財産を暴き出し、片っ端から徴収することといっても過言ではないのだ。ただし、

「第二次納税義務の賦課っていうのがあるんです」

「第二次納税義務？」

「滞納者の配偶者の財産、又は明らかに財産隠しのために家族に相続された財産は、差し

押さえ対象になるっていう法律です。だから、この場合もいくら妻に名義が換わったとはいえ、十分差し押さえ対象になると思うんですけど…」

考えるだにおかしな話だった。あの鏡が扱っている案件なら、こんなわたしでもわかる簡単なことを見過ごすはずはない。なのにあの鏡が手をこまねいていた理由は、いったいなんなのだろう…

「じゃあ、妻に贈与したのは無駄だったってことなの？」

「差し押さえ逃れをするためだったとすれば、そうですね…」

もっとも、成吉本人がそのことを知らなかったという可能性もある。妻の名義にすれば差し押さえを逃れられる。そう思い、名義を変更した――

「だったとしたら、わざわざ死ぬ必要はないよね。差し押さえられないと本人が思っていたのなら、死ぬ理由がない」

「…もし、本人が名義を移されたのを知らなかったとしたらどうだろう」

またまたボソリ、と里見が言った。いつのまにか側にはレモンまで用意されている。

「それは…、妻の詠子が勝手に名義を変更していたってことですか？」

「考えられなくはないだろう？　印鑑も権利書もすべて妻が管理していたのだとしたら、十分可能だ」

「でも、だとすると、唐川成吉の自殺がますます不自然に…」

　そこまで言って、わたしは自分たちの目の前に直視したくない可能性が横たわっていることに気づいた。

　まさか、唐川成吉は妻の詠子に殺されたのでは…？

（いや、違う。それはない）

　わたしは首を振った。

「もし、妻の詠子が成吉を自殺に見せかけて殺したんだとしたら、名義を移す必要がありません。夫が死ねば、あの家は自動的に妻のものになりますから…」

「その場合、もちろん滞納金も借金もそうなるよね」

「それは、そうです」

　国税通則法五条にあてはまる相続人になるので、納税義務が継承される可能性がある。つまり、妻詠子は夫を失い店の借金までも相続することになり、あまりうまみはない。もちろん相続は放棄できるので、放棄してしまえば詠子には家は残り、借金はすべてなくなるというメリットはある…？

「ううん。それでも配偶者が対象になれば、わざわざ名義変更した家も差し押さえられるから、どうやっても同じじゃか」

　拳で額をぐりぐり押さえた。なんだか情報が増えたのはいいが、頭の中でこんがらがってきた。しかし、この『自宅の名義が妻のものに書き換えられている』というジョゼの情報は大きい。ここになにか事件の真相を知る手がかりになりそうなことが隠れている気がする。

(鏡特官なら、こんなときどうするだろう…。ああ、こんな大きな情報があるときに、あの人がいないなんて)

ふと、わたしはあの見慣れたハスキー顔が、ズボンのポケットに両手を突っ込んだままぎろりとわたしを視線だけで見るのを思い出した。

書類を前にして行き詰まったら、いつも鏡に強く言われる言葉がある。頭で判断するな、現場へ行け、だ。たとえ外から見るだけだったとしても、現場で思わぬ状況に出くわすことだってあるのだ。

(そうだ、こんなときこそ現場だ!)

「わたし、明日湊一丁目の現場に行ってきます」

ソファでどう見てもキロ単位である唐揚げをほおばっていた二人が、同時に顔をあげた。

実際、この案件は鏡一人が預かりのものでわたしは関係ないし、関わることを鏡から許されていない。その上わたしにはいますぐにも解決しなければならない仕事が山積みになっている。

もちろん、それもやる。今日見てまわった堂柿三津男の件も、滞納相談も反応のない滞納法人への差し押さえもその他対処も手抜かりなくきっちりやってみせる。

でも、鏡が唐川詠子に訴えられたのに、特に自分からなにも策を打って出ず、すべて国まかせにして弁解もしないのには居心地が悪い。ジョゼたちも同様に感じているからこそ、こうして鏡からの依頼もないのに独自で動いているのだろう。

どうして鏡はなにも反論しないのだろう。あの日以来、わたしにはまるで吹雪から逃げるように遠方出張を繰り返しているように見える。

(自分のことなのに、ぜんぶ国まかせにするなんて、あんな自暴自棄な鏡特官見たことない)

悔しかった。滞納者から顔色ひとつ変えず金の位牌を差し押さえるあの鏡が、あんなチワワ相手に逃げ回ることになるなんて……

「あの吹雪って人には、まだ裏がある気がします」

と、わたしは断言した。

「マスコミを使ってこんなふうに業務を妨害するなんて許せない。だから、鏡特官を助けてください。わたしも出来る限りジョゼさんに協力します。絶対に絶対に《からかわ》と勤商の企みを暴いてやる！」

バン、と勢いまかせにローテーブルを叩くと、目の前の二人が唐揚げに食らいつきながらおおーと声を上げた。

あとから鏡になにを言われようと構うものか。

（なんとしても、わたしが、鏡特官の無罪を勝ち取るんだ！）

＊＊＊

唐川家のある湊一丁目付近をうろうろできる理由を作るため、次の日、わたしは自分に振り分けられている分のうち、その近辺の滞納法人をいくつかピックアップした。幸いなことに、滞納相談も入っていない日だったので、問題の唐川家をこの目で見ておく絶好の機会だと思った。

その日も、徴収課は朝から人が集まって、なにやら総括上席と課長がヒソヒソ話し合ったり、数人がパソコンの前に集まってああでもないこうでもないと会議をしていた。よほど大きな会社にS《エス》でもしにいくのだろうか、と思ったが、そうなれば確実に国税局《ほんてん》が出張《でば》ってくるはずである。

（まさか、また国税局《ほんてん》様の大名行列が来るんじゃあるまいな！）

先年の秋、国税局《ほんてん》に栄転になった同期の南部千紗《なんぶちさ》を含む資料調査課《りょうちょう》ご一行に乗り込まれたときの悪夢が、まざまざと脳裏に蘇った。

あれは、本当にろくでもない事件だった。実家の脱税のことを南部千紗にバラされたばかりでなく、わたし自身が滞納者にハメられ懲戒ものの失態をさらし、さらに友人だと思っていた相沢芽夢《あいざわめぐみ》に手ひどいしっぺがえしをくらわされたのである。

あのあと、滞納者の白川耀子《しらかわようこ》がどうなったのかは、彼女の店でホステスとして働いていた芽夢に聞いた。

悪夢の六本木事件以降、どうしても謝りたいという彼女を無視し続けていたら、ある日突然いきつけのケーキバイキングでばったり出くわした。向こうがいろいろ話をしてくるので逃げられず、緊張してひたすらケーキを食べ続けたわたしは、いつのまにか彼女と怒鳴り合いの喧嘩になり、お互いの皿を顔にぶつけ合ったところで罰金を払わされてホテルを追い出された。

それ以来彼女とは、何故かつきあいが復活し、二ヶ月に一度、なにかのタイミングが合えばお茶をする間柄になっている。

『耀子さんね、店たたんでアメリカ行ったよ。向こうで本格的に精子の提供受けるんだって』

と、この間ゴールデンウィークに会ったとき、芽夢はわたしに話した。

日本でも長らく不妊治療をしていた白川耀子は、一連の事件のあと渡米し、以来一度も日本に戻ってきていないという。もちろん彼女がしたことはれっきとしたインサイダー取引だから、検察から逃げるという意味もあるのだろう。

『もう戻ってこないんじゃないかな。向こうの知人に家借りて、ファッション関係の会社作るって言ってたし。でもいいんだ。私はまだ耀子さんとつながってられるから。仕事で向こういくとき、家泊まっていいって言われてんの』

そういう芽夢は、白川耀子の店を辞めたあと、個人でブランド品のバイヤーの仕事を始めた。白川耀子のツテでフライトアテンダント席に乗せてもらい、アメリカ行きの航空費を浮かしているのだという。

『日本人ってとにかくブランド品が好きだから、向こうのアウトレットモールで出来るだけ小さくてお金になりそうなものを買いつけてきて、ネットで売るんだ。あ、もちろんちゃんと今年の確定申告はするよ。ちょっとだけど利益出てるもん』

わたしが税務署の人間であることを知っている彼女は、慌ててそう付け加えた。

『でも、バッグとかアクセサリーとかはもう有名どころがいくつもあるからね。私みたいな個人がやってもあんまり旨味はない。だから、私は子供服をメインにしてるんだ。ターゲットは二子玉川《ふたこたま》あたりに頑張って住んじゃってる、セレブになりたいママたちって感じかな』

スタイ、などというとお洒落だが、要するに赤ん坊のよだれかけのことをいう。これがディオールのものだと、一枚一万円近くするらしい。

『よだれかけ一枚だよ!?』

『それがするんだよねー。本当バカみたいだけど、もっとバカなのはそんなものに一万円使っちゃう母親よ。それがまたわんさかいるのよ。今年に入ってベビーディオールのスタイだけでもう二百枚以上売ったわ』
すっかり商売人の顔をして、芽夢は言った。
定番の売れ線になったものの買いつけは向こうのスタッフに任せて、芽夢は次の売れ線を新たに開拓するのに夢中になっていた。いまは銀座にあったマンションも引き払って、東村山の古い文化住宅に、ホストを辞めた彼氏と住んでいるのだという。
『なんと三部屋もあるのに家賃が四万円なの。風呂がさ、いま時種火とかあるのよ、笑っちゃう。すっごい寒い日なんてなかなかつかないんだから。
でもいいんだ。どうせ一部屋は倉庫で埋まっちゃうからね。もっと古くてボロいところを倉庫代わりに借りるっていう手もあるけど、まだ家だけでやれるし。それに在庫を余計に抱えないって意味でもしばらくは商品と同居していくつもり。文化には変なやつもいるっていう人もいるけど、男手もあるから余裕よ。とにかく安いのがいいの』
フンパツして印刷に出したという名刺には、彼女の本名とともにネットショップの名前が書いてあった。彼女の小さな城の名前だ。東村山の家賃四万円の文化住宅の一室。それでも、城には変わりない。
『声優の勉強やっててよかったよ。声が綺麗って言われるんだ。それに耀子さんの店は外人も多かったからね。英語も怖くない。でも、英語の勉強もっとがんばってやるんだ。まだ向こうのアウトレットで買いつけるくらいしかできないから』
新しい目標を見つけた芽夢の顔には、出会ったころのキラキラした目が戻っていて、わたしはほんの少し羨ましく思った。わたしはわたしできちんと日々をこなしていると思うのに、自分にはないものを手に入れようとしている他人を見ると、ああ羨ましいとないものねだりをしてしまう。
つまらない人間だ、わたしは。でも、そんな自分でもできることがあると知ってからは、自分を必要以上に卑下しないようにしているのだった。過剰な自己嫌悪や自己否定は、自分を頼ってくれる人に失礼になる、と気づいたのはいつだっただろう。
たぶん、鏡特官に言われたのだ。わたしはまだまだ、社会人として成長するためにあの人を必要としている。なのに、こんなところで居なくなられてたまるものか。

唐川家のある湊一丁目から二丁目にかけては、ちょうど新富町にある署から隅田川に向かって月島方面に歩いていくとすぐである。
このあたりは隅田川沿岸にあたり、古くから湊河岸と呼ばれていたらしく、川沿いに倉庫がずらりと並んでいるのが見える。持ち主には紙業者の名がよく見られることから、紙の倉庫が多い。そういえば、入船あたりには印刷工場が多いのだが、それとも関係しているのだろう。

わたしは、あまり人気のない倉庫と倉庫の間をゆっくりと歩いていった。あちこちに空き地が見えるのは、このあたりが民間デベロッパーの地上げを受け、その後バブルが崩壊したからだ。密集した昔ながらの長屋が、まるで切り取られたブロックチーズのように不自然に分断され、トタンの壁がむき出しになっている。空いた土地には立体駐車場のあとらしい鉄骨が残されているが、真っ赤に錆びついて使われている様子はない。

いまにも崩れそうなモルタル長屋。大きな見えざる手で切り取られ、空いた空間。そこから佃の高層マンション群が見える。

佃島、つまり月島には近年多くのマンションが建ち、昔ながらの下町の雰囲気はほとんどなくなってしまったと聞く。実際、ここから見える光景は、現代的に整えられた街そのものだ。

けれど、たった川一本隔てたここ湊では、放置された空き地、無理矢理切り取られて、両側がむき出しになったトタン壁の長屋――もう長くはない――に、鍋の中で煮くずれたジャガイモのように斜めになったまままかろうじて残っている空き家が混在し、まるでゴーストタウンそのものだった。

「あ」

わたしは立ち止まった。京橋区湊一丁目とかかれた表札があった。しかし、ここが京橋区だったのは戦後すぐまでで、昭和二十二年には日本橋区と合併して中央区になっている。

ということは、このあたりの建物は戦前に建てられ、東京大空襲にも耐えたのだ。

ここはまだ下町だ。時が止まったかのように古いものが放置され、時代の流れに取り残されている。錆びて赤く染まったトタンを見ていると、ここから銀座まで歩いていけることを忘れてしまうほどだった。

唐川家は、きっとたいそう古いに違いない、そう思った。

長屋の前を歩いていると、廃屋も多く人気もあまり感じなかった。それでも確実に人は生活していて、そのような家にはいまなお地上げに反対するポスターが貼られている。それもあちこちに。

ということは、この地区での地上げはまだ続いているのだろう。この家に貼られている『街を壊すな。歴史を守れ』というポスターも新しい。

人々は抵抗している。戦っているのだ。この風情ある下町を、対岸の佃島のようにしないために。

注意して写真を撮っていたつもりだったが、誰かの視線を感じた。どのみち誰かに話を聞きたいと思っていたので、わたしは自分から視線の主に近づいた。もう年金生活に入っていそうな男性だった。足が悪いのか杖をついている。

「そこは大川さん家だよ」

男は言った。

「さっきそこの亭主は出ていったよ。子供は夜にならんと帰ってこないけど、あんた、大川さん家になんの用？」

「あ、こんにちは。わたくしインターネット工事会社のものなんですが、ちょっとお話聞きしていいですか」

地上げが続いている地域で、いつもの不動産関係者は名乗れない。逆に警戒されてしまうからだ。そんなときは、わたしはこのあたりにインターネットのための光ケーブルが引けるか調査しています、と言うことにしている。老人はたいていインターネットというと、それ以上詮索するのをやめてしまうものなのだ。

「ああ、インターネット」

「そうなんです。この地域はまだ光が入っていないんですよ」

本当に入っていないかどうかは、残念ながら知らないが。

「そういえば、このあたりでこの前救急車を見ましたよ。なんだか騒ぎになってましたね」

「ああ、唐川さんのとこ…」

男性はヒマなのだろう、チラリと長屋の一画に視線を向けた。すかさず、わたしは視線の先を心のメモ帳に書き留めた。唐川家はあそこに違いない。

「ねえ、詠子さんも気の毒に。首つりだって」

「新聞で読みました。わたしもこの近くに住んでいるので、びっくりして」

「ああそう、おたくこの近く？」

「築地なんです。会社が日比谷線なんですよ」

スラスラと嘘が出てきた。徴収官になってから、やたらと口がたつようになってしまったわたしである。

わたしの言い分を全面的に信用したのか、老人はよそ者に対する警戒心を解いて、唐川家のことについて話し出した。

「唐川さん家は戦前からこのあたりに住んでるんだよ。先代も日本橋のほうで商売されててねえ。いいご夫婦だったよ。子供はいなかったが真面目な人たちでさ。あの日、詠子さんは寄り合いに出てたんだよねえ。寄り合いさえなかったら…」

「あの、寄り合いってなんの寄り合いですか？」

「そりゃ、あんたこのへん見ればわかるだろ。住宅・都市整備公団に対する抗議やってんだよ。地上げ屋の再開発を許してたまるかってんだ」

唾が飛ぶのも激しく、老人は手にしていた杖で何度も地面をこづいた。

「そこの大川さんが町内会の会長やってるから、あの日は昼から大川さん家で、今度公団に抗議にいくための横断幕作りやら、スケジュール決めやらでバタバタしてたんよ。詠子さんも役員だったから出てたと思うよ。ビラのことで印刷所にいったりさ。

まったく、役人は勝手だよ。このあたりの人口が減ったのも公団の地上げのせいじゃないか。なのに、人口が減って地域のコミュニティが成り立たないから、ここに二十階建ての高層マンションを造るんだと。いったいどういう理屈だ、許せねえ」

次第に白熱していく老人の再開発批判に絶妙な相づちをうちながら、わたしはこの地域でいま起こっている現状を把握しつつあった。

唐川詠子は、再開発に反対していた。

公団に土地を売れば、借金を完済できるだろうにもかかわらず。

(このことは、事件になにか関係があるんだろうか。それとも、わたしの杞憂にすぎないのか)

老人に礼を言って、わたしは唐川家近くをあとにすることにした。正直言えば、唐川家そのものをもっと見ていたかった気がするが、彼が立ち去りそうもなかったので諦めた。

再び新富町に向かって歩きながら、昼間、老人が散歩をしている地域というものは、いいものだなと思った。防犯上、わたしのような怪しい人間が近づくのを防げる。日本のコミュニティは昔からずっとそうやって、仕事を離れた人にも役割を振ってきたのだ。なのに、計画通りに行けば来年にも、あの場所は取り壊され、二十階建ての高層マンションが建つという。マンションには当然管理人もいて、むやみやたらに敷地内を散歩もできなくなるだろう。

では、世の老人はどうすればいいのか。老人ホームしか、彼らの行く先はないのだろうか。

彼らの行く先は、わたしたちの行く先だというのに。

＊＊＊

署に戻るなり、わたしはデスクの椅子に座る間もなく、お隣の徴収課に拉致された。

「計画倒産？」

「――の、タレコミがあったの」

あの金子統括がめずらしくロールケーキのこともスイーツのことも口にせずに、業務のことを話し出した。

計画倒産とは、読んで字のごとく計画的に倒産することである。税務署にとってなにが問題なのかといえば、倒産するような企業はたいてい税金を満足に払っていないということだった。

「匿名でね。どうもこの法人の元従業員みたいなんだけど。株式会社ホツマっていう」

この件をメインで担当しているらしい錨さんが、ホツマに関する資料をわたしに分けてくれた。内容を知らせるということは、このチーム作業にわたしも加われということなのだろう。

「もしかして、この前からみんなでネットに張りついてたのって、この件ですか」

「そうなの。どうもこのホツマの役員、幾嶋《いくしま》ツトムが怪しいってコトになってね。計画倒産の常習犯じゃないかって」

資料によると、この幾嶋という男は過去にインターネットサーバ関係で二度、もっと前では携帯電話関係で四度、会社を倒産させている。その時も滞納した税金を払わず、法人資産ゼロのまま破産手続きに入り、結局滞納金をとりはぐれて欠損扱いになっていた。

「たぶん、調べたらもっと出てくるんじゃないかな。こいつたぶんツブシ屋でしょ」

ツブシ屋とは、はじめから倒産させるつもりで会社を作り、詐欺まがいの手口で資金を集めておいて、そのまま逃げるという手口を繰り返す悪徳業者のことである。

「急で悪いけど、ぐーちゃん。こっち手伝ってくれないかな。錨くんは別の件でもバタバタしてるので、幾嶋のほう」

「え、でも計画倒産なんですよね？　だったら急がないと、もし破産されたら——」

「急ぎたいのはやまやまなんだけど、こっちも免脱罪の起訴がかかってるの」

目の前で金子と錨の二人がわたしに向かって手を合わせた。

（免脱罪…。なるほど）

金子が言いたい事を、わたしは素早く察した。滞納処分免脱罪は、滞納処分を逃れようとして財産隠しをすることで、れっきとした犯罪行為である。だが、警察はよほど証拠や書類が残っていないと動いてくれないから、わたしたち税務署はめったなことでは起訴にまではもっていかない。しかし。

「国税局《ほんてん》からの指示で、今年は免脱罪で一件はとれって言われたの。で、特に悪質な財産隠しがあったから、これで起訴までもっていこうと思って警察に話を通したとたんに、この計画倒産のタレコミがあったの」

タイミングが悪かったというわけだ。どちらも手間と早さが要求されるというのに、二つ同時に重なるとは。

「あの、でもわたし、いまの仕事は……」

「予約とっちゃった納税相談以外は、とにかくこっち優先して。鏡くんには許可とってあるから。もう一人でも大丈夫だよね」

「わたし一人でやるんですか⁉」

思わず言ったあとで後悔した。金子の目が、四年目にもなって、これくらい一人でやれないのかと言っている。

「ぐ、やれます。やります」

「たのんだからね。あともうちょっとでこっち終わるから、それまで監視してて」

「監視って、なにを」

「計画倒産しないか見張っててってこと。起訴までもっていったらすぐ戻るから。ねっ、ねっ」

ほかでもない課長に強く言われて、わたしは観念して大きく息を吸い直した。同じ徴収官の危機だ、ここは腹をくってやるしかない。

「わかりました。いまから資料読みます」

「お願い！　よろしく、ごめんね鈴宮さん、急に申し訳ない」

錨さんが何度も何度もわたしに頭を下げた。

「とりあえず、ここの法人が計画倒産しないように見張っていてくれたらいいから。実際には本当に計画倒産をしようとしているのか調べながら、倒産させないようにして。なにかあったら電話して。戻れるようなら戻るから」

「わかりました」

「じゃ、僕、警察行ってくるから！　すぐに手つけて。ぜったい欠損はなしでヨロシク」

金子が素早さ一〇〇％で徴収ブースを後にすると、錨さんもまたデスクの上の書類をかき集め、早々に出ていってしまった。

行き先ボードを見ると、釜池は今日ずっと外のようだった。なんといつもはお留守番役の二課の総括上席すらいない。免脱罪で起訴までもっていくのは大仕事だから、徴収チームが一丸となるのも不思議ではない。

（滞納処分免脱罪、か……）

税務署が財産隠しをいちいち免脱罪で起訴しないのは、とにかく手間暇がかかりすぎるからだ。証拠を揃えるだけで人手を食うし、何度も警察と署をいったりきたりしなければならない。それだけの労力をかけても、税務署が得られるものは満足感だけなのである。だったら、もっと滞納件数を少なくするよう指導を徹底するとか、できるだけ多くの滞納者に会うとかしたほうが効率がいい。

（本当は、財産隠しなんて全部免脱罪なんだよね。いっそ略式起訴でもできれば、もっと脱税が犯罪だって認識が一般に広まるのになあ。こういうのに限ってマスコミは取り上げてくれないし）

とりあえず、いったん唐川家の一件は頭の隅に追いやっておく必要がありそうだった。なにしろ鏡にはあの通り、頼りになりそうな同級生弁護士がいる。わたしが動けなくなったとわかれば、唐川家のことも独自に調査してくれるだろう。

教えてもらったジョゼの携帯に、急な仕事が入って数日はバタバタしそうだという旨のメールを送っておいた。その際、あのあたり一帯がいまも地上げと闘っていることを書き添えた。事件になにも関係ないかもしれないが、とりあえず気がついたことは伝えておくに限る。

「さて、いまの敵は計画倒産だ」

すぐに読むと宣言した資料をデスクの上に広げて、わたしはその内容をがっつり頭の中につめこみにかかった。

株式会社ホツマ。平成十六年二月十四日設立。インターネット広告業、プロバイダサービス、およびその関連事業。

代表、木梨賢《きなしけん》。東京都中央区日本橋堀留町×－×× 三州会ビル4F。

（あれ、幾嶋って人が社長じゃないんだ）

代表取締役が違う名前になっていることにわたしは気づいた。幾嶋ではない。けれど、たしかにタレコミのFAXには幾嶋ツトムが社長だと書いてある。これはどういうことだろう。

この計画倒産かもしれない、という密告がFAXで届いたのは、約一週間前のことだ。元従業員を名乗る人間から、幾嶋がこのホツマでドロップシッピング詐欺を繰り返している、というものだった。

《私はここの経理担当者でしたが、少し前から社長が倒産の準備を進めていることに気づきました。どうも倒産のプロに頼んでいるらしく、そのことを指摘すると急にクビにされました。

社長は法人税を踏み倒す気でいるようです。税金だけではありません。何百人というユ

ーザーさんから初期費用を取り立て、その金を順次海外に移しています。もちろん、ドロップシッピング詐欺です》

（ドロップシッピング詐欺!?）

ドロップシッピングとはインターネット上の店舗で商品に注文が入ると、それをメーカーや卸売り業者から注文者に直送してもらうシステムのことである。これの最大のメリットは、ネット店舗の所有者が在庫をもつことなく商売ができることで、スペース代もとらない割のいい副業として急激に世間に広まりつつあった。

しかし、そんな美味しい商売にも問題はある。このドロップシッピングを行なう際には当然、インターネットショップを開く必要があるのだが、その手数料を数百万とる仲介業者がいるのだ。

そして、素人が片手間にネットショップを開いたところで、そんなに簡単にもうけが出るとは思えない。インターネット上には星の数ほどのネットショップが存在するのだ。ショップのオーナーが、当初の話と違うじゃないかと抗議しようとすると、仲介業者はすでに影も形もなくなっている、というわけだった。

これが、ドロップシッピング詐欺とよばれるもので、国民生活センターへの相談が急増しているという。

これは大変なことになった、とわたしは唾を飲み込んだ。

(もし、ホツマがこのドロップシッピング詐欺のための会社なんだとしたら、税金なんて払うはずがない。高額の初期費用を集めるだけ集めたら、ある日突然ドロンしてしまうに決まってる!)

その際、やっかいなのは法的手続きを行なった上で倒産されることだ。ホツマがなにもしないまま逃げた場合は詐欺罪にあたるので、後は警察にまかせるのがいい。しかし、ホツマが裁判所に破産手続きをしてしまうと、これ以上は税務署は手出しできなくなる。相当な額の法人税、および消費税等の国税が欠損…、つまり回収不可能になってしまうのだ。

これは、まずい。

「ちょっと待って、問題はこのホツマが本当に計画倒産するかどうか、だよね」

わたしは、徐々にこんがらかり始めている頭の中身を整理するため、バインダーからルーズリーフを取り出し、その上に簡単な関係図を書いた。錨さんも言っていたではないか。とにかく、本当にここが計画倒産をしようとしているか、事実関係を調査しろ、と。

別冊のファイルに、計画倒産のタレコミの真偽を裏づける証拠がまとめて綴《と》じられていた。そこには、インターネット上でのホツマの評判や、ユーザーからの投稿文などがファイリングされていた。どれを見ても、会社の評判はよくなかった。はっきりとドロップシッピング詐欺だと書いてる掲示板のレスもあった。

しかし、税務署としてはこれだけを証拠にホツマが計画倒産すると判断するわけにはいかないのだ。そこで、金子たちはこの会社の社長、および役員の経歴を調べた。社長だけに絞らなかったのは、倒産を繰り返すような人間は、怪しまれないように仲間内で代表だけを順に回し、自分は目立たないように役員として関与しているケースが多いからだ。

そして、彼らはこの幾嶋ツトムが過去に何度も会社を倒産させては、税金を欠損させていた履歴を突き止めた。

もし、この社長の木梨という人間がただの名義だけで、実質社長として君臨しているのが幾嶋なら、元従業員からのタレコミとも一致する。元従業員は登記上誰が社長になっているかなんて知らない可能性があるからだ。

「あら、誰もいないなんて珍しいのね」

外回りから帰ってきた木綿子さんの声だった。藁にもすがる思いで、わたしは彼女に泣きついた。

「木綿子さん、ホツマの件聞いてます!?」

「ホツマ…？　って錨さんが持ってる滞納法人の？」

わたしから事情をざっと説明された木綿子さんは、錨さんが残していった調査資料をぱらぱらと速読し、

「まずいんじゃない、これ」

「え、どこがですか」

「この代表取締役のことも調べた？　この木梨っていうやつが名義だけ借りてるんだったら、こいつに財産なんて絶対ない。最悪破産者の可能性もありうるわよ」

（……ほんとだ！）

ざあっと、指先から血の気が引いていくのを感じた。

もし、法人税や消費税を断固として払わない会社があって、その会社がこちらの介入する余地なくすばやく破産してしまうと、滞納金の回収は原則的には会社名義の財産から、もしくは例外的に代表である社長からということになる。

ここでやっかいなのは、明らかに計画倒産の場合、金目のものを会社に残しておくはずがないということだ。一円たりとも回収できないように財産は海外に移してあるだろうし、社長がすでに自己破産でもしているような人間なら、当然財産がないということで差し押さえができない。役員は関係ないのだ。

しかもこのネットショップの場合、契約書が出資者ではなく、個人による買い取りになっているため、それぞれのユーザーは債権者として認められるかどうかさえあやふやなのだ。たかだか二、三十万を取り戻すために弁護士をやとって裁判を起こす人間が多いとは思えない。幾嶋ツトムたちはそうやって、ユーザーたちが訴えず泣き寝入りするのを良いことに、何度もこの詐欺を繰り返してきたのだろう。

そしてこの木梨という人間が幾嶋の仲間で、計画倒産をするためだけの要員なら、財産をまったくもてない役割——つまり自己破産しているか、していてもおかしくないくらいに財産がない可能性が高い。

思わず時計を見た。午後三時十二分。

定時まであと二時間もない！

(どうしよう、こうしている間にもホツマが裁判所に破産手続きに行ってしまったら！)

ああ、もしわたしが刑事だったら、ここで誰かを直接ホツマにやって、従業員のうち誰かが（あるいは幾嶋本人が）裁判所にいかないか見張らせるのに！

「木綿子さん！　この木梨って人の財産て…。たとえば何度も破産しているかどうかって、どうやって調べたらいいんですかね」

「うーん、破産者は官報に必ず載るから、ここ十年分くらいの官報をかたっぱしから見るしかないのかしら」

「そんな時間ないです！」

わたしは叫んだ。ああこんなときに限って、あの歩く悪知恵、国税徴収法の超解釈ができる鏡がいないなんて。

「有能な上司に聞いたらいいじゃない」

「え、でも…」

「電話」

わたしは一瞬、彼女になにを言われているかわからず、途方にくれた。

「鏡特官に電話して聞くのよ。簡単でしょ」

はっ、とした。

納税相談ブースへ向かおうとする木綿子さんに礼を言って、わたしは使い込んだくたくたのトートバッグから塗装の剝げた携帯を引っ張り出した。

(そうだ。わたしには鏡トッカンがいたんだった。東京にはいないけど、わたしにまかされた事案だけど、相談くらいはしてもいいよね)

たとえ業務上のことであっても、あの鏡に電話することがあるなんて思ってもみなかった。しかし背に腹は代えられない。

震える指でアドレス帳から鏡の番号を呼び出し、コールした。出て欲しいような出て欲しくないような微妙な気持ちの中で呼び出し音が鳴り続けた。

『なんだ』

いきなり不機嫌な声をぶつけられた。とたんに、体温が急上昇した。頭の中に地下鉄が走っているようで、なにも考えられない。

「あ、あの、あの、あのあのあのあの、あのっっ」

『お前は何回〝あの〟と言うつもりだ』

「鈴宮です!」

『わかってるから出たんだ』

吹雪に訴えられた件で少しは憔悴しているかと思いきや、そんな様子は声からは微塵も感じられなかった。いつもの飢えたハスキーの唸り声だ。

「は、はい。あの…、その、急にお電話してしまってすいません」

『いいから、早く用件を言え』

「ぐ、ええと、…あっ、そうだ。鏡特官お元気ですか」

口にしてから、〇・一秒後には既に後悔していた。向こうは九州福岡。八百キロメートル以上離れているというのに、受話器の向こうから不穏な殺気を感じる。

『……お前はそんなことを言うためだけに電話してきたのか』

「ち、ちがいます！　実はこっちが大変なことになっていて！」

『だから早くそっちを言え！』

「ぐ。そうですけど…。だけど」

『だけど、なんだ』

「そんなに怒らなくたっていいじゃないですか」

『お前、なに言っ…』

「――心配してたのに！」

鏡がふいに沈黙した。まるで必殺技を繰り出す前のモンスターの溜めのようで、

「ああっ、すいません。用件言います！」

わたしは慌てて用件を切り出した。この電話は命綱なのだ。切られては困る。

「あの、ある滞納法人の社長が破産しているかどうかを、すぐに調べたいんです」

『…金子統括の電話の件か』

はい、とわたしは言いながら、内心安堵していた。金子統括が鏡に事情を話しておいてくれて本当によかった。ここで鏡相手に手短にホツマの件を話せる自信がない。

（だって、鏡特官の声聞くの、三日ぶりだもんね。なんだか妙に落ち着かない…)

「官報をかたっぱしから当たっているヒマはないんです。すぐにでも差し押さえにいかないと、いつ倒産されるか時間の問題みたいで…」

『調査会社の検索ツールを使え』

「え、どういうことですか」

『たしかインターネットで調べられるはずだ。本名を入れれば、もし破産者ならヒットする。使用料は三千円程度だ。そっちのが早い』

「あ、ありがとうございます！」

わたしは目の前に誰もいないにもかかわらず、勢いよくお辞儀をした。さすが鏡だ。トッカンは特に悪質な滞納者を相手にすることが多いから、こういうホツマのようなケースも扱ったことがあるのだろう。

『聞きたいことはそれだけか。ほかに急ぐ仕事がないなら、金子統括に恩を売っておけ』

「はい、そうします。あの……」

気のせいか、電話の向こうで鏡が身構えた気がした。

『なんだ、まだあるのか』

「いえ、そうじゃないですけど。……お、お元気ですか」

数秒の間があって、元気だ、という押し殺したような声が返ってきた。

「あの、わたしになにか出来ることがありますか」

『なにもしないことだ』

「ぐ」

『余計なことを考えるな。仕事が終わったらフラフラせずまっすぐ家に帰れ。また六本木のコスプレバーでツケで飲むなよ。ロールケーキ屋で友人も作るな』

耳の痛い話だった。わたしは九州の地でも、鏡が絶好調であることを知った。あの泣く子も黙る京橋中央署の死に神が、たかだか勤商に訴えられたくらいで凹んでいるわけがないのだ。

「お忙しいところ、ありがとうございました！」

電話を切ったあと、わたしはすぐにネットの繋がるパソコンで、鏡の言っていた調査会社のサイトを探した。あっけなく見つかったので、そこでクレジットカード決済で使用料を払い、木梨賢という人物が破産者であるかどうかを確かめる。

すぐに結果は出た。木綿子さんの言ったとおりだった。平成九年、自己破産。クレジットカードを持てない、財産も所得もない、ブラックリストにも名前がある。どう考えても名義だけを借りたダミー社長だ。

これで、ホツマは計画倒産を予定している疑惑がますます深まった。

「…わかったのはいいとして、この三千円ってわたしのポケットマネーってことはないよねえ?」

納税相談から戻ってきた木綿子さんに、この三千円が滞納処分費にあたるかどうかを聞いてみた。

滞納処分費というのは、滞納金の差し押さえ等にかかる雑費のことで、S《エス》する際、鍵を壊して家の中に入るときの鍵屋代のようなものもこれに含まれる。

「調査代が滞納処分費にあたるかどうかって? うーん、聞いたことないわね。鏡特官に聞いてみたら?」

もしくは、と言って彼女が指さしたのは、デスクの上の分厚い国税徴収法だ。

(だめだ。いまはあの分厚さに勝てる気がしない…)

とはいえ、さっき切ったばかりなのに、もう一度鏡に電話する勇気はない。今度こそ、電話口で怒鳴られるに決まっている。

どうにもこうにもチキンなわたしは、あとで三千円のために国税徴収法と格闘することにした。ここでなんとか経費にしてしまわなければ、毎日毎日ペットボトルのお茶代を浮かして冷水器にかぶりついてきた意味がなくなってしまう。

「どうしよう。錨さんに電話すべきだろうか」

周りをぐるりと見渡した。定時まであと一時間。夜の担当・木綿子さんはこれからが本番らしく、現場へ突入するための準備に余念がない。ほかに誰も帰ってくる気配はない。残念ながら、この件に関して相談できる相手はいなさそうだ。

(たしか、裁判所の破産手続きが開始されると、もう税務署は手出しができなくなる。あのタレコミFAXによると、幾嶋はもう弁護士を呼んで書類を作らせているようだから、いざ裁判所に提出されればすぐに通ってしまうだろう)

それに、そのことを指摘した経理係だった密告者がすぐにクビにされたということは、もうその会社で決算等を行なうつもりがないということを如実に示していた。

FAXの日付は七月五日。今日はもう七月十四日だ。破産の申し立てが(倒産とは正確に言うと法人の破産のことで、法用語ではないのだ)行なわれていてもおかしくはない！

(急がなきゃ…。だけど――)

しかし、ホツマが破産の申し立てをしたということは、どこでわかるのだろう。

(たしか、錨さんはホツマを見張ってろって言ってた。ということは、実際に会社に行っ

て弁護士らしい人間が出入りしているかどうか確かめろってことなんだろうか)

残念ながら、破産の申し立てはホツマの社長が裁判所に行かなくても、代理人の弁護士で十分通ってしまうのだ。だったら、会社自体を見張っていてもあまり意味はない。

数分間考え込んでみたが、やはり裁判所で聞くしかないように思えた。

「ええい、ままよ!」

わたしは祈るような気持ちで電話の受話器をとりあげた。こうなったら、直接裁判所に電話をかけて、担当書記官のアポをとるしかない。

(ああ、どうか、まだホツマが破産手続きをしていませんように!)

破産に関する部署は、霞ヶ関にある地裁のお隣、家裁と簡裁が入っている別館にある。

当然、法人が破産申し立てをしたかどうかなど電話で応えてくれるはずもないので、ここは税務署というのを全面に押し出して、向こうに会ってもらうしかない。

もし、株式会社ホツマが破産申し立ての申請を済ませてしまっていたら、あと一週間もすれば破産手続きが開始されてしまう。

そうならば、

(回収不可能!)

欠損、という嫌な単語が頭の中にぶくぶくと増殖していく。欠損とは、徴収官として一番やってはならない、絶対にありえないことなのだ。

(よりによって鏡特官がいないときに、こんな大問題を欠損するなんてありえない！　絶対に阻止だ)

鏡がいない間に金子統括に頼まれた件が、いきなり欠損(回収不能)なんてことになったら、あの恐るべきハスキーになんて言われるかわかったものではない。

その日は当然もう無理なので、わたしは明日の午前一番で破産部の主任に会ってもらう約束をとり着けた。

しかし決意を新たにしたのもつかの間、翌日、わたしはそこで残念な事実を告げられることになる。

4　京橋中央署の切り札

霞ヶ関は、怖いところである。

駅に降りたとたん、どーんと存在感のある重厚な建物が、新旧織り交ぜて区画ごとに立ち並んでいる。東京の中でも特別な一画だ。

わたしの穿《うが》った目からすれば、歩いている人はみんな頭がよく見える。もちろん、中央省庁で働く人の中にも、わたしと同じ国Ⅱ組だって高卒だって大勢いるのだから、それは完全な思いこみなのだろう。けれど、銀座や新宿のオフィスビル街とはまた違った雰囲気がここにはあることは間違いない。

日比谷公園を挟んで建つ巨大な白い箱状の建物に、東京地裁と高裁が同居している。このあたりは赤煉瓦の旧司法省などの重要文化財が保存されており、雰囲気を楽しむのにもいいエリアだ。近年老朽化していた各省庁は次々に建て替えられ、文科省などは正面の一部分を残して近代的なビルに建て替わったが、その中でまったく高さのない古い建物のまの省がある。財務省と外務省だ。

国I試験を突破したキャリア組は、本人の希望と成績順に外務省・財務省から振り分けられていくというから、あの建物の中では日本屈指の頭脳を持つ人間が働いているはずなのである。なのに、外観はすばらしきレトロぶりだ。きっと中身もそうで、やたら遅いエレベーターに、天井の低い部屋が林立しているのだろう。人数が少ないという理由があるにしろ、その二つのトップ省庁が依然古いままというのもなんだか面白い。

ともあれ、わたしはアポイントメント通りの時間に、おっかなびっくり地裁横の別館を訪れた。本当は誰かについて来て欲しかったのだが、課長たちは朝からずっと免脱罪の件で警察にかかりきりで、そんなことを言い出せる雰囲気ではなかった。錨さんに報告をしたときも、「あ、そう、任せるから」。免脱罪チームはよほどせっぱ詰まっているらしい。

簡易裁判所の五階に、破産部の入っている民事部がある。エレベーターを降りて右手方面に行くと、全体的に白とブルーグレイで統一されたフロアに出た。

中に入ると、常に数名が出たり入ったりしていて、忙しげな雰囲気だ。みな弁護士事務所の若いお使いっぽい人たちで、入って左手の破産申立受付係のカウンターで書類のやりとりをしている。

カウンターの中央に予約票の機械もあり、そこから券をとるかどうか少し迷ったが、直接カウンターに行った。

「こちらに書面と添付資料をどうぞ。手数料と郵券の審査受付は——」

「あ、いいえ。そうじゃないんです。昨日電話させていただいた…」

名刺とともに名乗ると、書記官が意味ありげな顔をしてひっこみ、しばらくして背の高いひょろりとした若い男性が出てきた。三十代そこそこといったところだろうか。眠たいのかやる気がないのか、何故か半眼だ。

「どうも。帯刀《たてわき》と申します」

名刺を交換し、相手のものを凝視した。主任クラスが出てきて、いちおうほっとする。

その時、しんとしたホールに場違いな声が響き渡った。

「おい、なんでここで自己破産の申請できないんだ。ちゃんと書類は持ってきただろう！」

待ち合いにある大きな扇風機の前で、カウンターの女性に誰かが食ってかかっている。チャコールグレイのジャンパーに汚れたスニーカーの中年男性だ。

男は痰のからんだだみ声で、受付の女性二人を怒鳴りつけた。

「いいか、俺は金がなくて自己破産するしかないんだ。なのに弁護士しか破産させないってどういうことだ！　弁護士なんてやとう金あったら、こんなところにきてねえ。いますぐに破産させろ！」

困り果てた受付嬢が、男を別の場所へ案内しようとしていた。ここは申請するところではないから、と説明している。

「じゃ、ちょっと奥で話しましょうか。こちらへ」

帯刀という男はその騒ぎを明らかに見て見ぬふりをして、わたしを奥へ案内した。途中、紫色のパーテーションの間に事務机がずらりと並んでいる。反対側のカウンターは管財係、個人再生係、合議係（法人等再生）など細かい用途別に分かれていて、奥の事務机に書記官が座っているのが見える。合議係から先は、職員以外立ち入り禁止のようだった。

わたしは、第二審問室という別室に通された。ロの字に並んでいるのは会議室によくある白の長机とパイプ椅子だ。

「よくあることなんで、気にしないでください」

よくあることらしい。

「あの、東京地裁は自己破産申請するのに弁護士を雇わなければならないんですか？」

「法律で厳密にそう決まっているわけではありません。ただ、書面がきちんとしていれば、手続きを進めます」

神経質そうなフレームなしの眼鏡に、明らかに面倒くさそうな対応をされて、これから先のことが思いやられた。

「さて、この株式会社ホツマという法人の件ですが、なにかお尋ねになりたいことがおありとか」

「はい、あの」

わたしは、揃えてきた書類とともに、この滞納法人にいま倒産されては税金が欠損になってしまうこと。そのために、ホツマの関係者が申し立てに来たかどうかを尋ねた。

「事件番号をご存じですか？」

「へ？　い、いえ」

「では、個人情報にかかわるので、お答えできません」

「でも、ホツマは明らかにドロップシッピング詐欺をしています。倒産すれば被害者が大勢出るんです。税務署だって法人税その他を踏み倒されます。なのに、裁判所はそれを止めてくれないんですか⁉」

帯刀は、熱弁を振るうわたしを嘲笑うかのように、眼鏡を少し鼻から浮かせて言った。

「税務署さんもそうだと思いますが、こちらは法律に則って手続きをするだけですので」

わたしは、うぐ、と呻いて黙った。しかし、こんなところまでやってきて、一言で追い返されてはたまらない。すっぽんのように食らいついた。

「そこをなんとか！」

「なんとかと言われても」

「なんとかと言われても、なんとか！」

頭の悪い応答しかしないわたしに、やや哀れな目線で帯刀は、

「あなたがた国税は、なにかというと自分たちが一番優先されるべきだと思っているが、

あなたたちだって債権者と権利は一緒なんです。我々からすれば国税だろうが地方税だろうが、債権者にすぎない」

「国が、債権者…ですか」

「債権者に優劣はつけられません。ましてや個人情報を、相手が税務署だからといって公開するなどもってのほかだ」

わたしは部屋の壁に使われている古い時代の石材よりも青ざめた。

まさに一刀両断だった。わたしは、ものの十分ほどで、地裁の白い建物を追い出された。

部屋を出ると、壁材の石の白さがやけにクールに感じられた。わたしは目に見えて意気消沈していた。なんて奴らだ。ひどい…、裁判所はクールだ。失望した。こっちは国のためにやっていることなのに、裁判所はあんな悪徳法人が税金も払わず、多くの出資金をかき集めたままドロンするのを止めないなんて。

カウンターの書記官の彼女たちまで必要以上にクールに見えた。こちらがありがとうを言ってもニコリともしないことに、またまたわたしは失望した。

(法律を盾に話されるのって、こんなに冷たくされてるように感じるんだ)

別館を出て地下鉄へ向かう道すがら、我が身を省みた。裁判所は冷たいというけれど、税務署の受付だって同じようなんじゃないか。わたしだって、滞納者相手にすぐに「法律」を持ち出してしまっているんじゃないだろうか。

たしかに、法律通りに手続きを行なうことがわたしたちの仕事だ。だけれど、それはあくまでわたしたち側の正しさであって、きっとお客さんたちにとっての優しさではない…。わたしたちが「法律で定められていることですから」と繰り返すたびに、きっとあの人たちはいまのわたしのような虚しさを感じているに違いなかった。「そんなことわかってるよ。法律でそうなってるってことは。…でもさあ！」と――

「法律って、怖いでしょう」

わたしは顔をあげた。

いま最も会いたくない人物が、よりにもよってわたしが行く方向の歩道の真ん中に立っていた。

一昨日人形町で会ったばかりのチワワの顔。キョロリとした黒目が、少し高い位置から憔悴したわたしを面白そうに見下している。

「まるで、水たまりで溺れたって顔ですね」

吹雪敦は言った。

「なんで、こんなところに…」

「そこはまあ、蛇の道は蛇で」

彼はそう言ったが、よく考えてみれば彼の職業は弁護士だ。地裁の近くにいてもまったく不自然ではない。

自分の行くところ行くところに神出鬼没するなんて、気持ちの悪い男だ。そう思ったが、今日は声を出す元気もなかった。

「べつにあなたをストーカーしてるわけじゃない。こっちも仕事がありますから。でも、あなたのことは調べていますよ。それも仕事ですから」

「…それは、どうぞご勝手に」

「裁判所相手に強引に行く方法を教えてあげましょうか」

わたしは、無意識に彼を避けていた視線を、チワワの顔の上に戻した。

「書記官が出てきたでしょう。僕、元裁判官ですから、書記官のこともよく知ってます。彼らは事務に関してはJ《ジェイ》より優秀だから、真正面からぶつかったってダメですよ」

J《ジェイ》というのはジャッジの略で、裁判官の隠語だ、と彼はつけ加えた。

「ずうずうしく行きなさい」

「…え」

「破産申し立ての不服なら、裁判官をひっぱりださないとダメです。書記官レベルでは追い返される。だからずうずうしくなるしかない」

彼はズボンのポケットからなにかのキーを取り出した。この近くに車でも止めているのか、それとも彼が前に言っていたように、バイクのキーか。

「裁判官さえ承知していれば、計画倒産を企てようとしている法人がやってきても、書類不備だと言って審議を遅らせることができる」

「それは、どうやって…」

「計画倒産しようとしている確実な証拠があればいいんです。向こうもあいまいな証言に振り回されるわけにはいきませんから。早い内にそれをもって再アタックすることですね」

(確実な、証拠)

吹雪はちゃりちゃりとキーを振り回しながら、わたしの側を通り過ぎた。わたしは急いで振り返る。

「どうしてそんなことを教えてくれるんですか!」

「そんなの決まってる」

はははっと彼は笑った。

「僕は、計画倒産とかセコいことする悪は大っ嫌いなんですよ。どうせそんなやつは財産も不当に隠してる。あんたたちは自分のとこの税金分だけじゃなくて、隠してる財産は全部暴きなよ。どうせ債権者がわんさかいるんだから。せいぜい、早く捕まえてたんまり搾り取ってください」

バイバイ、と片手を振って、吹雪は駐車場のほうへ歩いていった。あの格好でバイクに乗るんだろうか、と思ったが、よく考えたら鏡も毎日スーツで自転車に乗っている。

しばらくの間、わたしは彼がいなくなった歩道をぼんやりと眺めていた。行き交う人が、不審そうにわたしをチラ見していくのもかまわなかった。

『法律って、怖いでしょう』

あの吹雪を憎いと思うのに、心底嫌いになれないのは、彼の言う泥つぶてのような言葉の中に一粒の金《きん》があるからだ。『僕は、法律を盾にする者の傲慢さが許せないんだ』国税の人間として、彼の言う正義に屈服など絶対にできないはずなのに、心のどこかで彼の言うことを正しいのではないか、と思ってしまう自分がいる。

（そうだ。吹雪の言うとおりだ。法律は、怖い）

いま、感じている虚しさを忘れないようにしようと思った。水戸黄門だって、最後まで印籠《いんろう》は出さないのだ。だったら、わたしたちのような小物が安易に最初からそれを乱発すべきじゃない。

それには、「法律」をむやみに用いないで、あの人たちに心の底から納税の大切さについて理解してもらえるように説明しなければならない。

難しいけれど…、とてつもなく大変なことだけれど、それができたとき、わたしは多分いまより少しだけ階段を上がれているに違いなかった。

＊＊＊

「あらー。それは大変だったけど、まあよくあることだよね」

と、何故か目の前の鏡特官の椅子に座ってくるくると回りながら、署長の清里が言った。

「そういうときは、鏡くんを連れていけば一発だったのに、ぐーちゃんも運が悪いよねえ」

「っていうか、なんで署長が鏡特官の椅子に座ってるんですか」

「応援しようと思って」

「なにを」

「え、だっていま徴収大変なんでしょ。金子までいないんだから。だからー、応援」

がらんとして誰もいない徴収課の一画で、署長様ははしゃいだ小学生のようにくるくると回っている。

わたしは、新たな虚脱感に苛まれながらも、次の手を考えるために椅子に座った。事は急ぐのだ。署長《おやじさん》はこの際無視するしかない。

（吹雪は、ずうずうしくいくしかない、と言った。それはつまり、ホツマが計画倒産しようとしているという確たる証拠を持って、もう一度破産部に行くしかないってことだ）

しかし、その調査に時間はかけられない。なにせ、ホツマがタレコミどおり悪徳法人だったとしたら、破産の申し立てにいくのは時間の問題なのである。

「――残された方法は、たったひとつ」

拳をデスクに打ちつけて立ち上がったわたしに、びっくりしたように清里が応える。

「ほう、それは！」

「ホツマに、S《エス》するしかない」

清里がきょとんとした。

「S《エス》って差し押さえ〜？　一か八かで会社に乗り込むってこと？　ソレ大丈夫なのー？」

「考えはあります」

まず、ホツマの金のプール先を洗い出すんです、と、わたしは署長《おやじさん》に向かって説明をはじめた。

「この会社が本当にドロップシッピング詐欺で儲けているなら、どこかに財産を隠しているはず。まだ業務を停止していないので、必ず金の流れはあります。外国に移せていない財産が国内に絶対あるはずです。それを押さえるんです！」

そのためには、ホツマに捜索に行き、帳簿等書類をとにかく持ち帰って、かたっぱしから取引先に電話をかけまくるしかない。

そして、入金先を確認する。

もし、ホツマが我々が把握していない別の口座に、買掛金の支払いを指定していたら、そこが隠し財産口座ということになるだろう。外注先として、架空の取引会社を作っている可能性もある。それもみな、帳簿を見なければわからない。

「どのみち、この法人はすでに滞納金が発生している状態なので、差し押さえにいくのに不都合はないはずです。問題は…」

「差し押さえに行けば、向こうがびっくりしてすぐに破産申し立てするかもしれないってことだねえ」

のんびりとした口調で、署長《おやじさん》が言った。

(う、するどい)

さすがは海千山千の管理職、清里の指摘は正しかった。実際、その通りなのだ。この方法ではヘタに藪をつっついて蛇を出してしまいかねない。もし帳簿を差し押さえて、取引先を確認している間に、向こうが破産の申し立てをしてしまっては意味がなくなってしまう。

(…そうだ)

あることを確認するために、わたしは錨さんに一本の電話をかけた。

「すいません、お忙しいときに」

『どうしたの? ホツマになにか動きがあった?』

るのかを聞いた。

「いえ」

わたしは、破産の申し立てをしたとして、開始決定までにどれくらいの時間がかか

「一週間か、そのあたりでしょうか」

『そうねえ。わたしが立川で破産法人を扱った時は、一週間以上かかってたと思う。書類不備で戻ってくる場合もあるし、破産管財人の選定もあるから、一週間はかかるかなあ。ごめんなさい、あまり詳しくなくて』

「いえ、十分です。お仕事がんばってください！」

わたしは、通話を切ったあと携帯を力強く握りしめた。

いける、と思った。

(でも、もしS《エス》されて焦ったホツマが破産の申し立てをしたとしても、破産管財人の選定等で、手続き開始までには最低一週間はかかるはず。一週間あれば、隠し財産を暴いて、銀行口座の差し押さえは完了できる！)

ここで手をこまねいていてもなにもならない。だったら、少しでも差し押さえできる可能性のある方法でやってみるしかない。

「S《エス》か…、S《エス》ね。よし、そうしよう！」

いきなり、署長《おやじさん》が立ち上がった。そして何事かとぽかんとしているわたしに、問答無用

でポケットからピンクリボンを取り出し、

「さあ、これをつけるんだ、ぐーちゃん。今日から君もピンクリボン戦隊に入隊だ。そしてみんなでS《エス》に行く」

ぎょっとした。当然、断固拒否した。

「絶対にイヤです」

「ええー」

「だいたい、なんで署長が行くんですか。課長が帰ってきたら課長と行きますよ！」

「金子は帰ってこないよ。さっきまた警察に呼ばれてたもん」

「ぐ…」

「それに、二課は二課でみんな納税相談ブースで手こずってるよ。最近どーも妙なことになってるんだよねえ。勤商さんがいちいちお客さんに同伴してきてさぁ」

署長《おやじさん》が言うには、ここ半月ほどの間、勤商の人間を連れて納税相談にくる人が急に増えたのだという。

「まあ、勤商さんを担当する人は決まってるんだけど、おっつかないほど多いのよ。どうしたのかなあ。鏡くんの件といい、向こうさん、最近対税務署キャンペーンでもやってるのかしら」

「対税務署キャンペーン…」

客の納税相談に、いちいち関係のない勤商の人間が口をだしてくるところを想像して、わたしは心の底からげんなりした。やつらときたら、法律もろくにわかっていない上、やたらと感情論とか思想論とかイデオロギーとかを全面に持ちだしてくるのだ。労働者の権利を守るとかなんとかいうのが彼らのスローガンらしいが、本当の意味で商工業者を守りたいのなら、全員税理士の資格とってからこいと言いたい。

「まあ、S《エス》すると決まったら善は急げ。書類揃えて行っちゃいましょう」

「でも…、わたし…」

S《エス》すると決めた張本人であるにもかかわらず、わたしは狼狽《うろた》えた。ぶっちゃけた話、一人で代表として法人の差し押さえに行くのは初めてなのである。先月、滞納個人の件で経営者の自宅に差し押さえには行ったが、そのときは鏡が見ていてくれた。

しかし、いまその鏡はいない。金子課長も、木綿子さんたち徴収一課も免脱罪の件でずっと出払っている。署長《おやじさん》の話では、二課は勤商につかまって著しくヒットポイントを削られている。特官課においても副署長《サブ》は署を出ないし、広域特官もいない。第二特官の鉢須さんは万年旅人でそもそも署にいるところを見たことがない。

(…ということは、わたしには署長《おやじさん》しかいない！)

ここで一人で差し押さえに行くか、ピンクリボン隊に入隊して署長《おやじさん》についてきてもらうか、究極の選択だった。

「あの、署長、って、たしか課税ひとすじでしたよね」

「いやあ、徴収もやったことあるよ、なんてったってエリートだもん」

実際、調査官を数年やったあと、他課の仕事を勉強するために徴収課に配属になることもある。もっともそんな人事は、たいていエリートコースに乗った人間だけなのだが。

藁にも縋る思いでわたしは署長《おやじさん》を見つめ、

「ホ、ホントですか」

「うん、三十年ほど前に」

(だめだ!)

がくりと机の上に両手をつく。こんな頭の中にピンクリボンと定年のことしかない管理職を連れて行って本当に役にたつのだろうか。

しかし、周りを見渡しても手伝ってくれそうな同僚や先輩は見あたらない。みな自分の持ち分で手いっぱいで、とても手伝ってくださいと言えるムードではなかった。先だっての堂柿三津男の件で悪目立ちしてから、わたしはなんとなく自分の職場での立場が悪くなっている気がしていた。なにより、〝査定に響くほど評価が低かった〟ことがいつまでも心にひっかかって、なにをするにもビクビクしてしまう。

(誰も、助けてくれない)

自分のやってきたことのツケが、いま目に見えてきているだけだとわかっていても、思わずベソりそうになった。

その時、納税相談のブースから、ふらふら～と瀕死のチョウチョのように誰かが戻ってきた。

「ああ～。今日も痛恨の一撃くらったぁ～。はぐれメタルの素早さが欲しい～。誰かベホイミかけて～」

まさに飛んで火にいる夏の虫とはこのこと。徴収二課の新人、骨董屋のはるじいこと錦野春路だ。

（いたー！）

わたしは明らかに憔悴している春路の胸に、無理矢理ピンクリボンを押しつけた。

「はるじい、いいところにきた。ささ、これつけて」

「な、なんです、これ」

「君をいまから差し押さえ戦隊、S《エス》スルンジャーのメンバーに任命する」

「は？」

「つまり、差し押さえに行くからついてきて」

「で、なんでピンクリボン？」

「署長も行くから」

「なんで署長が？」

署長《おやじさん》が、人の悪い顔でニマーッと笑った。

「それはね、僕がいま定年までカウントダウン中で、京橋中央署みんなのドラえもんを自称してるから」

「??」

「困ったときは、四次元ポケットでなんとかするのが僕の役目なの」

春路の顔にクエスチョンマークが増殖している。無理もない。普通、究極の管理職である署長が、いきなり差し押さえ現場に同行したりしないものなのだ。

あくまで、普通だったら、だが。

（だけど、うちの署長《おやじさん》は普通じゃないからなー）

「さーて行こう！　ピンクリボン隊、出動ー」

新たな仲間が増えたことに署長《おやじさん》は興奮して、えいえいおーと勝ちどきを上げ始めた。あまりの能天気ぶりに、内心激しく不安だ。

「ごめん、はるじい。…というわけなんで、これ、三十分で読んで！」

わたしは、まだ成り行きがわかっていない春路に関係書類を押しつけた。本当なら、差し押さえに行く前には必ず課内会議があり、メイン担当を中心に万が一のことに備えて念入りに打ち合わせをするものだ。しかし、この際すべてショートカットするしかない。時間がないのだ。

「ところでさ」

「はい？」

「ロッカーにあるドリンク、一本売って」

気合いを入れなければならない。

ものすごく、いろんな意味で。

＊＊＊

自称、京橋中央署のみんなのドラえもんこと清里署長を含む徴収班三名は、取り急ぎ株式会社ホツマの事務所へ向かった。清里は文句も言わずに地下鉄でついてきたし、春路といえば、どう見ても登山用の大型リュックを背負っていた。曰く、徴収に行くときは常にこのスタイルらしい。

「差し押さえは荷物多くなりますからね。もうダサイなんて言ってられないッス」

よーく見ると、一見ローファーに見える靴もスニーカーに近い。

（やる気に溢れた定年と、登山スタイルの新人と、夏なのに真っ黒のわたし、か…）

…見れば見るほど変なチームだ。成り行きで仲間を増やしていった桃太郎一行も、さすがにここまでいいかげんなパーティではなかったに違いない、と思う。

「東京国税局、京橋中央税務署の鈴宮と申します。株式会社ホツマ。平成二十年度、滞納税目、中央区勝どき一丁目〇〇、法人税および消費税について、財産調査、および差し押さえを開始します」

住所通り、勝どきにあるタイル張りがモダンなビルの三階。わたしたちは、身分証とともに、問答無用でホツマのテナントの入っているビルに押し入った。あらかじめ資料通りの場所でホツマが営業していることは、錨さんの調査ですでにわかっていた。問題は、いつまでホツマがここで開業しているかということだ。

錨さんの調査はかなり詳細な裏がとられていて、例えばホツマの入っているビルのオーナーに、ホツマから家賃はきっちり納められているか、テナント契約解消の申し出はなかったか、などもすでに確認済みだった。

わたしは、長袖ブラウスをずらして腕時計を見、時間を確認した。

「十二時十四分」

お昼時に乗り込むのは、代表者がいない時間を狙って好き放題差し押さえを実行するためだ。どうせ営業所に残っているのはバイトか、計画倒産のグルの従業員だろうから、わたしたちが来たことに驚いて弁護士に電話をかけられる心配もない。

「あ、あの、いま社長は出ていて…」

「問題ありません」

従業員の若い女性は、いきなり押しかけてきた役所の人間と、税務署という響きに、完全にフリーズしてしまっていた。この反応では、計画倒産のことを知っているのかどうかは微妙だ。

「で、でも、あの…」

「申し訳ありませんが、そちらに拒否権はありません。国税徴収法第一四五条により、ただいまの時刻より滞納者、およびその第三者、同居の親族・代理人などの、この部屋からの出入りを禁止します。ここに、サインをお願いします」

捜索調書を差し出し、サインをもらう。彼女は何度かためらった末、自分の名前を書いた。藤沢佳子《ふじさわけいこ》。

「あの、ホント私なにも知らなくて…、ただのバイトなんです」

「ここにサインをしたからといって、あなたになにか不都合があるわけではありませんし、法的に責任をとることもありません」

言うと、彼女は一瞬だけ、ほっとしたような複雑な笑みを浮かべた。

こんな対応にも差し押さえの場数を踏んでいれば慣れたものだった。それにオドオドしてくれればくれるだけ、こちらの好きにできるのでありがたい。

事務所は、ざっと見ても三十平米あるかないかのこぢんまりとしたものだった。デスクは四つしかなくそのうちパソコンがあるのは二つ、電話も一つだけ。部屋の四隅には段ボールが無造作につんであって、パーテーションの向こうにはサーバらしい大きな電気製品の姿も見受けられる。床には至る所にコードが蜷局をまいており、とてもドロップシッピングを始めようとしている顧客が出入りするような場所には見えない。

（それとも、応接セットもすでに売り払ったとか……）

わたしはパーテーションで区切られた一画を注視した。そう思ってもおかしくないがらんとした空間が、入り口のすぐ目の前にあるのだ。それに、年商数千万をあげている会社の電話が一本だけ、しかもネット事業のくせにパソコンが二台しかないなんてあまりにも不自然すぎる。

（やっぱり、逃げる準備をしてるんだ。ホツマの計画倒産は、もう間違いない！）

さりげなく、署長《おやじさん》が電話の置いてある机に近づいた。電話で誰かを呼び出されるのを防ぐためだろうか。

「僕はあくまでドラえもんだからねー。助けを呼んだら助けるよ、ただし一度だけねー」

などと、エアコンの真下に居座りながらのんきなことを言っている。見張り以外あまり期待はできそうにない。

「ファイル調べます」

春路が、壁側のスチール棚に飛びついた。中からファイルというファイルを取りだし、持ち帰るものを選別していく。わたしといえば、残ったスタッフの一人を慎重に監視しながら、質問をはじめた。万が一、彼女が幾嶋に電話をかけてしまったら、すべてがご破算だ。

「こちらの会社には、いつからお勤めですか」

「え、あの…、だから私バイトで」

「バイトはいつからですか」

たたみかけるように言うのは、相手に嘘をつかせないためだ。人間は冷静な時しか上手に嘘をつけない。

「去年の九月です。私、事務員じゃなくて、その…、オペレーターなんです」

「経理の方は？」

「いまはいません。社長がしてるんだと思いますけど」

「オペレーターは一人で？」

「いえ、初めは五人くらいいて、でもみんな辞めていきました。社長はいま募集をかけてるけどなかなか集まらないって」

「社長というのは、幾嶋さん？」

「ええ」

…ということは、やはり実質的にここを仕切っているのは幾嶋ツトムなのだ。木梨はうまく計画倒産するための書面だけの代表にすぎない。

「それにしても、スタッフの数が少ないですね。みんなお辞めになったんですか？」

「はい…、けっこう急に」

「クビになった？」

「はい」

「それは、どうしてですか？」

「さあ、詳しくは聞いてないですけど、社長がけっこう…その、気まぐれというか」

「ワンマンだから？」

「はい、それで、喧嘩して、っていう方が多いみたいです」

「ほかのオペレーターさんもそう？」

「さあ、ここバイト代安いんで、それもあるかと」

聞くと、藤沢佳子は、まだ二十歳の大学生でフリーターではなかった。たしかにホツマのバイト代は時給八百六十円で、オペレーターとしては格安の部類に入るから、バイト代の安さに辞めていった同僚もいるだろう。

「最近、お客さんからクレーム電話はありますか」

「あ、はい。それは…」

「どれくらいの数ですか」

「ええと…、電話は…その…」

聞かなくてもわかっているが、彼女の反応が見たくてわたしはあえて質問した。公開されているホツマの電話番号は、いくらかけてもほとんど繋がらず、『大変混み合っております』になることが、錨さんの調査で明らかになっている。

理由は、もちろんクレーム電話が多いせいだ。内容は、おそらく「思ったように利益が上がらない」「契約を解除したいから、準備金を返してくれ」といったところだろう。そんな電話を受けていれば、藤沢佳子はうすうす、この会社の計画倒産に気づいているに違いない。

オペレーターに彼女を残したのは、彼女が世慣れぬ大学生で、いざというときに債権者側に立って訴訟を起こしたりしないと幾嶋がふんだからだろうと思われた。わたしは内心舌打ちした。なんてことだ。やることなすこと、幾嶋は極めて計画的に倒産を進めている。

「先輩、ちょっと」

春路がわたしを呼んだ。なにか見つけたらしい。わたしは藤沢佳子から離れるかわりに、彼女に釘を刺した。

「ああそうだ。社長さんには電話とかしないでください」

「え、…あの…」

「誰か来たら教えるよう幾嶋さんから言われてるのかもしれませんが、わたしたちが居る間この部屋から出ていくことも、電話をかけることも法律で禁止されています。破ればあなたも罪に問われます」

「つ、罪…」

「ここの社長さんは、法人税を払ってないんですよ。だからあなたもその仲間だと思われます」

「そんな、――私バイトで…、なにも知りません、知らないんです！」

「だったら、ギリギリまで社長になにも言わないでくださいね。それに、ヘタをするとあなたのバイト代も払わずにドロンされる可能性もありますよ」

「ええっ」

なんだか、言うことが鏡じみてきたなあ、とわたしは思った。裁判所を追い返されて、むやみに法律を盾にするのはやめようと心に誓ったところだったのに、気がつけばしっかり国税徴収法を印籠のように見せつけてしまっている。

（いつかわたしも、勤商に訴えられるのかな…）

訴えられるくらい出世してるといいけど、とふと思った。

春路が、いくつかファイルを机の上に広げてわたしを待っていた。

「これ、ここととここ、ホツマの取引先です。ユーザーに、ドロップシッピングに使うパソコンごと売りつけていたみたいですね。あとはメーカーに注文するのに専用のソフトを作って売買していたようです」

ホツマの帳簿には、いくつかの取引先の情報が記されていた。

もし、幾嶋が計画倒産を企てているのだとしたら、必ず秘密の隠し財産口座があるはずだ。その口座は、一件一件取引先に電話して、あるいは直接赴いて、こちらが把握しているものと同じかどうか確認しなければならない。もし、こちらの知らない口座が入金先に指定されていれば、それは隠し口座ということになる。

「あるいは、このパソコン業者がペーパーかも。ここからパソコンを買ったふりをして、そこに財産まとめてる可能性もあるよね」

藤沢佳子に聞かれないように、わたしは春路に耳打ちした。署長《おやじさん》と言えば、のんびりと電話の置いてあるデスクの椅子に座って、くるくる回っているだけだ。

(この中のひとつでも実態のない会社だったら、幾嶋が裁判所に破産の申し立てをするのを妨害できる。急がないと!)

わたしたちはホツマの事務所をあとにすることにした。このお土産をもとに、隠し財産の口座を暴かなくてはならない。

「あの、…もしバイト代が払って貰えなかったら、どうしたらいいんですか?」

「破産したらってことですか?」

藤沢佳子は頷いた。

「ここ、潰れるんでしょう？　税務署の人が来たって事は、そうですよね」

「…………」

わたしと春路は、思わず顔を見合わせた。この場合、役所の人間としてはなんとも言いようがないのが本当のところだ。

「先週社長が、急にそこにあった応接セットを運び出したんです。邪魔だから家に持って帰るって。パソコンだってもっとたくさんあったのに、最近はどこかに持っていってしまって…。それって…」

「もし、社長が戻ってきてわたしたちのことを知って弁護士に電話をかけていれば、それが倒産の合図です。京橋中央税務署に教えていただければ幸いです」

「電話すれば、私を助けてくれますか？」

「…残念ですが、わたしたちにその権限はないんです。申しわけありません」

彼女は息を呑んだ。すると、わたしの隣で、帳簿の詰まった登山用の大型リュックを背負った春路が言った。

「この部屋で差し押さえられる価値のあるものはないですよ。来週になればそのへんのデスクも棚も中古業者が引き取りにくるんじゃないかな。ああ、そこにかかってる絵も、H．C．とか書いてあるわりにはリトグラフでもなくて、オフセット印刷だよー」

「あの…、HC？」

「Hors Commerce の略で、〝非売品〟って意味ッス。でも、印刷だから完全な見かけ倒し。ホラ、下にエディションも百五十枚ってあるけど、この字まで印刷なんだもんさぁ」

ププ、と春路は笑った。

「観葉植物は偽物だし、社長の引き出しに入ってた万年筆も数千円の安物だよ」

いつのまに社長机の引き出しまで開けたのか、春路がぺろりと言ってのけた。

「そこにでーんとあるサーバもかなり旧型で見かけ倒しでしかないし。パーツ代にしかならないよ。一番金になると言ったら、そこにあるノートパソコンくらいかなあ。どうせ債権者はいっぱいいるだろうから、あなたが現金で受け取れる可能性はほとんどないよ、残念だけど」

わたしは思わず拍手喝采したくなった。さすがは目利きの春路。ほかの徴収官が、差し押さえのときに連れ歩きたくなるはずだ。

「そんじゃ、失礼します。お電話お待ちしてますー」

ドアが閉まる直前、藤沢佳子の思い詰めた顔が、デスクの上の一台のノートパソコンに注がれているのが見えた。

＊＊＊

急いで京橋中央税務署《かいしゃ》に戻った。そこからわたしと春路の二人で、捜索で持ち帰った書類をもとに、ホツマの取引先に電話をかけまくる怒濤の作業が始まった。

おそらく、あのあと会社に戻った幾嶋は、藤沢佳子から税務署が来たと聞かされ、急いで弁護士に電話するだろう。いますぐにでも裁判所に破産の申し立てに行ってくれと言うに違いない。

たしか、破産の申し立てが受理され、手続きが開始されるまで一週間くらいだと錨さんは言っていた。ならば、一週間以内になんとしても再び裁判所に赴いて、ホツマの倒産が計画倒産で犯罪性があることを立証しなくてはならない。

そのためには、ホツマの財産の隠し場所を見つけ出すのが先決だ。ここからは、時間との戦いになる。

(しかたがない。今日は、とことん残業だ。この一週間が勝負なんだから)

春路が差し押さえ調書を持ってきた。礼を言って受け取り、このあとホツマのユーザー名簿から一人一人あたって、入金先を確認する作業を手伝って欲しいと言いかけて、思いとどまった。

春路には春路の仕事がある。差し押さえにだって無理を言ってついてきてもらったのだ。これ以上彼女を巻きこむことはしたくない。

(ああ、でも一人でいまから顧客リストぜんぶをあたるなんて、絶対できっこない)

本来なら、この仕事を振ってきた錨さんか金子統括に助けを求めるべきなのだろう。実際、何度か電話に手を伸ばしかけて、

『それくらい、自分でなんとかしろ』

そう言われる気がして、ひっこめた。あの急ぎようでは、金子統括も錨さんもいまが正念場だ。仕事のじゃまをしたくはないし、泣きついたところで手伝ってもらえる余裕はないだろう。かといって、ほかに無茶を頼める人もいない。

ああ、わたしはいままで、どれだけ鏡特官におんぶにだっこだったんだろう、と思い知った。すると、

「じゃ、こっちのリスト、あたりますから」

春路がなにも言わず、片方のファイルを引き取ってデスクに戻っていった。慌てて彼女を引き留める。

「でも、はるじい、百件もあるんだし」

「まあ、なんとかなるなるー」

楽観的に言ってくれて、思わず目尻にうれし涙が浮かんだ。

「あ、ありがとおおおおぉ。仕事あるのにごめんねえええぇ」

「ダイジョブダイジョブ。署長《おやじさん》も知ってる件だし、ほかが遅れても課長にはそう言っておきますよ」

時間もないので、ありがたく春路にまかせ、わたしはかたっぱしから取引先に電話して、不明な口座が使用されていないかをチェックすることに集中した。電話をかけ、不審そうな応対をなんとか説明で解きほぐし、切られても粘り強くかけ直す。もちろんすぐに返答が戻ってくるようなことではないから、根気強く電話口で待つこともしばしばある。あるいはこちらからかけ直す。つかまった順から、入金先の口座や、ホツマと契約するときに交わした内容を確認してもらう。もちろん、こちらが本当に税務署か疑う人も少なくないので、そんなときは公開されている京橋中央署の電話に折り返してもらい、信頼してもらう。

ひとつひとつ。気が遠くなるような地道な作業だ。次第に声がかれ、気力も萎えてくる。何十本目かの電話を切ったあと、腹の虫が自己主張をし始めたので時計を見ると、もう夕方だった。

（ヤバイ、昼食べ損ねた）

ダイエットになるからと自分に言い聞かせ、冷水器の水をがぶ飲みして、また電話を再開した。

いったんこの作業を始めると、時間がたつのはあっという間で、わたしたちはほとんどの会社が定時をすぎて、フロアに誰も残っていない時間になるまで、ひたすら電話をかけ続けた。

さらに八時をすぎて、電話先の会社が留守録に変わりはじめると、春路のやっている個人ユーザーに確認するほうを手伝った。すでに、署内には誰もいず、わたしたちのいる徴収課のブース以外の灯りは落とされている。非情にも館内の冷房はとっくに切れて、わたしも春路も額にじっとりと汗をかき、ファンデーションはもうとうにはげおちてひどいありさまだった。汗を拭いても、もうハンカチに色もつかない。

(よかった。春路のほかに誰もいなくて)

残業で多く人が残っている場合、いやいや化粧直しをするときがある。あのとき、妙に息苦しさを感じてしまって、わたしはもう一度塗るのがあまり好きではなかった。毛穴が肌色のクリームで埋まると、体の中に溜まったよくないものが出口を失って、結局心の中に戻ってきてしまうような気がする。

(なんだか、エラ呼吸してる魚みたいだな)

息苦しい。

なのに、なんで女だけ毎日化粧しないといけないんだろう。法律でそう決められているわけでもないのに。

気がつくと、受話器を頰にはさんで、もう一方の手のファイルで扇いでいた。喉が渇いて、何度か冷水器に水を飲みに行った。廊下の非常灯が、刺すようで目に痛い。

「もういいよはるじい、そろそろ帰りなよ」

あの時、ピンクリボンを無理矢理つけられた春路にとっては、たいそうな災難だっただろう。彼女の仕事でもないのに、こんな時間までつきあわせて本当に申しわけなかったと改めて思う。

「ごめんね。わたしの仕事なのに、こんなことになって……」

「あ、いいんス。うちここから近いんで。それにこれ、もともとぐーさん先輩の仕事じゃないでしょ。お互い様ッスよ」

彼女がそう言ってくれたことが、心の底からありがたかった。わたしは、両掌を合わせて神さま仏さま春路さまを拝んだ。せめてもの感謝の心にアイスコーヒーを奢らせていただこう。後日、ゆっくりこの近所にある《イデミ・スギノ》のケーキもつけて。

結局、その日は十時まで粘って電話をかけ、残りは明日することになった。藤沢佳子から電話はない。ホツマがいまどうなっているのか、計画倒産のゆくえはどうなったのか、気になって今夜は眠れそうになかった。

「ぐーさん先輩も大変スね。鏡特官いないし」

「うん」

「訴えられるし」

「う、うん」

「あの錨さんにめんどくさい仕事押しつけられるし」

あの、とはなにやら意味深な連体詞だ。

すっかり人気のなくなった京橋中央署《かいしゃ》の近辺をとぼとぼと歩きながら、春路はわたしに言った。このあたりは飲食店も少なく、日が落ちると閑散としている。

「押しつけられた…、のかな…」

「押しつけられたんですよ。だって、向こうは金子統括にひっついていればいいだけでしょー？　先輩が免脱罪チームにいたほうが話早かったと思いますよ。錨さんはこっちのメインだったんだし」

言われてみれば、彼女の言うとおりだったような気がしないでもない。実際、わたし自身は特官課で、ホツマの件はまったくタッチしていなかったから、一から状況を把握するのに時間がかかってしまった。

しかしながら、錨さんは先輩で、仕事を引き受けてくれと言われて断れるはずがないのも事実だった。その上あの時すでに課長との間で、計画倒産の件はわたしに任せる話がついていた。とてもじゃないが、免脱罪のほうをやりたいと言い出せる雰囲気ではなかった。

「まあ、錨さんもここまで大事になるとは思ってなかったんじゃないかな」

わたしは、地下鉄の入り口が見える交差点で信号を待った。そばには築地橋があり、ここを左折して橋を渡ると築地方面、地下鉄へ潜らずまっすぐ歩くと銀座だ。

「えー、そーかな。計画倒産なんてめんどくさいッスよ。もし向こうが早かったら欠損になるじゃないですか。ものすごいマイナスっスよ」

「ぐ」

「だってもし、ホツマが明日にでも倒産したら、今回の件はぐーさん先輩の欠損になるんスよ。欠損」

ぐぐ、とわたしは唸った。ボーナス査定が散々だったのに、これ以上冬に響くようなことはしたくない。だからこそ、今回は終電まで残業して、なおかつ残業をつけなくても汚名を返上しなくてはならなかった。もう決して、失敗はできないのだ。

「まあ、免脱罪と重なるなんて運が悪かったんだよ。あっちは年に一件あるかないかなんだし」

半ば、自分に言い聞かせるように言う。

信号が変わった。二人して、横断歩道を早足で歩いた。

がんばって、がんばって。

こんな時間に化粧がはげるまでがんばっている。

給料をもらうために。

だけど、その給料でわたしは、ファンデーションを買うのだ。毛穴を埋め、息苦しくなるためのファンデーション。

(いったい、なんのために)

答えが出ないことはわかっている。考えたって仕方のないことだ。女が化粧をすることなんて、五千年以上前のエジプトからすでに始まっているのだから。

地下鉄の生ぬるい風の匂いをかぎながら、わたしは一刻も早く家に帰って、この間芽夢にオススメされて買ったアイスロールケーキを食べようと思った。

＊＊＊

(株)ホツマの隠し財産を探し続けて六日目、春路がお手柄をあげた。

なんと、ホツマの隠し財産を探り出す件で、平成二十年七月から以前のユーザーのうち、別の名簿にファイリングされていた人たちは、こちらが把握していない口座に入金していることがわかったのだ。

ホツマの隠し財産はそれだけではなかった。一部、ホツマがソフトを提供していた会社からの入金が、やはりこちらが把握していない口座に振り込まれていた。つまり、ホツマはこの口座を隠し財産のプール先に利用していたのだ。

わたしはすかさずカレンダーを見た。ホツマに差し押さえに行ってから六日。まだ一週間は経っていない。ということは、ホツマの弁護士があのあとすぐに破産の申し立てに行ったとしても、まだギリギリ開始決定はされていないということになる。

「銀行に電話！　いまからアポとって、口座の差し押さえに行く！」

「え、いまからですか？」

昨日の残業の疲れを目の下に如実に残した春路が言った。

「あの、自分これからちょっと外なんですけど……」

こんな時はひたすら拝み倒すしかない。

「お願い！　銀行一緒についてきてくれるだけでいいから。小一時間だけ！」

この上ない汚名返上のチャンスなのだ。ここで計画倒産を防ぎきったとなれば、地に落ちたわたしの評判も何ミリかは浮上するに違いない。

「あー、どうでしょう」

彼女は第二徴収課のお留守番係である総括上席の銅元《どうもと》さんをチラリと振り返った。すでに話を聞いて察していたらしい銅元さんは、

「鈴宮、コイツつれてっていいぞ」

「ほんとですか」

「錦野、いい機会だから外回りの実習してこい。ちったあ役に立つだろ。なんならお前、ここで留守番しとくか？　やっぱ俺がいくか？　俺がヤルか？」

銅元さんは本気で椅子から腰を浮かしかけた。その目は、喧嘩を売られたヤンキーのようにやる気に満ちあふれてギラギラと輝いている。

とはいえ、総括上席は、課のお留守番係と決まっているので、めったなことでは外回りに出かけない。

「いやいや、銅元さんは、お留守番しといてください」

総括上席《お留守番役》なんですから。そう言うと、銅元さんは、

「くそー、ちぇーいいなー。俺も外行きたい。シャバに出たい。もう総括上席なんてヤダ」

元々千葉の税務署で特官付きをしていた銅元さんとしては、課長職よりさらにデスクワーク限定のこの役職をやめたくてやめたくて仕方がないのだ。まだ京橋に来て間がないのに、早くもデスクの上で腐りつつある。

デスクの上の書類をかき集めて片っ端からトートバッグへ放り込み、頭の中でW銀行への最短ルートをシミュレーションしながら会社を飛び出した。勢い込んでいたせいか、前方不注意でちょうど入り口付近に立っていた男性とぶつかりかける。

「すいません、ごめんなさい！」

背広ばかりが出入りする一階では目立つ、ジャージ姿のひょろりとした男性だった。鞄ももっていないし、一見して税理士には見えない。…ということは、納税相談に来たのだろうか。はじめて税務署を訪れる人間は、たいていこの人のようにどこか挙動不審でびくついているものだ。

「あのう、なにか相談にいらしたんですか。受付は入ってすぐのところですけれど」

税務職員の義務として、いちおう親切に声をかけてみる。すると、男性は驚くべき行動に出た。なんと今度はわたしに体当たりするようにして、署の前の階段を飛び降りあっという間に走り去ってしまったのだ。

(なんなんだ…)

春路が追いついてきた。

「どうしたんですか、先輩」

「あ、いやさっき変な人が…」

言いかけて、わたしはいやいやと頭を振った。滞納者や申告者の中にはここまできて怖じ気づくというのもよくあることだ。わたしはさして気にすることなく意識をW銀行へと向けた。時計は二時半に近づきつつある。

銀行は午後三時までだ。懐は痛いが、タクシーでいくしかない。


都内に数十店舗をもつW銀行は、第二地銀のひとつで都下では地元金融機関として定着しており、都民にもなじみのある銀行だ。二〇〇〇年にH信用組合を吸収合併したことで、店舗ネットワークが格段に広がり、規模も大きくなった。一時期、バブル経済破綻の不良債権により経営が危ぶまれていたが、現在は安定しているといわれている。

その勝どき支店に電話で無理矢理アポを取ったあと、わたしは春路を連れて新富からタクシーに飛び乗った。新富から勝どきまでは地下鉄の連絡が悪く、時間がなかったのだ。

銀行につくと、午後三時十分前だった。あからさまに迷惑そうな行員に名刺を渡し、アポの件を伝える。ものの一分もしないうちに、耳の上に白髪が目立つ中年の男性が足早にやってきた。ここ勝どき支店の支店長だ。

「閉店間際に押しかけて申しわけありません。京橋中央署の鈴宮です。ご協力、よろしくお願い致します」

実は、この支店に我々徴収課が口座の差し押さえに行くのは初めてではない。銀行側としても、行政が口座を差し押さえに来ることには慣れているはずで、最近増えているらしい地方税の滞納（具体的には住民税）には、市役所の徴収課の職員が給料の口座を差し押さえに来る。

とはいえ、相手がサラリーマンだと楽なのだ。会社に問い合わせれば、使用されている銀行口座などすぐに判明する。生活資金の全てである給料を押さえられれば、どんな人間も白旗を揚げざるをえない。

しかし、相手が自営業者になる国税はそうはいかない。事業に使用する口座は多岐にわたるし、使用数を制限されてもいない。だからこそ今回のような秘密口座を用いた財産隠しなども行なわれる。それを見つけ出すのは至難の業なのだ。

「残高、かなりあります。七百万ほど」

快哉を叫びたくなった。さすがに不謹慎かとぐっと堪《こら》えたが、思わず頬が緩むのは止められない。

(やった、これで滞納金を完済できる!)


「やったー!! ざまあみろホツマめ。滅びよ悪徳滞納法人!!」

「ほんと、まさに『ざまぁ』ッスね」

シャッターが閉まったW銀行の裏口から出てきたわたしと春路は、まるで試合に勝ったかのようにハイタッチをした。

(やっぱりホツマには隠し財産があった。——光が見えた!)

わたしはめずらしく使命感に燃えていた。ここでだれかが止めなければ、幾嶋ツトムはまた懲りずに計画倒産をくり返すだろう。そのたびに多くの使用者・債権者たちが投資した金は返ってこず、泣き寝入りを余儀なくされる。ネット詐欺はこれからも手口を変えて増え続けるだろうから、ここで叩いておかなくては一気に増殖したオレオレ詐欺のようになってしまうに違いない。

税務署に戻ったわたしは、今日銀行に同行してくれた春路に改めて礼を言った。自分のデスクに戻ると、顔の毛穴という毛穴から一斉に汗が噴き出てくる。

「そうだ、裁判所に電話しなきゃ」

わたしは、汗だくの顔にハンカチを押しつけながら受話器をとりあげ、破産部に電話をかけた。書記官の帯刀にとりついでもらう。しばらくして帯刀が出た。あいかわらず眠たいのかやる気がないのかよくわからない声だ。

「お忙しいところ、お時間とらせて申しわけありません。あの、この間の滞納法人の件なんですが」

勢いづいて説明しようとするわたしに、彼は無情にも、

『この法人は、破産の手続きを開始しました』

わたしは、デスクに前のめりになったまま凍り付いた。

「え、申し立てがすでに行なわれたんですか!?」

『申し立てだけではなくて、破産手続きは開始決定されました。ですから、すぐに官報に載ります』

啞然とした。

「な、なんでそんなすぐに…、だってたしか手続き開始には一週間ほどかかるって」

わたしの頼りない破産の知識によると、裁判所で破産の申し立てが行なわれると、書記官たちによって書類の不備などがないかチェックされたのち、破産管財人などの選定が行なわれる。この間、どんなに早くても一週間ほどかかるはずだ。錨さんもそう言っていた。

(なのに、どうして⁉)

『申し立ては十六日に行なわれたようですね。開始決定はつい先ほどです』

今日は七月の二十日である。つまり、申し立てが行なわれてから開始決定まで四日しか経っていない。

「四日⁉」

『この法人の場合、管財人の選定に時間がかかりませんでした。非常に小規模な案件でしたので。管財人が決まって書類等に不備がないようでしたので、本日の午後五時に破産手続き開始決定がされています』

「そんなに早く…」

『非常にシンプルな件でしたので』

「シンプルって…」

わたしは瞬きも忘れて、手元に広げたホツマに関する書類を凝視した。

たしかに、このご時世では東京の破産件数は膨大な数になる。いちいち書類をチェックしなくてはならない裁判所としては、弁護士に書類を作ってもらい、法律用語が通じる相手を通訳として寄越してくれるのは、やりやすい相手なのだろう。しかも書類上ではあのホツマには債権者はほとんどいない。ユーザーはあくまでユーザーであって、ホツマに払っていたのは使用料であり、出資金ではない。そしてどんなに儲からないネットショップでも実際にWEB上で稼働はしていたのだ。財産もない。雇い入れている人間もほとんどいない、そして債権者もいない。シンプルだという表現は妥当なのかもしれない。

でも、そんなすぐに開始決定が行なわれているなんて、わたしは全然知らなかったのだ。しかも商売に失敗したわけでもない、明らかに犯罪行為を行ない、金を持ち逃げしようとしている悪質法人の手助けを、天下の裁判所がするなんて！

「そんな…、こんなに素早く手続き開始決定されたら、債権者はどうするんですか。不意打ちも同然じゃないですか」

『不意打ちと言われても…』

「だってそうじゃないですか。こんな駆け込み破産を国が認めたら、みんな都合良く破産しますよ」

『…ちゃんと裁判官とは面接をしているんです』

さすがにムッとした様子で、帯刀が言う。

『それに、弁護士がきちんと書類を作ってきている時に限ります。不備があれば通りません』

「これから破産をするって人が弁護士ですか？　そんなのどう考えてもうさんくさいじゃないですか。弁護士料金だけを残して破産するなんて、そんなの…」

わたしは、初めて破産部を訪れた時、カウンターで暴れていた作業着の男のことを思い出した。たしか、あの男も言っていたではないか。「弁護士をやとう金があったら破産していない」と…

（そもそも一発で通る書類を揃えてきていることからして、そっちのプロ。つまり破産屋弁護士なんじゃない。そんな相手をみすみす見逃すなんて！）

「前にも説明しました通り、この滞納法人は税金を払っていないばかりか、財産隠しをしていたんです。その口座も判明しています」

『そうはおっしゃっても、こっちは書類がそろっていれば、どうしようもできません』

「そんな！」

『そういう決まりですから』

（また、法律！）

カチン、ときた。けれど、相手がうまく納得しない時、めんどうくさくなったときは法律を持ち出すのは、税務署も同じだ。反論はできない。

こんな気持ちなんだ。

働いても働いても借金が減らなくて、税金を払えなくて税務署にやって来て、「法律ですから」って言われる滞納者はいつもこんな気持ちなんだ、とわたしは思った。

忘れないんだ。

刻んでやる。この屈辱。

ムカムカした。なんだよ、法律に守られてのうのうと安全地帯にいやがって。こっちに出てきてタイマン張れよ。

(立て板に水、しやがって!!)

「………いくら法律を持ち出されても、納得はしません」

わたしは、どん、とデスクに拳を打ちつけた。

「またご連絡します。迷惑でしょうけど、絶対になんとかしてもらいます」

もちろん代案なんてなかった。

だけど、簡単には引き下がれない。

わたしたちだから、引き下がれないのだ。

ない人からも問答無用で搾り取ってる税務署が、こんな悪徳滞納法人の勝ち逃げを許すことなんて、できないのである。

(だけど、方法がない。絶体絶命の、万事休すだ!)

＊＊＊

「申しわけありませんでした!!」

次の日、わたしは頭のてっぺんから足のつま先まで真っ青になりながら、金子統括にことのいきさつを説明した。

「うーん、それは…」

金子は困ったようにファイルの先でとんとんと肩を叩いた。

「たしかに、東京地裁は早いんだよね。法人でも早いときは三日。個人破産なんか弁護士が手続きに行った場合に限って、その日のうちに開始されるのよ。そうだった」

黙って頭を下げ続けるわたしの前で、彼はああ、とため息を吐いた。

「ここまでやって、逃げられたか。痛いねえ」

彼は、わたしの被害妄想かもしれないが、どこか非難がましくわたしを見た。

「それも、署長《おやじさん》まで引っ張り出して…」

ぐ、と喉が詰まった。だって課長も錨さんもバタバタして、いかにも話しかけるな、じゃましてくれるな、忙しいんだという雰囲気だったではないか。それに、裁判所の手続きの件は錨さんにはちゃんと相談した。もともとは彼女のもっていた仕事なのに、と言いかけて呑み込んだ。

すべて、言い訳だ。錨さんじゃなく金子統括に相談すれば話が違っていたことは確かなのだ。

「どうして、差し押さえにいく前に一言報告してくれなかったの」

「いえ、課長」

錨さんが、割って入る。

「私のミスです。私が鈴宮さんに、申し立てから手続き開始決定までは一週間くらいかかると言いました」

「え、そうなの？」

思いもかけず、錨さんがわたしをかばった。

「立川では、そうだったので……」

彼女は言葉を濁した。

「立川って、霞ヶ関じゃないんだ」

「支所があるんです。法人だと半月以上くらいかかるとも聞いていました。ですから、今度の場合は最低一週間はかかると」

今度は、わたしが口を挟んだ。

「あの、どうしてこんなに早かったんでしょうか」

「問題となる点があまり見られなくて、管財人もすんなり決まって、その上管財人に払うだけの財産はちゃんと残してあったってことだと思う。この地区は特に法人も個人も破産が多いから、手続きも早いし管財人のなり手も多くて、すぐに決まったってことかと…」

(そんなの聞いてない!!)

そんな理由で早まる可能性があったのなら、わたしが一週間かかるからそれまでに隠し財産を探せばいいとふんだこと自体が見当違いだったということになる。

つまり、わたしが聞いた相手が間違っていたのだ。初めから木綿子さんか金子統括に聞いていれば、東京地裁に限った場合を教えてもらえたかもしれない。

独断専行をしたつもりはなかった。けれど、急な仕事委譲に金子課長も錨さんも留守がちで、自分一人で動きがちだったといえば、それは否定できない。

「ぐーちゃん、鏡くんとこういう法人破産やったことなかったんだねえ」

経験不足を指摘されて、言葉がなかった。金子の言葉には、もう四年目なのに、という棘も含まれていた。

「…すみません。計画倒産は初めてです」

「あーあ、いいよ。仕方がない。君に振った僕が間違った。もう、この件はいいから」

ぐさり、となにかが心に刺さった。無知な自分に、羞恥心が雨の日のローファーのようにじわじわと浸みてくる。

錨さんが、わたしを庇うように慌てて頭を下げる。

「申しわけありません課長。私のせいです。私がもっとちゃんと時間をとって鈴宮さんに説明していれば……」

「ああ、いいのよ錨ちゃん。錨ちゃんはこっちが大変だったでしょ。そもそも当の裁判所に電話確認しなかったって点で鈴宮さんの失点だよ」

ぐっさり。

お昼を買いに行くフリをして、速攻署を飛び出した。

建物を出てから、日傘を忘れたことを思い出したが、戻る気にはなれなかった。統括席でわたしがひたすら金子統括にしかられている間、何人もの同僚たちが入れ替わり立ち替わり外から帰ってきた。みな、どこか奇異なものを見る目でわたしを見ていたが、その視線は一様に冷ややかだった。あーあ、やっちゃったね、でも次からがんばれよ、そう声をかけてくれた人もいなかった。あの木綿子さんでさえ、トイレですれ違った時には無言で、それがまた傷口に沁《し》みた。

昼を取るために出たわりには食欲もなく、自販機でスポーツ飲料を買って、ぼうっと築地橋の上から空を眺めていた。

『君に振った僕が間違った』

いつものんびりとした金子統括の言葉だからこそ、そう言われたダメージが大きかった。

（わからないのを、聞かないのが悪い、か）

自分では、きちんと確認したつもりだったのだ。けれど、その情報元がそもそも間違っていたのなら、聞いてもなんの意味もない。

こんな時、いつも正しい判断と情報をくれる鏡の存在の大きさを痛感する。鏡特官はすごい、と思った。そもそもすごくなければあの歳でトッカンになんてなれないものだが、彼はいつも息をするように容易《たやす》く計画を展開し、それを駆使し、判断していたのだ。無茶振りだと思ったことも多くある。やりすぎだ、彼の思いつきで振り回されている、そう恨みに思ったことも何度もあった。けれど、いま現場で、とっさにそうすることの難しさと、事を為し遂げてしまえる鏡の力量を思い知らされている。

だって、どんなに大胆に動いても、無茶振りでも、鏡は成功させていたじゃないか。あの《グランドールカフェ》の滞納金も、金庫代わりの愛人から差し押さえた。手強かった銀座のママ、白川耀子も結局は完済した。欠損なんてなにひとつ出さなかった。

なのにわたしときたらどうだ。裁判所に乗り込んだのも、S《エス》したのも全部中途半端なまま終わってしまった。残ったのは、「まだコイツは一人でなにもできない」「仕事を任せられない」というありがたくないレッテルだけ。橋の下を見た。自殺したいほどではないが、この時ばかりは同じ位に人生を悲観していた。

(ああ、これでまた査定下がっちゃうなあ…)

今度という今度は、〝良好でない〟がついてしまうかもしれない。

築地橋の下には川はない。ここに来るといつも思うのだ。この下を泳いでいた魚は、いったいどこへいってしまったんだろう、と…

(川を埋め立てて、道にしてしまって、ただ残っている橋って、なんだか哀しいな)

下が川じゃなくなっても、橋は橋なんだろうか。

いったい、なんのために…?

(川は、なくなってしまったのに…)

まるで、わたしだ、と思った。必要でなくなったのに、ただそこに存在している、意味のない橋——

なにをどうしていいのかわからないまま橋の上でぼうっとしていたら、うっかり日射病にかかりそうになった。買ったスポーツドリンクはとっくに空だったので、わたしはふらふらとした足取りで署にもどり、冷水器の水を飲んだ。噛むようにしてがぶがぶ飲んだ。そういえば、朝ここで水を飲んでいると、漂ってくるあのコーヒーの渋い匂いを嗅いでいない。

口をぬぐって、デスクに戻る。行き先を示すホワイトボードの白さが眩しい。ボードの鏡の欄には、今日の日付と国税局とだけ書かれてあった。

(鏡特官…、帰ってきてるんだ)

ということは、今日自分が会わなかっただけで、鏡は出張から帰ってきて通常勤務に戻っているのだ。

いよいよ吹雪が言っていた唐川さんの件が訴訟になるのだろうか、と思った。今回のようなケースはあまり聞かないが、税務署が決めた税金の額が不服の場合、相手方から訴訟を起こされる場合がある。そのような場合、国税局《ほんてん》の訴訟部が対応すると聞いたことがあるが、今回もそうなるのか。

(ジョゼが言っていたとおりなら、国側の弁護士と国税局《ほんてん》の訴訟部と鏡特官がタッグを組んで争うことになるんだろう。大事だな…)

もっとも、いまのわたしは人の心配をしている場合ではない。今回の欠損のことはすぐに鏡に知れるだろう。いまからなにを言われるかと思うと、二日酔いの胃もたれのように体が重くなる。

（欠損…）

意味もなく、ホワイトボードを睨み続けた。きっと、鏡だったらこう言うはずだ、「考えろ」。どん詰まりに陥ったと思ったときでも、頭を使えば道が開けることがある。けれど、頭を使わなければ、そこに道があることにも気づかない。

（そこに、道）

道、道、道…。道…、…みち…

（道か…）

狭くもないこの東京で、いつもばったり出くわすあの男。吹雪敦、男のくせにやたら黒目の大きなチワワ顔の弁護士。

連想ゲーム的に、何故か吹雪のことを思い出した。蛇の道は蛇、とか言いながら、何故かあの男はいまわたしがホツマに関わっていることを知っていた。きっと裁判所で偶然わたしを見かけて、破産部までつけてきたのかもしれない。それとも、鏡との訴訟のためにわたしの仕事ぶりまで見張っていたのか。

（あの人、たしかわたしに、ずうずうしくなれって、言った）

『破産申し立ての不服なら、裁判官をひっぱりださないとダメです。書記官レベルでは追い返される。だからずうずうしくなるしかない』

頭の中で、小さななにかが、ぴこんと立った。

(そうだ、まだ、〝申し立ての不服〟がある!!)

わたしは、はっと顔をあげた。あまりに勢いよくあげたので、反動で何歩か後ろによろめいた。

いくらホツマがプロの破産弁護士をやとって、それが速攻四日で開始決定を受けたとしても、破産の手続き開始の即時抗告申し立てという最終手段がある。開始決定そのものを取り消すことができるのだ。

しかし、この場合大事なことは、税務署が滞納金を徴収するための財産口座を差し押さえていることだった。それがなければ、いくら取り下げろといったところで、証拠もなにもないのに裁判所が動いてくれるはずがない。

(差し押さえは、してある)

開始決定されたのは昨日の午後五時。そしてW銀行で隠し財産を差し押さえたのは、昨日の午後三時――。ギリギリだが、間に合っている。

(まだだ。まだ欠損して、ない…!)

ずうずうしく、なるのだ。

仕事のできない、要領の悪い四年目にできることを、やるのだ。

「…はるじい、裁判所行くよ！」

差し押さえ予告書をパソコンで作っていた春路が、ぎょっとしたように振り返った。

「え、いまからスか？」

もう四時ですよ、と春路が叫ぶ。大丈夫だ。飛ばせば、なんとか五時までに霞ヶ関にたどり着ける。

やれるだけやるしかない。遠慮したって最悪の事態、欠損になるだけだ。だったら、最後の一手まで全力を尽くしてやる。下っ端のうちに切れるカードなんて、厚顔無恥以外なにもないのだ。

(ずうずうしく。どこまでも、ずうずうしく!!)

ホワイトボードの前を横切って、わたしはずんずんとした足取りで冷水器のあるエレベーターフロアに出、そのまま階段を駆け上がった。

目指すは、五階の署長室。この時間署長《おやじさん》は、ミルクたっぷりのコーヒーを入れながら遅めのおやつの準備をしているはずだ。

「失礼します。署長！」

高速ノックののち、署長室のドアを開けると、誰かの背中があった。驚いて振り向いたその顔は、副署長《サブ》の阿久津である。

「な、なんだ、鈴宮」

「お願いがあります、署長。これから裁判所の破産部に行きます。どうかご同行ください！」

誰のお土産か（恐らく福岡土産だから鏡だろう）明太子チップスをいまにもぱくつこうとしていた清里は、黙ったまま目を瞬かせた。

「ご存じの通り、徴収課はただいま免脱罪の起訴で人員が圧倒的に足りません。お力をお貸しください」

「なにを言ってるんだ、君は」

あまりの物言いに、阿久津が目を剝いて怒鳴った。

「署長に向かって、なにを…、失礼にもほどがあるだろう。君はいったい鏡にどういう教育を受けてるんだ。早く出ていきなさい」

「出ません！」

阿久津の眼力と厳しい口調に怯《ひる》みながらも、ずうずうしく、わたしは前のめった。

「勝どきにある滞納法人は、タッチの差で破産手続きが開始されてしまいました。こうなったら不服の申し立てに行くしかありません。そのためには、裁判官を引っ張り出す必要があるんです。わたしごときぺーぺーでは、書記官に追い返されてしまいます」

阿久津がなにか言いかけたが、わたしは有無を言わさず続けた。

「W銀行に隠し財産があることはわかっているんです。すぐに裁判所に行きたいんです。お願いします！」

署長《おやじさん》が（たとえそこにいるだけでも）ついてきてくれれば、裁判所で裁判官を引っ張り出すのに効果的だろう。

ずうずうしさを極めてやる。

「いいかげんにしろ！」

怒りが沸点に達したらしい阿久津が、力ずくでわたしを署長室から引きずり出そうとした。腕を捕まれ、乱暴に押し出されながらわたしは叫んだ。

「たすけて、ドラえもん！」

阿久津が、ぽかんとした顔をした。その向こうで、清里がしたり顔でニヤッと口を歪める。彼はゆっくり、革張りのソファから立ち上がると、

「あらー、それは」

清里は心の底から、楽しそうだった。

「仕方がないなあ、ぐーちゃんは」

5　息をする体裁

勢いに任せて、わたしはタクシーをとめ、そのまま霞ヶ関の地裁に横づけしてもらうことにした。ぶっちゃけ、霞ヶ関までのタクシー代は懐が痛かったが、この炎天下にむやみに歩かせて、高血圧だという署長《おやじさん》の具合が悪くなったら困る。

ドラえもんは、大事にしないと。

それに、まことに残念ながら、ドラえもんのレンタル期日は今日一日厳守なのである。

タクシーの中で、裁判所に電話を入れた。帯刀が出て、すぐ行くということでOKをもらった。さすがに署長も同行というと驚いているようだったが、このさい向こうの事情などには構っていられない。

すっかり馴染みになった、簡裁と家裁のある別館に入ると、春路と清里がものめずらしそうにキョロキョロしていた。以前現場にいたころは、彼も同じような件で何度もここへ足を運んでいたのだろうか。今回のような破産逃げの件数は年々増加していると聞く。

「署長、名刺だけお願いします。あとはわたしたちがやりますから」

「ほーい」

清里は、どこかお手並み拝見という目つきでわたしを見ている。

彼がどんなにバカなことを口にしていても、冗談と冗談の間にふっと見せる目が笑っていないことに、わたしは気づいていた。

やれピンクリボンだ、みんなのドラえもんだと、ふざけた態度につい流されそうになるが、我々のおやじさんは、むやみに署員を甘やかす人間ではない。

エレベーターを降り、カウンターで来訪を告げると、すぐに帯刀が出てきた。一人ではない。彼よりも背が高い迫力のある職員を帯同している。

「裁判官の時《し》雨《ぐ》沢《さわ》です」

わたしは、思わず帯刀の半眼の顔を凝視した。なんと、ここで裁判官がじきじき出てくるとは思いもよらないことだった。

(恐るべし。これが、ドラえもん効果か……!)

しかし、当の署長《おやじさん》はなんでもないという顔で、男前判事と名刺を交換している。

驚いたことに、男前判事は女性だった。声もソフトで一瞬どちらかわからなかったが、名刺には時雨沢瑠《る》璃《り》とある。

(かわいい名前だけど、書くのがめんどくさそう……)

改めて見ても、言われてみればうっすらとチークを入れているような、グロスを塗っているような…、その程度の化粧で、パッと見は中性的で男女の区別がつかない。まるで…そう、宝塚の男役のようだ。

「時雨沢さん、八伏《はちぶせ》さんはまだこっちにいる？」

「いえ、いまは高裁のほうに」

「あらそう。すごいね。やるなあハッちゃん。定年までバリバリだなあ」

のんきな署長《おやじさん》の話題ぶりが、そのときばかりはありがたく思えた。京橋中央署の署長ともなれば、地裁の判事に知り合いの一人や二人はいるのだろう。こちらは行政側で、あちらは司法だから、どちらが上でどちらが下ということはないのだが、ここは仕事に携わったキャリアがものを言う。

（わたしのようなぺーぺーじゃ、こうはいかないってことだ）

わたしたちは、初めに通されたのと同じ小さい審議室に通された。時雨沢裁判官はすでにわたしたちの来訪目的を把握しているようで、すぐに（株）ホツマに財産が残されており、それを不正な手段で隠匿していたことを証明する証拠を求めてきた。

ここからはわたしの出番だ。

ホツマから捜索で持ち帰った書類のコピー、および入金に使用されていた複数の口座の存在、そして、そのうちの特に預金残高の多いW銀行勝どき支店の二つの口座を差し押さえた証明書を提示した。もちろん、先日ホツマの事務所を訪れたときの内部の不自然な片づきかたや、明らかに整理されつつある人員についても説明を加える。

時雨沢裁判官は、わたしの説明を「自分の予測範囲内」という顔で黙って聞いていた。その表情からは、はたしてこの破産が成立してしまうのか、それとも開始決定が取り消されるのかは読めなかった。

「すでにこの件は、特にめぼしい財産がないとして破産手続き開始が決定していました」

いました、と裁判官は過去形で語った。

わたしの心臓が、期待でどくんとふくらむ。

「ただし、頂いた証拠等の信憑性などを考慮した結果、債務者が不当な目的をもって財産を譲渡していると考えられます」

「それじゃあ……」

「裁判所のほうにも、警察からかなりの情報が入ってきています。特に計画倒産は最近急増していることもあり、債務を帳消しにしてしまう破産は決して安易に行なわれるべきものではありません。よって――」

時雨沢裁判官は、わたしたちが待ち望んでいた答えを、実にあっさりと口にした。

「即時抗告の申し立てについては、認める方向で前向きに検討いたします」

「本当ですか!?」

「七百万も出てきたのですから、十分に再審議する理由になります」

（やった！）

わたしは、思わず春路と顔を見合わせた。すでにW銀行の口座をこちらが差し押さえている以上、会社に財産はなかったと言い逃れはできない。何故なら、この口座は明らかに会社の事業、会社の収入として使用されていたのだから。

会社に財産があれば、容易に破産はできない。たとえ名ばかりの社長が破産者であってもだ。これほど手の込んだ計画倒産を行なっていることが明らかになっては、言い逃れの余地はないと考えてもいいだろう。

もっとも、わたしたち税務署が手を出せるのは、滞納金を差し押さえる、ここまでだった。幾嶋ツトムはもう一度財産整理をして破産を申し立てるだろうし、そうなれば今回のように再び妨害できるかどうかはわからない。ここから先は、債権者と債務者の戦いになる。一刻も早く、ホツマの悪事が世間に明らかになればいいのだが…、とわたしは思った。

（帯刀さん、ちゃんと裁判官に話をしてくれていたんだな）

時雨沢裁判官の隣で、秘書然として黙っている書記官の帯刀周吾《しゅうご》をわたしは見た。この様子だと、今日署長を連れてくるから、裁判官に話をしたというわけではないのだろう。彼もまた、警察からの情報でホツマのことを怪しいと思っていたに違いなかった。

けれど、悲しいかな。お役所というところは、書類が揃っていればどうしようもないのだ。個人の裁量で決められるものではない。

立て板に水と、勝手に裁判所に対して腹をたてていた自分を恥ずかしく思った。法律で決まっているからこそどうしようもないことは、自分たち税務署の人間も何度も感じていることなのに……

別館を出ると、夕方だというのに強烈な熱波が顔にぶつかってきた。館内の冷房との差で、毛穴が一気にこじ開けられる感じがする。

「あー暑い暑い。これからまだ二ヶ月も暑いんだよねえ。まいった」

わたしたちの徴収行脚につきあってくれた署長《おやじさん》に、深々と頭を下げた。

「ありがとうございました！」

「いいえ、どういたしまして」

清里が、背伸びをしながら階段を下りた。

「しかし、オットコマエの判事さんだったねえ。あれは絶対マンモいってないね。ピンクリボン置いてくれればよかったかな」

「いやいや」

それは、今後の徴収活動の妨げになるので、ぜひともやめていただきたいところだ。

大きな腹をゆすりながら署長《おやじさん》が先に地下鉄の階段を下りていき、春路があとに続いた。

わたしはなんとなく、彼らのあとを追う気になれず、ぼうっと暑さにまかせて歩道につったっていた。

(終わっ、た…)

体じゅうから、力という力が抜けていった。虚脱症状というよりは、放心だった。まだこの件が欠損にならないことのほうが信じられなかった。だって、きのう裁判所に電話したときは、手続きはすでに開始されたと聞いたばかりだったのだ。壊れたテレビのように真っ黒になった脳みそのまま、金子課長に何度も頭を下げて欠損をわびた。それも、たった数時間前のことだった。

(嘘みたいだ。欠損にならなかった。口座も差し押さえたし、ホツマの計画倒産を阻止できた)

「やった」

意図せず、口をついて出た、それは勝利宣言だった。

もしかして、わたし、やったのかも。

逆転満塁サヨナラホームラン、打ったのかも。

「ううっ…」

直射日光がガンガン後頭部に照りつけて暑くてたまらないのに、何故か武者震いをしてしまった。膝の関節が、骨をかんでいないようにぐらぐらと揺れた。気持ち悪い。自分の足じゃないみたいだ。

浮いている。

「ううっ、うううううううううっ、っったー。っっっし、いよおおーーーっぅし!!」

それは、もはや日本語というにもおかしい。うめき声というか感動のほとばしりというか。だけど、いま胸から溢れて体じゅうを駆けめぐっている熱湯のような血液を、きちんとした言葉で表せられるわけがない。

握り拳を両手で二つつくった。ひとつを腰にあて、トートバッグを提げていないほうの手をぐいっと上に突きだした。

自分よりちょっと上にある空気を、殴った。

ざまあみろ。

心の中で一回、口に出してもう一回言った。

「ざまあ、みろ!!」

わたしは、たしかに独断専行型で抑えが効かなくて、突拍子がなくて、そのくせ判断力に欠けていて、知識もないし、いちいち国税徴収法をめくらないとすぐに忘れてしまうけれど。

(それでも、欠損つかなかったああああ)

もちろんスマートなやり方ではなかった。署長《おやじさん》というジョーカーも使ったし、春路も付き合わせたり、たいがい無茶をしたけれど、それでもなんとかやりとげたのだ。

——鏡特官が、いないのに。

「なにか、いいことありました？」

思いっきり歩幅くらいに開脚して、拳を突きあげているわたしの目の前で、誰かが立ち止まった。

(げ)

いい感じに高揚した心が、水をかけられたように冷めていく。

「また会いましたね。まあ場所が場所だけに、僕はここは日参してますけど」

吹雪敦だった。片手に重そうなジュラルミンの書類ケース。もう片方の手に何故かウィンドブレーカーのようなものを持っている。こんなに暑いし、彼自身もうっすら汗をかいているのに、防寒着とは。

「ああ、これですか。バイク乗ってると夏でも寒いんですよ」

わたしの疑問を先んじて、彼は言った。

「その様子だと、例の計画倒産の件はうまくいったみたいですね。よかった」

「……ホントにそう思ってるんですか」

「本当ですよ。巨悪が社会を悪くする時代じゃない。ああいうヘタに小知恵が回る悪党がのさばっているほうがよっぽど良くない。

幾嶋ツトムは数年前にも、インターネットのプロバイダ事業でお年寄りから数億円だまし取って計画倒産していますよ。もっとも表向きだけで、実際は別の会社を作って事業は続けていましたけどね」

「よく…、ご存じですね」

「そこは、蛇の道は蛇で」

印象的な大きな黒目を細めて、ニコと笑う。

「もっとも本人は天罰が下って、糖尿病で腎臓二つともダメにして、透析に通う毎日ですけどね。好物のキムチが食べたくて食べたくて、アメリカで移植を待っているそうです。尊い精神のもとに差し出される臓器が、あんな薄汚い人間に使われるなんてひどい無駄ですよ。──早く死ねばいいのに」

ぎょっとした。言っていることは正しいかもしれないが、死ねばいい、なんて、仮にも正義の味方を名乗る弁護士の口にする言葉ではないように思われた。

それでも、吹雪は何故か気持ちよさそうに頰をほころばせて、

「ああ、やっぱり民間人っていいですねー。こういうことを口にしてもいいんだもんなあ。

裁判官やってたときはとてもじゃないが言えなかったですよ。おかしな話だ。日本はちゃんと死刑のある国なのに」

「…裁判官だったから、やり方を教えてくれたんですか。その…破産のことも」

「裁判官って、なにも刑事事件の裁判やってるばっかりじゃない。あなたたちの関知しないようないろんなところを回るんですよ。判検《はんけん》交流とかでね」

「判検、交流…？」

「読んで字のごとし、判事と検事がお互いの仕事をやって、理解しあいましょうってことです。判事も法務省に出向して、訟務検事なんてやったりするんですよ」

ビク、と頬がつったように震えた。

（いま、この人なんて言った…？）

「訟務検事って…」

まだ日差しのきつい午後五時の、日陰でもない歩道のど真ん中で、わたしはその時暑さを完全に忘れてつったっていた。

忘れもしない、ジョゼの事務所で、国家賠償法についてのレクチャーを受けたときだ。たしか、彼はこう言っていた。

『国家賠償法の場合、被告が国になるからね。当然国側から戦える人が出てくるわけ。チカの場合、もし訴えられたら法務局の訟務部から訟務検事が出てきて担当することになると思うの』
『訟務部の検察官は行政訴訟のプロだからね。専門家だから、まかせとけっていうチカの言い分もわかるんだけどさ…』

（行政訴訟の、プロ）

わたしは、吹雪を凝視した。

「吹雪、さんも…、その判検交流で、検事をやったこともあるんですか？」

「あるよ」

即答だった。わたしは瞬きもできずにいた。

「結構長いことといたよ。もっとも、担当したのは厚生労働省の薬害関連が多かったけど。おかげで、国側のやり口も、国家賠償法の裁判の進め方もとてもよく知ってる」

（知ってる、って――）

ビル風が吹いた。もっとも、それは異常なまでの夏の陽光に照らされて、まるで砂漠を渡ってきたように熱かった。なのに、わたしは暑さを忘れていた。吹雪の長い前髪がぶわりと浮いて、またもとの位置に戻ってくるまでを、スローモーションを見るように眺めていた。

（この人、行政訴訟の専門家だったんだ…！）

どうしよう、という不安が、早くなる鼓動の音とともにどんどんと胸を圧迫していった。

税務署が訴えられることは、あまり頻繁にあることではないが、まったくないわけではない。特に課税額に対する訴えは多く、その場合は国税局《ほんてん》にある課税訟務官室が対応にあたる。配属されたことがないので課税のことはよくわからないが、徴収に対する訴えで負けることはほぼないとわたしは聞いていた。その場合も、対応するのは国税局《ほんてん》の徴収訟務官室だ。

ほとんど負けたことがない。そのことが、鏡が訴えられると聞いてもわたし自身がどこか、「負けるはずはない」と安心していた理由だった。彼の経歴に傷はつくかもしれないが、まさか一介の街弁護士、しかもあの勤商の人間に彼を負かせられるわけはない。こちらには国税局《ほんてん》の訟務官室がついているのだし、法務局から部付きの検事だってやってくる。ましてや訴えられるのは鏡なのだ。素のままでも狂犬のような彼が、真正面から喧嘩を売られてただですませるとは思えない。

亡くなった唐川さんには申し訳ないが、自殺は自殺。個人の問題だ。国と国税の面子《メンツ》にかけても、鏡は負けるわけにいかないし、負けるはずがない…。国税局《ほんてん》が彼を負けさせるわけがない——そう思っていた。

だけど、

(だけど、この人は国側の人間だったんじゃない！　行政訴訟のことなんて知り尽くしてる。その男が、鏡特官を訴えたのは、もちろん勝てる自信があるからだ。ああ勝てる自信があるんだ、この人には)

依頼人から行政訴訟を持ちかけられても、断る弁護士が多いのは、勝てる見込みが少ないからだ。誰も初めから負ける試合をしようとは思わない。ましてや、弁護士だってそれでおまんまを食べているのだ。確実に賠償金をとりはぐれる案件を受けようとは思わないだろう。

けれど、吹雪は受けた。

見込みがあるからだ。鏡や国相手に戦って、それでも唐川さんを勝たせることができる証拠を握っているからだ。

どうしよう、なんてことだろう。よりにもよってそんな人が、鏡の敵だったなんて。

こめかみがじっとりと汗ばんでいた。頭皮にも汗をかいていたからか、髪の間から汗が流れて、耳の後ろを落ちていった。気持ちが悪いのに、微動だにできなかった。

「…なんで、わざわざそんなこと言うんですか、わたしに。裁判所のことを教えてくれたり、わたしは税務署の人間で、あなたの敵なのに」

「あなたに親切にしてもいいかな、と思ったんですよ。どうしてかな」

ぐるり、と大きな黒目が半回転して空を見た。

「たぶんね、あなたが必要以上に僕のほうを見てないからだと思うよ。そういうのは、いい」

「見てない……？」

言っている意味がわからない。

「裁判官になることは、小学生のころからずっと決めていた目標だったんですよ。世の中にはびこる悪いヤツをどんどん刑務所に放り込んでいけば、平和になるんだと思ってね。まあ、とうてい社会なんてそんな単純なものではなかったんだけど、この目標はブレたりはしなかったな。日比谷を出て東大に入って、もちろん司法試験は三年のときに受かって、席次も満足だったからそのまま卒業して、修習生に——。ここまではよかった」

いきなり自分の略歴を語り出した吹雪に、わたしは不審な視線を向けた。なんだろう、この、爆弾を仕込まれているような寒気は。

「そのころにね、とても気持ち悪い人たちに会いました。誰だと思いますか」

「し、知りません」

「女」

わたしは固まった。

「もう少し概要を言うと、将来弁護士か裁判官か検事の妻になるために、不必要なまでに西武池袋線の終点付近をうろうろしている、不審な女たちのことですよ」

「あの、なんのことだか…」

「いるんですよ。司法修習生はそのまま放っておけば最低でも弁護士になりますからね。そのためだけに、和光市の司法研修所付近に住み、誰かめぼしい男はいないかと狙っているんです。電車の中でわざと修習生の前で携帯を落としたりとか、バイトしたりとか、気持ち悪くなったふりをして蹲《うずくま》ったりとか、それはそれは手の込んだやり方で近づいてきますよ。はじめはそうとは気づかずに、僕も何度もひっかかりました。そうとわかったあとは、ゾッとして思わず殴りそうになりました」

ニコ、とまた笑う。

（この、男…）

なんと応じていいかわからずに立ちすくむわたしに、吹雪はさらに、

「そのときにわかったんです。ああ、僕が判事になって真っ先に戦わなきゃいけないのは、〝これ〟なんだと。もちろん、世の中に死んだほうがマシな人間なんてゴミの数ほどいます。だけど、この高給取りと結婚したいためだけにハイエナのように研修所付近をうろうろする女どもは、いままで勉強ばかりしてろくに外を見ていなかった僕がはじめてぶつかった社会の汚泥だった。あれはもう人間じゃありませんね。人間のふりをして呼吸までしている体裁だ。それを頭からひっかぶって、目が覚めました」

「体裁…」

人間が。

「鈴宮さん、あなたの周りにもいませんか？　体裁を作りすぎて息をするのを忘れている人間が。

体裁もね、重ねすぎると呼吸ができなくなるんです。ほら、あなたがた化粧をするでしょう。ファンデーションで毛穴を塗り込めてね。あんなことをして息苦しくないのかなって思ってたんです。でもそうじゃないんですね。あれは息を殺すためにしているんだ」

（息を、殺す……）

そのとたん、妙な感覚が、わたしが抱いていた吹雪への恐怖感と敵意をやんわりと包み込んだ。まるでいままでゴワゴワのバスタオルに包まれていたのが、急に柔軟剤が入ったような、シンパシー……？

（まさか、親近感なんて、そんなことあるはずない）

いやだ、と思った。なにをわたしは、こんな男の言うことにいちいち共感してしまっているのだろう。

「人は生きるために体裁を作るし、それは知らないうちに垢《あか》のように身をつつんでいく。外聞や体裁が、人の身を守ることだってあるでしょう。だけど、垢が固まって皮膚に沈着するように、体裁も知らないうちにその人の薄汚れた皮膚そのものになってしまう。そうするとね、どんどんと素顔とは別の物になって、誰もその人の素顔を知らなくなる。だって、他人から見える自分は体裁なんだからね。素顔なんて知るはずない。体裁を作りすぎた人間の行く先は二つだ。自分自身すら素顔を忘れてしまうか、それとも素顔との距離感に苦しんで狂うか」

どきん、とした。たしかに吹雪の言うとおりだと思った。自分にも覚えがある。作りすぎた体裁、体裁のためについた嘘は、最初はささいなものでも次第に雪だるま式にふくれあがっていって、けっして消滅することがないのだ。

大学四年になったころ、父に公務員試験を受けていることを報告した。就職するなら民間にはいかず、公務員になりたいと思っていることを。地方にも国Ⅱにも裁判所にも落ちて、国税だけが受かったときは、怖ろしくて税務署に受かったとは言えなかった。ただ、国Ⅱに受かったと告げた。公務員試験のことを知らない父は喜んで…、堅い仕事に就くのはいいことだと本当に喜んでくれて、さっそく親戚に電話をかけまくり、母の墓にも報告に行った。

なのに、わたしは言えなかった。このまま黙っていてはいけない。体裁をとりつくろうための嘘はドンドン増えて身を押しつぶすことはわかっていたのに、言えなかった。

もし、あの時ギリギリになって父に本当のことを話さず、東京で官庁に勤めているとその場しのぎの嘘をついていたら、わたしの顔もそんな汚い体裁で違うものになっていただろう。そして、とっくに自分を見失っていたかもしれない。

体裁。自分が無意識のうちに作り出してしまったもの。それは、皮膚の上にたまる垢のように、いつしか、美しかった人の表層を包みこんで、別人にしてしまうおそろしいものだ。

「体裁って、怖いんですよ」

「…………」

「犯罪が生み出される過程は多様にあるが、僕が注目したのは、人がその場しのぎに作った体裁が起こす犯罪の数の多さだった。元々は善人で、まっとうな社会人で、ごくふつうの人間が、あっという間に別人のようになり、犯罪者になってしまう。そんな人間は、自分自身そこまで転がり落ちた過程を自覚していない。いつのまにか、自分が作った体裁のための人生を歩んでいたことにも気づいていない。

裁判官とは、つまりは垢すり師なのだと僕は思ったわけです。自分の素顔を思い出させ、体裁を作り過ぎた自分を恥じさせなければ、本当の意味で犯罪を解決したとはいえない」

体裁、という、普段何気なく使っている言葉に、こんな重たさがあったことを、わたしは改めて実感していた。

重いだけではない、痛い。考えれば考えるほど、それは自分の生き方や考え方にまで食い込んでくる。大事なことだということは、頭のどこかでわかっていたつもりだったのに。

(吹雪に言われるまで、そんなことを考えたことはなかった)

それも、自分を守るために自分の体裁やってしまっていることなのだろうか。日々の仕事と満たされないプライベートでめいっぱいすぎて、もうこれ以上辛いことも痛いこともごめんだと考えている自分が、自分自身を守るために考えることを放棄しているのだろうか。

それが、体裁だろうか。

犯罪の第一歩になる…?

「人が、自分を守るために作り上げた体裁という鎧《よろい》と戦うことは、大変に高いハードルでした。僕はやりがいと同時に、自分が生涯をかけて戦うと決めた敵が、実はあらゆる形態をもっていて、初めは認識さえ難しいということは、ただの一判事の身に余ることだった。そこへ、転機が訪れました。僕は訟務検事として法務局へ行くことになった。そこで行政賠償に関わるうちに、もっともっと大きくて深刻な〝敵〟に気づいたのです」

「敵」

「国家の体裁、という」

思わず目を見開いたわたしを、彼は三たびニコと見た。

「あなたの上司、特別国税徴収官鏡雅愛は、長年国家公務員として働くうちに完全に本分を見失ってしまっています。国家公務員であるという強い自覚が、いつしか国税官としての間違った態度をつくりあげ、それがいつしか体裁になっていった。厳しい指導と、恐喝の区別がつかなくなっていった。そして、相手を自殺にまで追い込んだ。――許されないことだ」

「……それは！」

「知っていますか。彼は栃木でも有数の進学校を出ながら、経済的な問題で大学進学を諦めた。彼の高校時代の友人は、そうそうたるメンバーですよ。財務省の官僚に東大の准教授。芸能人専門の売れっ子弁護士に医者。大学在学中にIT企業を立ち上げてすでに一千人以上の従業員をかかえる人間もいる。その中の誰よりも鏡は優秀だった。彼の人生は、高校当時付き合っていた森華子《もりはなこ》が妊娠したときに歯車を嚙み違えた」

「森、華子…」

「彼の離婚した元妻ですよ。弁護士で、現在は代議士の秘書をしているそうですが…、聞いたことありませんか」

そういえば、ジョゼの事務所で彼らと話をしたとき、ジョゼが「ハナがさ」と口を滑らせたことがあった。あれはやはり、鏡の奥さんのことなのか。

何故か、彼は窺うようにわたしを見た。

「いろいろあって頭がおかしくなっていた彼女の父親が、鏡の家に損害賠償を求めて押しかけてきた。それも毎夜のようにね。娘が妊娠したのはお前の家の息子の素行が悪いからだとか、…まあ、避妊をしなかったのか、失敗したのか、そこまではわかりませんがね。父親のほうは、賠償金を出すために家を売れとか畑をよこせとか、そりゃ近所じゅうどころか街じゅうに知れ渡るほどすさまじく大騒ぎしたそうです。森華子の家は母子家庭で、その父親というのはとっくに別れていたそうなんですが、親がそんな感じですから当然生活保護を受けていた。あの田舎で生活保護を受けて暮らすというのは、都会では考えられないほど針のむしろなんです。鏡が華子を連れて逃げたのも無理はない」

「逃げた？」

「高校の担任に進路の相談をして、東京の国税官を受けたそうですね。栃木を離れたのもそういう理由があったようだ」

初めて聞く鏡の過去に、わたしはさきほどとは違う意味で強烈に心を揺さぶられていた。

（そうか。鏡特官も人間なんだから、高校生のときくらいあるよね…）

恐らく、吹雪は鏡のウィークポイントを探るために、鏡の素性を徹底的に調べ上げたのだろう。彼の言う、〝国家公務員としての体裁〟がいかにして作り上げられていったかを、彼は理解し、裁判で糾弾するつもりなのだろうから。

いまでもモンスタークレーマーに対してびくともしない鉄の精神は、高校生のときから彼女のモンスター親と戦ってきたからなのか。

「まあ、人間生きていればいろいろありますからね。問題は、鏡雅愛本人が抱いていた、同級生の友人たちに対するコンプレックスだ。

あの時子供さえできなければ……、結婚しなければ自分だって、という思いは必ずどこかにあったはず。そしてその劣等感は、税務署組織内での出世という目的にすりかえられる。周りのほとんどが四大卒の中で、高卒の鏡がそれらを押しのけて出世するためには、実績が必要だ。

……何故、彼が死に神と呼ばれるほどの徴収官になったのか。唐川さんを恐喝し、死に追いやってしまうほど手段を問わなくなってしまったのか。非常に興味深かったですよ。同じ男として少々、同情してしまうくらいに」

「そ、そんなこと、裁判に関係あるんですか！」

「あるんですよ。体裁とは得てして環境からつくられていくものなんです」

投げつける言葉がなくなった。わたしがここでどんな反撃をしても、相手は行政訴訟のことも、裁判のこともすべてわかりつくしているのだ。このビクともしない鉄壁を前にして、わたしごときが穴をあけることなんてできやしない。

悔しかった。自分の力ではなにもできないという無力感が、悲しかった。けれどなにより悔しく歯がゆいのは、この憎たらしい勤商の弁護士が口にする〝体裁〟について、心の奥底で納得している自分がいるからだ。

人の本当の性根も、素顔をも覆いつくす、人の垢。

〝体裁〟

毛穴も埋めつくして息苦しくなり、いつしか息をするのも忘れて自分は死に、作り上げた体裁が息をし始めるのだ。

その、恐ろしさ。

（いやだ、いやだ。こんな嫌なやつのいうことに納得するなんて）

心の底では上司として尊敬している鏡の言うことには、ここまで引きずられたことなんてなかったのに。

「きっと、あなたにここまで話すのは、僕が大嫌いで憎悪して恐れている〝体裁〟があなたにはあんまり見えないからですよ」

いつのまにか、足下に吹雪の影があった。日が前よりも傾いたのだ。ふと、顔をあげた。

「さっきも話しましたが、女性は男に比べてあまりにも容易に体裁を作る。自分を隠し、押し殺すことに躊躇いがない。その分、僕には恐ろしいバケモノのように思えるんですが」

気のせいでなければ、吹雪はさっきよりもわたしに近づいていた。

「あなたにはあんまりそういう匂いがしないんですよね」

また、ニコと笑われた。大きな黒目が瞼に押しつぶされて楕円に見える。

「そう言えば、鈴宮さん、ファンデーションしてないですもんね」

「……ぐ。し、してます。汗で流れただけです！」

じっと見られることが耐え難くて、顔を背けた。恥ずかしい。度数の強いアルコールを飲んだときのようにカッと熱くなった。

（なんなの、急に）

ひどい。なんてひどい言われようだ。男の人から化粧してないといわれることほど屈辱的なことはないのに。

「計画倒産の件で急いでて、いろいろ走ったから流れてなくなっただけです！　いつもはもっとちゃんと…。眉毛くらい描いて…」

くそ。くそ。こんちくしょう。

そりゃ、あんたたち男は化粧して髪も巻いた女が好きでしょうよ。だけど、実際こんなクソ暑い真夏の、しかも外回りのある仕事で、いちいち毛穴をコンシーラで塗りつぶして溶けるほどアイライン描いてマスカラして、小顔効果のために巻いた髪垂らしてられるか！

（鏡特官といい、署長《おやじさん》といい、こいつといい…。うるさいんだよ。人がどんなブサ顔になってようと、ほっといてくれ！）

実際、鏡特官に服のことや髪型のことを言われるのはもう慣れっこになっていた。べつに、鏡特官ならいい。慣れているから。

鏡特官ならいいんだ。

なんであんたに、そんなこと言われなくちゃなんないの！

「いいんですよ。それで」

「はい…？」

思わず、眉を寄せて固まった。

「いいじゃないですか。べつにそれでも。その方がずっといいですよ」

バカにされてるんだろうか、と思った。この男は、眉も消えて毛穴全開の顔のなにがいいというんだろう。

「…気持ち悪い」

思わず本音が飛び出した。

「吹雪さん、気持ち悪い」

「気持ち悪いですか、僕」

「あなたがどんな理由で勤商にいるのかとか、行政訴訟専門の弁護士になったのかなんてどうでもいいです。わたしたちはわたしたちの仕事をするだけです。そのために、国税局には専門の部署がありますから」

「僕は、自分が国という巨体にたかる蠅か蚊のようなものだということを知ってますよ。でも、一匹の蚊がいるだけで安眠できなくなるっていうでしょ。だったら、蚊にも存在する意味はありますよね」

　さすが弁護士。わたしごときの拙い口撃になどびくともしない。

「……た、叩き潰されますよ」

「それでも、この世から蚊が一匹もいなくなるわけじゃないでしょ」

「そういう思考がそもそも、気持ち悪い！」

　思い切り顔をしかめて叫んだのに、何故か吹雪はおかしそうに声をあげて笑い出した。

「やっぱり、いいなあ」

　わたしは、ぽかんとした。

　何故、ここで楽しそうに笑われるのか、その思考回路がまったく読めない。

「いいなあそういうの。もっと正直に言ってください」

「き、気持ち悪い！　気持ち悪い。もうわたしたちの周りをうろつかないでください！」

「いいね。ほんと恥も体裁もないって感じが」

　いいね、いいねと彼は繰り返す。彼の考えていることがまったく見えなさすぎて、わたしは後ずさった。なんだろう、この吹雪という男と相対するとき、庭の古い井戸をのぞき込んだような気分になるのは。

　つまり、不気味すぎて気持ちが悪い。

「やだ、どっか行け！」

「はっはっは！」

「あっち行け。あんたなんか大嫌い。二度と税務署に来ないで！」

「そういうわけにはいかないと思うけど」

いったいどうやって、この男をかわしてすぐそこにある地下鉄の入り口へ飛び込もうか、わたしは思案した。一刻も早くこの不気味な吹雪という男から離れたかった。

（ええい、ぶつかったって知るか！）

わたしは肩からずり落ちかけていたトートバッグを素早くかけなおすと、すぐ目の前にいる吹雪をかわして、素早く地下鉄の入り口へ向かって走り出した。


「ぐー子!!」


呼び止められたことに気づくまでの時間と、階段に足をかけようとしていたタイミングのせいで、微妙に足がつりそうになった。

「お前、なにやってる!!」

地下鉄の入り口で振り返った。まさか、こんなところで聞くはずがないと思いながら。

「鏡特官!?」

視線の先に、見覚えのあるハスキー顔がこちらを見ていた。珍しく血相を変え、わたしが振り返ったのを見るや、走るのと早足の中間のような足取りでこちらに向かってくる。

「馬鹿野郎、こんなところでなにをやってる！」

「か、鏡特官こそ…」

冷や水のような声が挟まった。

「――法務局にいらしたんですよね」

吹雪だった。わたしに向けていた茶化すような表情をひっこめ、狙いを定めた目で鏡を見ている。

ぞっとした。

「担当の部付き検事は誰になったのかな。僕の知っている人間だといいのですが」

鏡は、チラリと目線だけで吹雪を見た。彼が自分のほうを見たのがそんなにうれしいのか、吹雪が満足げに微笑みを浮かべる。

「お会いしたかったですよ、鏡さん。ずいぶんいろいろな所を逃げ回っておられたみたいですね」

「…………」

そんな吹雪のそばを、鏡は何食わぬ顔をして無言で通り過ぎた。わたしの腕を摑み上げ、引きずるようにして地下鉄の階段を下りる。

「ちょっ、…鏡特官！」

「そうそう、鏡さん。最近森華子さんに何度も会っておられるそうですね。復縁でもなさるんですか⁉」

吹雪が叫んでいる。もちろん、鏡が逃げるようにこの場を立ち去ろうとしているからだ。

「鏡トッ――」

足がもつれそうになりながらも、なんとか階段の一番下まで降りた。すでに外の空気は遠いものになり、エアコンの人工的な冷気が首筋をなで上げていく。

「法廷でお会いするのを、楽しみにしていますよ！」

吹雪の捨てぜりふは、不気味な響きを残していた。

改札口まで来ると、鏡はわたしから手を離し、背広の内ポケットからパスケースを取り出してタッチパネルに押しつけた。まだなにが起こったのかよくわかっていないわたしを放ったらかしにして、もの凄い早足でホームのほうへ歩いていってしまう。

「待ってください！」

慌てて改札口を通り抜けた。ほとんど腕にひっかけていたトートバッグを肩にかけ直しながら、見慣れた黒に限りなく近い紺色の背広を追いかける。

「鏡特官！」

「役職で呼ぶな」

「鏡さん！」

「うるさい」

鏡は太い柱の前に立つと、アナウンスの入った方面の電車を待った。電気臭とともに生ぬるい風がトンネルのほうから吹いてくる。

「いつお帰りになったんですか。なんで霞ヶ関に…。あのチワワの言ったとおり法務局へ行ってたんですか」

「チワワってなんだ」

「あ、ぐ…」

電車が入ってくる音楽を聴いて驚いた。

(ちょ、ここ丸ノ内線じゃ…)

勢いでついてきてしまったが、京橋中央署《かいしゃ》に戻るためには日比谷線で築地まで行って歩くのが一番早い。丸ノ内線に乗っている場合ではないのだ。

「どこに行かれるんですか、税務署《かいしゃ》に戻るんじゃないんですか？」

「国税局《ほんてん》に行く」

言われて、はっとした。東京国税局は地下鉄の竹橋駅と大手町駅のちょうど間にある。法務局の帰りと言うからには十中八九、訴訟の打ち合わせだろう。

隈取りでもしたような鋭い目が、ぎろりとわたしを見た。

「お前は署に戻って、自分の仕事をしろ」

言うが早いか、彼はさっさと地下鉄に乗り込み、もう用はないとばかりに背中を向けて座ってしまった。

ドアが閉まり、何事もなかったかのように列車が発車する。降りてきた人々が階段に向から中、わたしは川の流れの中にぽこんと顔を出した岩のように、その場に立ちすくんでいた。

なにがなんだかわからない。

ただ、ほっと息をゆるめた途端に、いままで埋まっていた毛穴から汗が噴き出した。

＊＊＊

『チカが帰ってきた？』

久しぶりに定時であがらせてもらったその日の夜、わたしは定期的に入るジョゼからのメールに、お礼の電話をした。ここのところ、例のホツマの件でふりまわされていて、彼からのメールに返信すら打っていなかったのだ。

ジョゼはいつもの人形町の事務所からかけているようで、背後で里見らしき人間の『唐揚げあがったぞ』という声がした。

「また唐揚げなんですね」

『そ。また唐揚げなんです』

とはいえ、米が餅のように硬いスーパーの弁当をがっついている自分よりは、揚げたての唐揚げのほうが上等だろう。いまごろ、あの狭い部屋内はニンニクと唐揚げのいい匂いで満たされているのだろうと思うと、無性に唐揚げが食べたくなった。

『アハハ、アッキーがいま練習中なんだよ。嫁さんがすごい肉食で、肉食わせないと暴れるんだ。だから肉料理のレパートリー増やすんだって。彼ああ見えて新婚なの』

(肉食嫁)

どんな嫁だ。…というか、何故里見さんは結婚しているのに、こんな時間までジョゼのおさんどんをしているのだろう。新婚の嫁はどうした、嫁は。

『それはそうと、チカ帰ってきたって？　今日？』

「ボードには一昨日から戻ってたってありましたけど、訴訟のことで国税局《ほんてん》に呼び出されてたみたいです。今日も霞ヶ関で会いましたから」

『法務局に行ったとなると、本格的に訴訟チームが組まれたってことだねー。その後国税《ほん》局《てん》行ったんでしょ？』

「はい」

『んじゃ、国税局《ほんてん》からも何人か来るんだな。やばいなー、もう少しでなにかわかりそうなのに』

「なにかわかったんですか⁉」

新情報の予感に、思わず携帯と反対側に持っていたアイスを落としそうになった。太るとわかっていても、フロ上がりの夏のアイスは止められない、止まらない。

『いや、この前さ。湊一丁目の唐川家の名義が唐川詠子に書き換えられてるって言ったでしょ』

「はい」

『あれのことなんだけど、なんと抵当権が親族に渡ってる』

「ええっ」

抵当権が親族に委譲されているということは、つまり、唐川家は親族から金を借りているかわりに、家を担保にしていたのだ。借りた金を返せなければ、本当の持ち主は名義人である詠子ではなく、抵当権の所持者ということになる。

(そうか、だから鏡特官は、家を差し押さえられなかったんだ!)

あれだけの滞納金が発生すれば、鏡のことだ、唐川成吉が自殺するまでに素早く家を差し押さえていたはず。それができなかったのは、完全な処分権が唐川成吉にないからなのだ。これでは、いくら妻が名義人でも第二次納税義務は行使できない。

『でもね、ちょっとオレ、ここがクサいと思ってて』

「え、クサい?」

『だってねミキ、この抵当権もってる親族って、誰だと思う？　唐川詠子の大叔母にあたる片倉《かたくら》ふさえっていうおばあさんなんだけど、なんと御歳九十六歳』

「きゅ、きゅうじゅうろく⁉」

本当に、ベッドの上にひっくりかえった。九十六なんて、ほとんど一世紀を生きてる古《ふる》兵《つわもの》ではないか。

『ついでに言うと、現住所は鳥取県鳥取市気高町勝見』

「すいません、ぜんぜんわかりません」

日本地図を思い浮かべてみたが、もはやどこらへんかまったく想像がつかない。

『老人ホームだよ。なにか匂うでしょ』

ジョゼの声からは、彼がこの事件についてかなりの手応えを感じていることが窺えた。弾んでいる。

「つまり、認知症の可能性があるってことですね」

『そういうこと。本当に金を借りたのかどうかも怪しいね。税務署に家を取り上げられないように妻の詠子がわざと自分に名義を変えさせ、さらに抵当に入っているように見せかけた可能性がある』

「そうか、だからわざわざ家の名義を変えて……！」

だね、とジョゼは続けた。

「それを証明するには、どうしたらいいんですか⁉」

『まずは、片倉ふさえ本人に会ってみるのがいいかな。そこで本人がまともに話せるようであれば、本当に金銭の貸借があったのかどうか、抵当に関する書類を見せてもらうことができる。もし、どうしようもない場合は…、そうだね、彼女の成年後見人がいれば書類を探してもらって、事実確認はそれからかなあ』

どちらにしても、貸借の事実関係を明らかにするためには、片倉ふさえの銀行口座の中身を確認しなければならない。そうなると当然一介の弁護士の手に余るので、今回の事件を担当する国税局の訟務検事に情報を渡し、捜査を引き継いでもらうことになるだろう、とジョゼは言った。

(もし、その抵当権が偽物なら、今回の事件は、鏡特官に恫喝されたことによる発作的な自殺とは違う、別の意味合いをもつことにはならないだろうか…)

電話を切ったあと、わたしはほとんど溶けかかっていたアイスを急いで囓りながら、じっと天井に映ったランプシェードの影を見ていた。

仮に、家を税務署にとられないようにするため、唐川夫妻はわざと家の名義を妻に書き換え、妻の遠い親族と偽の金銭の貸借関係を結んだ…、とする。

はたして、そのことと唐川成吉の自殺はなにか関係があるんだろうか。

東京の一等地にありながら、まるでさびついた地方の漁村のようだった湊一丁目の、むき出しのトタンと不自然に歯抜けになっている土地を思い出して、わたしはいつまでも気が晴れなかった。

違和感があった。

(どうしてそこまで、唐川夫妻はあの家を手放したくないのだろう。なんか、変)

ようやくホツマの件が自分の欠損にならず、片づきそうなのに、ひとつ潰してもまたひとつ、面倒事が現れる。うんざりするが、これが日常だ。決してハッピーエンドでは幕を閉じてくれない。

つけっぱなしのテレビが、今日は熱帯夜になると告げている。そろそろ扇風機だけで寝るのも限界のようで、わたしはテーブルの上に放置していたエアコンのリモコンに手を伸ばした。

窓を閉めようとして、ベランダに皿が置きっぱなしになっていることに気づいた。

「あー、やっちゃった」

見ると、側にはしわしわになったキュウリの馬が横倒しになっている。盆入りのとき、迎え火のためにオガラを焚こうと思って、そのままになっていたのだ。

そういえば、張り切ってつくった水の子も、冷蔵庫に放置したままだ。いまはどうなっているのかあまり見たくはない。

ごめんね、お母さん。こんな娘で。

あんなに意気揚々と買うだけ買ったのに、さすがに呆れているよね。

「…こうなったら、覚悟を決めて、実家に帰るしかないか…」

幸いながら関西は旧盆だから、八月半ばに実家に帰ればもう一度チャンスはある。

窓を閉めた。生ぬるいエアコンの風が顔にぶつかって、何故か今日、鏡を見送った地下鉄を思い出した。

本当に、ここ数日はいろいろあった。ありすぎた。特に今日は朝から頭下げて怒られて署長室に飛び込んで、裁判所に行って…、吹雪に会って…

(まあいいや、明日はいつもの席に、鏡特官がいる)

そう思うと、何故か急に体じゅうから力が抜けて、わたしのいろいろあった今日はあっけなくシャットダウンした。

＊＊＊

朝、メールを見るとジョゼから、いまから飛行機で鳥取に向かうという連絡が入っていた。くだんの老人ホームが辺鄙なところにある分、早く動かないと日帰りできなさそうだという。鳥取のお土産は男には砂丘の砂だけど、女の子にはスイーツでサービスするよ、という、じつにイタリア人らしい口説き文句が書き添えられていて、普段男性からメールなんて受け取らないだけに、いい気分になった。

（うーん、ただの仕事なのに。わたしの人生、枯れきってるな）

そういえば、去年のクリスマスにもバレンタインにもとりたててイベントのなかったわたしである。夏、水着を着なくなって何年経っただろう。

（あ、考えたら凹むから、いまの連想、なし）

よくない方向へ傾きかけていた思考を、無理矢理ジョゼのメールを受け取った時点まで巻き戻す。

（それにしても、ジョゼか。鏡特官、いい友達もってるなあ）

わたしは内心感心していた。わたしも半分当事者のようなものだが、ジョゼ本人は今回のことは、正式に鏡から弁護を依頼されたわけでも、国側の弁護人になるわけでもない。なのに、わざわざ身銭を切って鳥取に行くのである。

時々、男の人の大人になってからの良い意味で子供っぽい友情が羨ましくなる。何故なら、女の友情はこうはいかない。年齢とともにつきあいも変わり、交遊範囲も変わっていく。会社なら会社、サークルならサークル、趣味の習い事にママ友に、小学校のＰＴＡ。女のつきあいは多種多様のカテゴリに対して変化し、中にはその役目を終えて自然に消滅するものだってある。

なのに、男の友情はあまり変化はない。お互い妻帯者になっても、子持ちになっても、会社の社長だろうがヒラだろうが、永遠に子供の頃と同じ距離感でつきあっている。女の目からはいっそ献身的にも見えるジョゼたちの行動も、本人からすれば一緒に上級生のところに殴り込みにいくようなレベルのものなのだろう。

そういうのって、女にしてみればかなり憧れる。自分の立場に置き換えてみて、はたして誰か一緒に殴りにいってくれるだろうか、とわびしくなるのもお約束だ。

(そういえば、芽夢から最近連絡ないなあ。商売、うまく行ってるのかな)

ネットオークションでブランドのアウトレット品を売るなんて、いつどうなるかわからないその場しのぎの生活をしていていいのだろうかと心配になるが、あの芽夢ならそれくらい切った張ったの人生が似合っているとも思う。

いつでも、自分にはできないことをやっている人は、眩しい。

(となりの芝生を青い青いって言いながら、自分の庭には芝生を植えないもんなんだよね)

身の丈《たけ》を知ることと、適度な背伸びをすることのバランスは、いつだって微妙だ。

始業前、いつものようにトイレで歯を磨いていると、錨さんが入ってきた。朝の女子トイレはなにかとあわただしい。

「錨さん、昨日はご迷惑をおかけしてすいませんでした」

慌てて口をゆすいで頭をさげたわたしに、錨さんは笑って気にしないでと言ってくれた。

「私のほうこそ、面倒なことをふっちゃって悪いと思ってたの。あの欠損は、もともと私が担当だったんだし」

「あ、それが、欠損はなんとか免れそうです」

「え…」

錨さんは、急にすうっと真顔になってわたしの目を凝視してきた。

「免れそうって、どういうこと?」

目が怖いなと思いながら、わたしは昨日の裁判所での事をかいつまんで説明した。そういえば昨日、鏡特官と別れて署に戻ったとき、すでに錨さんは退社していて報告しそびれたのだ。

「それは、…………よかったね」

ぎゅっと頬の肉を動かして彼女は笑った。なんだか無理矢理笑われたような、よかったね、までの間が気になったのは、わたしの気のせいなのだろうか。

なんと返していいのかコメントに窮していると、彼女は急にテンションを上げて、

「すごい!! よかったね、ほんとよかった。さすがは、署長《おやじさん》効果かな」

「あ、…そ、そうですね」

「あとで私からもお礼言っておかなくちゃ」

彼女は上品なブランドもののハンカチを顎に挟むと、さっと流しで手を洗って、

「本当に、よかった」

鏡に向かってささっと前髪を直し、唇を二度擦るように舐めてトイレを出ていった。

ぱたん、とドアが閉まる音が内部に響く。

(なんなんだ)

わたしは啞然として、なかなか次の行動に移れずにいた。よくわからないけれど、舌なめずりされたような気がする……

「ぐーちゃあああんん。なぁーにー、あれ」

突然、ジャーと水音がして、トイレの個室に長年住んでいる妖怪のように木綿子さんが出てきた。

「聞いたわよぉ、欠損ってどういうこと?」

「どういうこともそういうことも…、つまり、例の計画倒産の件が欠損にならなかったってことで」

「それって、もともとあの女の持ち件でしょぉ」

なんだか今日に限ってはねばっこい物言いで、木綿子さんは、

「それを、めんどくさいってわかっててぐーちゃんに押しつけたって、春路が言ってたわよー」

「あ…、そんな話がもう出回って…」

さすがに女の数が増えれば、インフラ情報網はいままでとは段違いで整備されるようだ。

「錨さんか。あの人さあ、なーんか変だよね」

「変、ですか…?」

「仕事に関してもそうだし、職場で浮いてるっていうか、なーんか」

「匂いますか?」

「匂わないのよ」

わたしは、すでに汗ではげかけている鼻頭にファンデーションパフを押しつけながら言った。

「…へ?」

「匂わないから、変なんじゃない」

「はあ」

朝で頭がまだ通常運転域に達していないからか、木綿子さんの言っていることがよくわからない。

「一緒に仕事したことはないですけど、錨さん、課長ウケはいいみたいですよ。面倒事を押しつけたっていうけど、今回だけ結果的にそう見えるだけじゃないかな。けっこう面倒なお客とか、自分から出ていってるし…」

わたしはこの間、例の勤商の付き人を連れてきた滞納者に、彼女が率先して対応してくれたことを話した。

「あの滞納者、いつも怒鳴り散らすし、屁理屈をこねる嫌な客だったんですけど、錨さんがなんとかしてくれて助かりました。だから、女によく居る、さりげなく面倒なことを押しつけて、自分も被害者ヅラするタイプとは違うと思うんですけど……」

「そーおーかしらー。私はそうは思わないけどなー」

木綿子さんは冷ややかな顔で、制汗スプレーを、まるで殺虫剤のようにプシューッと錨さんが消えたほうに振りまいた。

「バランス、とれてない気がするの。あの子」

「バランス？」

「そう、バランス。バランスって大事よ。塩分と水分のバランス崩れたら風邪ひくし、ホルモンバランス崩れたらイライラするし、男になっちゃうでしょ」

己《おのれ》のまとめ髪に一本のほつれ毛もないことを確認して、木綿子さんはしゃきっと背を正した。

わたしはなにも言えなかった。いつも木綿子さんの言葉には謎が隠されていて、それがひどく意味深に思える。

トイレを出ると、エレベーター前あたりでコーヒーの匂いがした。

思わず立ち止まって、くんくん匂いを嗅いでしまった。この時間にこの匂いを嗅ぐのはずいぶん久しぶりのような気がする。いつのまにか、この匂いを嗅いだら体に仕事のスイッチが入るようになってしまった。

「なにやってる」

給湯室から、コーヒーの主がにゅっと顔を出した。

「変態か、お前は」

「コーヒーの匂いを嗅いでたんです。貧乏人なんで匂いだけで」

鏡の淹れるコーヒーは、ティピカ種だかブルボン種だかで、鏡曰くコーヒーはイエメンのアラビカ種を起源としていて、世界各地の移植地で突然変異した純系種だけが、本来のコーヒーの味を受け継いでいるのだそうだ。とにかく人の手によって都合良く品種改良されていない原種だからこそ美味く、それ以外は泥水も同然なんだそうである。

「ほう、匂いでなんの豆かわかるのか」

「どなたかと違って、コーヒーソムリエの資格もってないんでわかりません」

とはいえ、和菓子屋の家に生まれたせいで、いままでの人生でまったくコーヒーには縁がなかったのに、鏡のおかげでやたらと豆の種類に詳しくなってしまった。

(これがほんとの豆知識、とか署長《おやじさん》なら言いそう)

「なんだ」

わたしがあまりにもじろじろ見ているので、怪訝そうに眉を寄せた。

「いーえ。鏡特官って、春夏秋冬、いつ見ても濃紺のスーツだなあと思って。まるでドラえもんみたいですよね」

「……俺はお前の奴隷になる気はないが」

さりげなく、のび太扱いされたようである。

「ち、違いますよ。ただまったく同じ服ばっかり何着も持ってるのかって言いたかっただけです」

「ほう、春夏秋冬、いつ見てもユニクロの形状記憶シャツのお前にそんなことを思われていたとは」

ぎゃっとわたしは呻いて、頭を庇った。

「ユ、ユニクロを馬鹿にしましたね。ユニクロはすごいんですよ。最近は社内用語を英語にしてるんですから」

「お前がユニクロで生息できないことはわかった」

わたしは、がっくりうなだれた。これだ。最近は変に萎縮することなく鏡にものが言えるようになったと思ったのに、なにをどう言っても凹まされる。

（でも、変なの。前より嫌じゃない）

わたしが頭を抱えながらもニヘニヘしているのを、奇妙に思ったらしい。鏡はわたしから目を背けて、自分の席のほうへ歩いていった。わたしはそのあとに続いた。自分でも、顔の筋肉が緩むのが何故かわからなかった。

(つまり、あれだ。いまのわたしは、母親ガモを見つけた子ガモの気持ちなんだ)

「鏡特官って、わたしの親ガモみたいですよね」

「俺はお前のカモになる気はない」

ひどいことを言われた。

席に座ると同時に、始業のチャイムが鳴った。

背後の第二徴収課のミーティングが始まった。わたしはほんの少し錨さんを意識しながら、鏡がなにか言い出すのを待った。おそらく金子統括から連絡はいっているだろうが、彼が出張に行っていた間の進捗と、昨日いったんのケリをつけたばかりのホツマの件を報告する必要がある。

「で、どうなった」

いつものように鏡がアバウトすぎる聞き方をしてきたので、とりあえず順を追って話すことにした。

「十日に三件、納税相談がありました。《おからや豆腐店》の青木さんと《寅福》の福留さん。それから《イズミ石材》の泉さんです。青木さんは問題なく今月分を納付、福留さんはまだ入金がないため、今月の二十日まで待って欲しいとのことでした。今日じゅうに確認の電話を入れます」

　電話を入れろ、と指示される前に言い出せたのは、ここ一年でのわたしの進歩だった。税務署としても、納付予定をずるずる延ばされたらたまったものではない。確実にその日に入金されるのかどうか念を押さなければならないし、相手の反応が妙だったら改めて経営状況を確認する必要がある。

　鏡がなにも言わなかったので、続けた。

「泉さんのほうですが、最近経営がもちなおしているそうで。こちらも納付が順調でした。石屋さんなんて、急に繁盛するもんなんでしょうかね」

「数年前に、いきなり岩盤浴ブームになったときは景気よさそうだったぞ」

　ナルホド、と目から鱗が落ちた。墓石のことしか考えていなかったが、たしかに石材にはもっとほかの使い道がある。

(でも、泉さんちってたしか墓石専門だったような…)

　もしかしたら、いま東京でわたしたちの知らない墓石のブームが起きているのかもしれない。

　ちょうど次の相談日の予約をまだとっていなかったので、聞けるようなら電話で聞いてみようと思った。なんにしても、順調に納付されているようだし、この分なら滞納金の完納まではそんなに遠くないだろう。

その後、わたしは例の株式会社ホツマの件を錨さんから引き継いだことと、裁判所に何度も通い詰めたこと、署長《おやじさん》とともにホツマに差し押さえを強行したこと、破産の申し立ての手順について自分が犯したミスと、ギリギリのところで裁判官の判断で救済してもらったことを鏡に説明した。

鏡は、さすがに差し押さえに署長《おやじさん》を連れて行ったことに関しては信じられないという顔をしたが、

「まあ、もうすぐ退官だからいいんじゃないか。やってみたかったんだろう」

と、意外な理解を示した。てっきり、頭から怒鳴られると思っていたわたしは、拍子抜けをした。

「お前にしては、よくやった」

わたしは大きく息を吸い込んで、そのまま息を止めた。

「もちろん、ダメだしをする点はいくつもある。地裁の破産手続きについては地方によって違う。直接裁判所に確認をしなかったお前が悪い」

ぐっ、とわたしは押し黙った。『なんでも自分で判断するな』と、新人のうちから何度言われたことだろう。

「もし、裁判所が機転を利かせてくれていなかったら、お前がS《エス》したことでホツマ側が警

戒感を煽られ、逆に破産手続きが済んでしまうところだった。その点では、署長《おやじさん》がお目付役をかって出てくれて助かったが」

ギロ、とナイフ目線で抉られた。

「臨機応変に対応するのと、出たとこ勝負の無謀さは違う。あとで署長《おやじさん》にもう一度お礼いっとけ」

彼が顎を動かして人事のほうを促すと、見覚えのある丸いシルエットがいやがる女性職員にマンモグラフィーを勧めているのが見えた。そういえば、わたしのピンクリボンもジャケットについたままだ。

「署長《おやじさん》といえば、お前、この件では差し押さえだけじゃなく、裁判所にまで署長《おやじさん》を連れて行ったらしいな」

「は、はい……」

「………そういうずうずうしさはあるのに、なんで変に小心者なんだ。よく副署長《サブ》に文句言われなかったな」

「たぶん、文句とかいうレベルではなくて、副署長《サブ》の中ではわたしはダメ署員のメーター振り切ってるんだと思います」

「否定はしない」

「ぐっ…。あっそうだ。報告忘れてましたが、もう一件指導に行きました！」

無理矢理、話題を変えてみた。

「新川の株式会社グリーンフーズの堂柿さんのほうは、十三日に指導に行きました。ご本人はお留守でしたが、法人の廃業等を確認してきました」

わたしが、堂柿三津男が所有するビルの現状を納めたデジカメを渡した。本当ならプリントアウトして渡すところだが、正直昨日までのわたしにそんな時間は一秒もなかったので、これで勘弁していただく。

「一階の店舗はシャッターが閉まっていて、内部は確認できませんでした。会社で使っていた電話番号のほうですが、電話会社に確認したところ契約解除になっています。廃業した年月日と一致します。二階が住居部分で、本人曰く国民年金で細々と生活しているそうです。週に二、三度近所の喫茶店で昼食をとっていて、そこの店主によると、奥さんが亡くなってからだそうです。

三階は以前は賃貸にしていた形跡がありましたが、物件を扱っていた近所の不動産屋によると七年前から契約はないそうです。設備が古く、外観が悪いため借り手が見つからないとかで」

「誰かがこっそり住んでいる形跡はなかったのか」

「ないですね。ご近所でも人が出入りしているところを見たことがないそうです。夜も電気がついていないし、電気メーターも水道も止まっていました」

鏡は黙ってコーヒーを飲んでいた。カップを書類から離れたところに置く。

「所有していた外車もとっくに売りに出して、手元にはないそうです。差し押さえに行ってもあまりめぼしい成果はなさそうですが……」

「外車売った金を、こいつはなにに使ったんだ？」

ぼそり、と鏡が低い声で切り込んでくる。わたしは急いで堂柿に関する書類をめくった。たしか、車に関する日付の確認はとってあったはずだ。

「ええと、奥さんのお葬式に使ったのかも」

「こいつの妻が死んだのは外車売っぱらう前だろう」

「う、うーん。…あ、そうだ。お墓を建て直したって言ってましたよ。もともと栃木だかどっかのド田舎だったから、わざわざ東京に墓を用意してたって」

「栃木は田舎じゃない」

即答で切り返しがきた。もっとも、悪あがきともとれる内容だったが。

「田舎だと思いますが」

「北関東だ」

「東北でしょ」

「北関東だ！」

どうしてわたしのまわりの栃木人は、こうも郷土愛に溢れている人間ばかりなんだろう。

きっと冬はとちおとめばっかり食べているに違いない。

「そういえば里見さんもそんなこと言ってましたっけ。北関東連合とかいう暴走族のリーダーだったんですよね。見えないけど」

なにげなく言った言葉だったが、発した直後にしまったと思った。

「…お前、里見に会ったのか」

みるみるうちに、ハスキーの顔が尻尾を踏んづけられたあげく三日間飢えさせられた犬の顔になっていく。

「ということは、本屋敷にも会ったな!?」

「あの…、いえ、えっと」

「自分のことをナポリ人だと言いふらしている頭のおかしい自称弁護士のことだ!」

「自称!?」

自称、ということは、彼は本当は弁護士でもなんでもないのだろうか。

「え、でも弁護士バッジつけてましたよ、あれ偽物なんですか」

「ほう、そうか。会ったのか」

噛みつかんばかりに切り返されて、わたしは言葉を失った。自分の失言に舌打ちしそうになる。

「お前たち、人の留守になにをこそこそやってる」

「留守って、べつに鏡特官が出張だっただけで、こそこそなんて。それに、ちゃんと定時後に会ってます」

「ほう、定時後にな。それでなんだ。ヤツの塒《ねぐら》に集まって人の不幸を酒の肴にでもして飲んでるってわけか」

一方的に非難されて、おもわずカッとなった。

「違います。ジョゼさんは鏡特官に協力を申し出たのに、なにもするなとつっぱねられた。でも友人として放《ほん》っては《てん》おけないって。わ、わたしだって…」

「必要な捜査は国税局と法務局がしてくれる」

「でも、心配してるんです。心配なんです。だからいてもたってもいられない。そういうものじゃないですか、友達って。

それに、ジョゼさんはすごく優秀です。今日だって朝から鳥取に行って唐川家のことを調べてるんです。鏡特官だって気づいてらしたんでしょう。湊一丁目の自宅は抵当権が発生していて、妻の詠子さんの親族のものになっていて差し押さえできないって」

「……よく調べたな」

たいして感銘も受けていない様子で鏡が言う。

「だけど、おかしい点にジョゼさんが気づいたんです。持ち主の片倉ふささえさんはいま九十六歳で、認知症の可能性があるって。つまり、自宅の抵当権については擬装の可能性があるんです。おかしいじゃないですか。自殺をするのに、わざわざ財産を隠すようなことをして。このあたりをもっと調べたら、鏡特官に有利な事実が出てくる――」

「もう一度言う、余計なことをするな」

鏡は立ち上がった。石のように固まるわたしの前で、いつもの怒りを顕《あらわ》にするのとは違う、どこか苦々しい顔を作った。

「いいか、鈴宮。お前の目にはそう見えているのかもしれない。だが、真実は大きく違うことなんていくらでもある。見たこと、聞いたことだけで判断できないことがあるんだ」

「どういうことですか」

わたしもつられて立ち上がった。

「わたしはこの件に関して書類も見たし現場の湊一丁目にも行きました。唐川家に関しての情報も自分なりに得ました。なのに、自分の目で見てきたものが違うってどういうことですか！」

「うのみにするなと言っているんだ。見ようとする意識を変えなければ、目のガラス体にはいつまでも必要なものは映らない。お前のいまの脳みそでは調べるだけ無理だ」

「無理じゃないです！」

「いいから、自分の仕事をしろ」

鏡はわたしの机の上に並べられていた書類のうち、(株)グリーンフーズの件に関するていようで悔しかった。


ものだけをとりあげた。

「この件はもう一度洗い直せ。差し押さえに行ってもかまわん。絶対に欠損にはするな」

担当していた滞納者が一人死んで、自分自身が訴えられているというのに、鏡の反応はあまりにも他人事だった。わたしは怒りを通り越して、悔しさのそのまた悔しさを感じた。

ただ悔しいだけではなく、鏡の反応を悔しいと感じている自分が、ひとりだけ空回りをしているようで悔しかった。

なんで、どうして。ジョゼは鏡特官のために、自腹で鳥取まで行ってるっていうのに！

「自分のことなのに、なんでそんなに投げやりなんですか！」

それに対する彼の言い分は、シンプルなものだった。

「この仕事をしていれば、滞納者に一人や二人、死人が出るのはあたりまえだ」

「死人…」

あまりにも冷たい言いように、わたしは完全に返す言葉を失った。

「お前は死体が出てビビってるのかもしれないが、こんなことはいつだってある。お前がいままで運良く当たってなかっただけだ。いいかぐー子、俺たちの仕事はな、死んだって国に対する借金はなくならないってことを、死ぬことを考えるまえにやつらにわからせることだ。お前もそのつもりで指導しろ」

言うが早いか、書類をカバンにつっこみ、ホワイトボードに行き先を書いて出ていってしまった。

冷や汗が止まらなくて、わたしは慌ててハンカチを握ってトイレに駆け込んだ。

ハンカチを水に濡らして、ぎゅっと絞った。額にあてて頭を冷やしたかった。残念ながら水道の水はそれほど冷たくはなかったが、なんとなく上気した顔の温度は下がった気がする。

ミラーに映った情けない顔に、自分が、いままで頼りなくフラフラしていた理由を、唐突に知った。

(ああわたし、まるで一人で立ってない)

鏡が帰ってきてほっとしたのも、彼が一人で行動することにいちいち失望していたのも、ちゃんと理由があった。

いままで、彼のすぐ後ろに自分の常備席があると思っていた。

何故なら、わたしはトッカン付きだったから。

(自分に与えられた件に関しては)どこへ行くにもたいてい一緒だったし、処理やアプローチの仕方も、つねに鏡のチェックが入った。トッカンには滞納金が五百万円を超える悪質滞納者と同時に、ごくふつうの滞納者も振り分けられる。そうしないと、特官課の処理件数がほかの徴収課と比べて格段に少なくなるからだ。彼の元で一年付いているうちに、わたしはそういう大がかりでない件だけを徐々にまかされるようになった。

そうして、自立を余儀なくされた。まだ半人前もいいところなのに。

わたしは木綿子さんのように、夜の担当でもない。春路のように鑑定眼をもっているわけでも、錨さんのように勤商対応がうまいわけでもない。だけど悲しいかな社会人四年目。徴収官として二年目。そろそろ職場で、「さすが」と言って欲しいお年頃なのだ。

さすが、と言われるなにかが欲しい。

何々だったら鈴宮さんにまかせておけばいい、と言われるなにかが欲しい。

会社の中は、椅子取りゲームと同じだ。居場所を確保するための無言の戦いが繰り広げられている。のうのうとしていては有能な後輩や同僚が異動してきて、あっという間に自分の居場所を陣取ってしまう。

（ＯＬってのはつまり、すき間産業なんだな）

いつのまにか生えている瞼《まぶた》の上の毛を引っ張りながら思った。

わたしが欲しいと感じていたのは、このすき間なのだ。鏡のようにすごいことができなくても、あの革張りのトッカン椅子でなくても、小さなすき間でもいい、自分の居場所が欲しい。

ここが自分の居場所だと胸を張って言える専門性が欲しい。

そしてそれを急に意識し出したのは、もちろん春路や錨さんの出現もあるが、トッカン付きとしての鏡の隣をはずされたからだった。

本当なら、もっとゆっくり行なわれるはずだった乳離れ。それが、唐川成吉の自殺によって鏡が訴訟問題に巻きこまれ、わたしは急遽一人で仕事をすることになってしまった。いくつもの滞納処理に、やったことのない計画倒産案件。メインでの差し押さえ。全部ぶっつけ本番だった。

（でも、今回はそれでうまくいったじゃない……？）

ボールが顔面にぶつかったような衝撃だった。わたしはまじまじとミラーに映った自分の顔を凝視した。

ずっと、本番に弱いと言われてきた。学校でのテストはうまくいくのに、環境が変わるとその雰囲気にうまく対応できず、結局呑み込まれたまま終わってしまう。大学入試でも公務員試験もそうだった。わたしは、突然起こった出来事に対処する能力が異様に低い。

（だけど、うまくいったじゃない。粘ったおかげで裁判所はわかってくれたし、ホツマの計画倒産逃げもなくなった。わたしに欠けていたのはこれだったんだ。なにごとにも怖がらず、しつこく粘る。粘り勝ちする！）

勝ち方のスタイルはいくつだってあるはずだ。だったら、わたしに合った勝ち方だって、探せばある。

専門性なんて、なにも特技じゃなくてもいいはずだ。鏡のような綺麗な勝ち方に拘らないでもいいはずだ。みっともなくても厚かましくてもいい。

（譲らない、ってことだ）

キッ、と正面のミラーを睨んだ。鏡が言うように、何事も臨機応変にが基本なら、わたしはもうあのハスキー顔に怯んだりしない。

そのとき、ポケットにいれっぱなしだった携帯が震えた。誰もいないのをいいことに届いたメールをチェックすると、ジョゼからだった。

『新事実発覚！　なんと片倉ふさえはもう十年以上もホームにいて、当初から重度の認知症。金銭の貸借関係についてコメントも不可能な状態』

沈みかけていた気分が、一気にギュギューンとV字回復した。

（そうだ。こんなところで引いてたまるか…！）

ずうずうしく行こう。

気になる点があれば、スッポンみたいにどこまでもとことん食らいついてやる。

その時のわたしは、そのみっともなさにこそ、わたしの入れるすき間があるかもしれないという気がしていたのだった。

＊＊＊

ところが、それから鏡は、わたしに余計なことを詮索させないためか、どんどんと手間のかかる仕事ばかり振ってくるようになった。

わたしはめげなかった。あの日、トイレで突然（トイレで、というのがあまり感動的ではなかったが）自分の仕事のやり方について自覚してから、とにかく粘り強く、誰に対しても厚かましく図太くをモットーに仕事を回すように心がけた。

…というのも、八月を間近に控えた今週に入って、自分の担当する滞納者の中にやたらと勤商の人同伴の滞納者が増えたからだ。

「まあ、選挙が近くなるとこうなるわね。衆議院選挙がおわったばっかなのに、今度は統一地方選挙か。お忙しいことねー」

木綿子さんはホームセンターで買ってきたという卓上式の扇風機の前に顔を押しつけながら、うんざりした様子で言った。その横で、めずらしく釜池がひからびている。無理もない。外気温はすでに三十三度を突破していて、アスファルトの上はさらにその一割増し。さすがに外回りが仕事の徴収班といえど、この時間に歩き回るのは辛いのだ。

「だぁぁ。なんなのあの勤商軍団は。いっつも基本的人権とか憲法で定められた生存権とかおんなじことばっかりしか言わなくてさー」

先ほど、勤商同伴の商店店主に、どうして交通事故を起こしても公務員は懲戒処分だけですむのかと延々嫌味をふっかけられたらしい釜池が言った。

「別に、公務員の罰則を税務署が決めてるわけじゃねえじゃん…。ってーか、痴漢した公務員なんてクビになればいいって、まともな公務員はみんな思ってるよ。あいつらの奇行のおかげで俺たちの仕事がしにくくなる。コノヤロウってねー」

「ねー。まったくだわ」

本当は重要書類が多いので机の上には扇風機はおろか、ペットボトルもマグカップも置くのははばかられるのだが、そこはそれ、なんとなくスルーされるのが職場というものだ。もっとも、外部からのお客さんが多い徴収課は徹底されているほうで、これが課税のほうとなるともっと混沌としている。

「錨さん、よくあんな気持ち悪い奴らと話す気になるなあ。いまも会ってる人、そうでしょ」

相談ブースのほうをチラッと見る。そう言えば今日は午前中から来客が多い。話題の錨さんは朝からずっと相談ブースにいるようで、席に座っているところを見ていない。

「クレーム処理が得意なんでしょ」

「まさか、そんなの好きな人なんていないじゃないッスか。この前怒鳴られてるときにさっと助け船出してくれて、ちょっと感動したんですよね」

「あら、私には助け船なんて出してくれなかったけど」

「まあ、そりゃ、鍋島さんは上司だし、そんなことへっちゃらそうだし」

横目、というより横耳でそれらの会話を聞きながら、わたしは錨さんに対する社内の評価が男女でまっぷたつに分かれていることに気づいた。

（そういえば、大学でもいたなあ。男受けがいい女子に限って、同性からは嫌われるという…）

けれど、現実的なことを言えば、そういう女子のほうが世渡りが上手く、出世して、しかも結婚も早いのである。いい意味でいえば、それが錨さんの処世術ということだ。

錨さんもまた、この税務署という組織の中ですき間を見つけて、うまくそこを自分の陣地にしたのだろう。クレーム処理という、誰しもがいやがることを進んで引き受けることによって、クレーム処理の達人という名誉称号を手に入れた。木綿子さんはもっと格上の戦場で戦っているからたいしたことをしているとは思わないのだろうが（そりゃあ銀座のママさんたちほど、この世の中で世渡り上手で裏のある人たちはいないだろうが）勤商のような困った組織が出張ってきているようないまでは、特に彼女のようなタイプはこれからも珍重されるだろう。

女子なら誰しもが意識している、すき間産業。

わたしたちがすき間さがしに奔走するのは仕方がない。だって、この社会はもともと男が作ったものだ、わたしたち女子はすき間から入っていくしかない。

（わたしも欲しい、欲しいよ、わたしだけのオンリーすき間）

そのすき間を確保するためには、やはり努力が必要だ。鏡の地味な嫌がらせになど負けていられない。

鼻息も荒く、目の前にどっさりと積まれた、滞納のお知らせを送らなければならないリストと封筒の山を崩しにかかった。唐川家で起こった事件には、まだなにか裏がある気がする。なんとしてもこれを定時までに終わらせて、ジョゼに鳥取出張の成果を聞きに行くのだ。


ダイレクトメールの封をするバイトのごとく、延々と封を折る作業を続けたわたしは、カピカピになった指をトイレで洗って、定時の十分後に京橋中央署《かいしゃ》を出た。なんとわが職場では経費削減のため、糊つき封筒もテープ糊も使えない。糊つき封筒よりも我々の時給のほうがよっぽど高いと思うのだが、そこはそれ、公務員と行政機関の悲しい性《さが》だ。

定時になっても鏡は外回りから戻って来なかった。これだけ国税局《ほんてん》からの呼び出しが多いということは、やはり訴訟問題が尾をひいているのだろうか。さすがにこの間のデモのような派手なことはなくなったが、京橋中央署では勤商の人間を同伴する客が増えていて、一部では、こんなことになったのもみんな鏡のせいだと不満が出ているとも聞いている。良くない雰囲気だ。

（こんなときだからこそ、鏡特官も友達に手伝ってもらうのを嫌がってないで、進んで協力してもらえばいいのに。あ、それとも行政訴訟だから、守秘義務が発生するのかな）

会社を出てすぐにメールを見ると、ジョゼはこの近くのカフェにいるという。

「やあ、ミキ。お疲れ様。チカのやつ、どうだった」

自分はつくづく日本人なのだなあと思うのは、ファーストネームで呼び捨てにされることにまったく慣れないからだ。

あいかわらず、ジョゼは日本人離れした高い鼻の目立つ外人風イケメンで、この税務署《かいしゃ》関係者しか利用しないような地元のぱっとしないカフェで、ひたすら悪目立ちしていた。隣には、縦にも横にもジョゼの一・三倍はありそうな里見が、冬眠前のクマのごとくがつがつとカツカレーを食べている。二人ともジョギングの帰りのようなスエットスーツ姿で、まったく法曹関係者には見えない。

「さて、片倉ふさえの件だけど、オレたちの予想したとおりだった。十年前からボケてて、とても金銭の貸借があるような感じじゃなかったよ。もちろん本人ともしゃべってみたけど、唐川詠子のことは名前も覚えていなかった。ホームの職員の話だと、入所したときからずっとこの調子だっていうことだよ」

行動的なジョゼは、片倉ふさえに会うだけでなく、彼女の家族にも会って話を聞いてきたらしい。

「実際に貸借関係があり、遺産問題でややこしいことになりそうだって言ったら、みんな率先して協力してくれたね。もちろん、家族は唐川家の自宅を担保に片倉ふさえが金を貸していたということを全然知らなかった。ボケる前から年金の管理は同居していた息子の嫁がしていたそうなんだけど、そこから二百万なんて大金が出入りした形跡は一切ないそうだよ」

「…え、ってことは…」

「そう。この抵当権の設定自体が擬装の可能性がある」

もろ手を上げて万歳を叫びたくなった。

「でも、書類はあるんですよね。抵当権の設定にはいろいろ書類が必要なはずです。身分証明書とか、印鑑証明とか…」

「そうそう、実際登記されてるからね。きっと唐川詠子が用意したんだろうね。片倉ふさえ側の書類はこっそり郵送してしまえばいいことだし、もしかしたら唐川詠子がまだ持ってるかもしれない。それよりも片倉ふさえ側に、目立った金銭の出入りがなかったことのほうが確かな証拠になる。実際は、金銭の貸借なんかなかったっていう、ね」

ジョゼは、あの鏡なら泥水呼ばわりしそうな安っぽい味のアイスコーヒーを、ワインのように優雅に飲んだ。

「やっぱり、抵当権なんて嘘っぱちだったんだ」

「…の、可能性が高いよね。問題は誰が、どうしてそんなことをしたのかっていうことだ」

「それはやっぱり、あの家を差し押さえられたくなかった唐川成吉が…」

「自分は自殺したのに？」

ぐ、とわたしは押し黙る。

「ミキなら、自殺するくらいなら、家をとられたほうがましだと思わない？」

「だったら、唐川詠子が家をとられたくなくて、家の名義を夫にないしょで自分に変えて、なおかつ抵当権を擬装した」

「ところが、向こうの言い分じゃ、成吉はチカにそりゃあ厳しく滞納について指導されてたんだよね。自殺するほど追いつめられてたんなら、その前に家を売ろうって思わないかな、普通なら」

実は、とジョゼは唇の前に長い指をたてながら言った。

「気になって、ちょっと不動産屋を当たってみたんだよ。この辺のじゃなくて、ちょっと離れたところの」

「不動産屋？」

「これが思った通り、唐川成吉は八重洲一丁目のN不動産に売却の相談に来たことがあったそうだ。つまり、成吉はあの家を売って借金を返したかったんだ、とオレは踏んでいる。

たぶん、その流れで彼は家が抵当に入っていることを知ったんじゃないかな」

わたしは、思わずゴクリと唾を飲み下した。

もし、ジョゼの予想が正しければ、唐川成吉は家を売って借金を返したかった。しかし、妻の詠子はなんらかの理由で家を売りたくなかった。そのため、偽の抵当権を発生させ、家を売れないようにしていた。

当然、成吉は家の抵当権のことも、名義が妻に書き換えられていることも知らなかったはずだ。知っていれば家を売りたいと不動産屋に赴くはずがない。

彼は、その後に知ったのだ。恐らく鏡に、家が抵当に入っていて差し押さえられないことを告げられた。成吉はどうしただろう。詠子と喧嘩になっただろうか。何故勝手に名義を書き換えて家を抵当に入れたんだと、彼女を責めたりはしなかっただろうか。

(あれ…?)

考えを流そうとして、ささくれのようなものがひっかかった。そもそも、詠子はどうしてそこまでして家を売りたくなかったのだろう。単に、税務署に差し押さえられたくなかったからか。それとも…、もっと別の理由があるのか。

(――もっと、別の)

「たしかに、そのあたりに事件の謎を解くなにかがありそうなんだ。もうちょっとつついてみたいんだけど、そもそも成吉がチカにどういう指導を受けていたのか知りようがないとさ」

「鏡は言わんだろう」

「だよねぇ」

ふう、とジョゼが長い前髪をかき上げてため息をついた。気がつくと里見の前のカレー皿が空になっている。

「今回の問題は、本当にチカによる恫喝があったか否かが争点になる。証拠はあの日記だ。チカが恫喝してなかったとしても、本人が『ものすごい剣幕で怒鳴られた』と書き残している以上、こちらが不利なのは否めない」

「――ちょっと待ってください」

わたしは、彼らを押しとどめるように手を伸ばした。

「たしか、あの日の前日に、唐川さんが鏡特官に会いに行ったことが書いてあったんですよね」

「あ、うん。そうだよ。ここに日記のメモがある。だいたいはこんな内容のはずだ。『鏡さんにお願いしに行った。だけどだめだときつく言われた。ものすごい剣幕で怒鳴られた。いい考えだと思ったのにもうだめだ。もう――終わりだ。もう術がない』」

「つまり、唐川成吉はなにかの相談に行ったんですよね。なにかいい考えを思いついて」

「そうだね」

「そして、それは税務署では言えないようなことだった、——そうですよね」

はっ、とジョゼが瞬きをやめた。彼は里見と顔を見合わせた。

「そのいい考えって、なんだったんでしょう？　鏡特官から提案していないことなら、滞納金に関することではなかったと思います。家を売れないことは、鏡特官はとっくに承知していた。税務署として提案できることはすべてしていたと思います。だから、唐川さんから提案したということは、税務署側では考えられないような、なにか」

「抵当権が偽物であることを告白した、とか？」

わたしは、あいまいに頷いた。

「それも考えられるけど、もしそうだとしたら、そのあとで鏡特官が激しく怒鳴ったっていうのがわからない。もし抵当権が嘘だったと言われたら、こちらとしては虚偽の証明をして、嬉々として差し押さえにかかりますよ。でも、鏡特官はそうしなかった。それどころか、拒否したんです」

「うん、そうだよね」

テーブルの上が静まりかえった。ようやくなにか突破しそうだと思ったのに、わたしたちはそこでまた思考の袋小路に迷い込んでしまったようで、誰もなにも言葉を発しなくなった。

テーブルに砂糖を回収しにきたマスターが、七時で閉店ですと告げた。仕方なくわたしたちは頭の中にもやもやを引きずったまま、会計を終えて店を出た。もちろん、わたしは自分の注文したコーヒー代は自分で払った。いくらプライベートでも、調子に乗って六本木のバーで飲んだくれたあげくツケにして、その後大事件になってしまったことは、いまだに苦い思い出になっている。

外に出ると、ようやく日が沈んだばかりの東京の町は灯りも少なげで、人気《ひとけ》のない車道に電灯が力なくぽっつり灯っていた。夜になったというのに外気温は高く、熱を溜めたアスファルトから湯気が立ちのぼっているような気さえする。

コンビニの前を通り過ぎ、自然と足が駅へと向かったところで、前から誰かが歩いてくるのが見えた。背が低く、老人用の手押し車を押している。

「あら、あらあら、鏡さんとこの」

そう呼ばれて、気がついた。

「ああ、奈須野《なすの》さん」

奈須野さんは、毎月律儀にご主人の滞納金を納付しに税務署《かいしゃ》にやってくるおばあちゃんだ。丁寧な口調に上品な物腰で、期日きっかりに年金の中から数千円を分けて、署までもってきてくれる。コットンの涼しげなワンピースに歩きやすそうな運動靴、スーパーでの戦利品を詰め込んだカートという、典型的なおばあちゃんスタイルだ。

「たしか、このあたりにお住まいでしたね」

「そうなの。毎日そこのスーパーまで。この時間になるとお総菜がお安いのよ。一人だと、この暑いのにわざわざ煮物なんてするのがめんどうでね」

少し恥ずかしそうにうふふ、と笑う。

その、毎日、という言葉にひっかかった。

「あの奈須野さん。最近ここで鏡特官、見ませんでしたか？」

あら、と彼女は一瞬目を丸くして、それからやっぱり手で口元を押さえてうふふと笑った。

「見ませんでしたかもなにも、毎日のようにお会いしますよ。私、時々待ってるもの」

わたしの隣でジョゼが驚いている。そう、なにをかくそうこの奈須野さんは鏡特官のファンで、彼会いたさにしょっちゅう京橋中央署付近をうろうろしている有名人なのだ。

「待ってる!?」

「ええ」

「毎日!?」

「うふふ、雨じゃないときはね」

わたしはもの凄い勢いでジョゼを振り返った。

「たしか、唐川さんが鏡特官に会いに来た日って、雨じゃなかったですよね！」

「あ、う、うん」

「奈須野さん、先月の十六日、夕方にこのあたりで鏡を見ませんでした⁉」

十六日…、と彼女はぼんやり言った。

「十六日、っていつだったかしら」

「ええと、このへんで誰か男の人と立ち話してませんでした。中年の男性と」

奈須野さんはカートの取っ手からもう片方の手も離すと、少し考え込み、

「ああ」

と、胸を上下させた。

「会ったわね」

「会ったんですか⁉ たしかですか、それ」

「たしかだわよ。だってその日、声をかけられなくてとても残念だったもの」

思わぬ有力情報に、わたしはおもわず奈須野さんの骨っぽい肩をつかんでしまった。

「あ、あの、なんて言ってたか聞こえませんでした？ なんでもいいんです。どっちかが怒鳴ってた内容とか、断片的でもいいんで…」

「いいえ、残念だけど」

本当に申しわけなさそうに、奈須野さんは、

「ちょうどこの辺でわたしはスーパーに行く途中にお見かけしただけで、…鏡さんたちはほら、そこ。そのコンビニの前にいらしたから」

わたしはさっき通り過ぎてきたコンビニを振り返った。たしかにここからでは少し距離が離れている。

「本当に、なにも聞こえなかったですか」

「ごめんなさい。最近耳も遠くて、なにか真剣な顔でお話し中だったものですから、話しかけられないなと思ってすぐに立ち去ってしまったの」

わたしは、奈須野さんの両肩に手を置いたまま、がっくりと項垂《うなだ》れた。

「ごめんなさいねえ。なんのお役にも立てず」

「——いいえ、そんなことないですよ、マダム」

いつのまにか、ジョゼが身をかがませて、奈須野さんに顔を近づけていた。彼はそっと彼女の手をとり、その指を口元に運んでいく。

「大変なお手柄だ」

「ジョゼ、なに言って…」

「わからないのかい、ミキ。これはすごいことだ。オレたちはまさかの逆転ホームランになるかもしれないよ、ぜんぶこのマダムのおかげだ。午後五時すぎに、あのコンビニの前でチカと唐川氏が話し込んでいた、そのことがわかれば…」

まだぽかんとしているわたしの前で、彼は大仰な身振りで奈須野さんの指に口づけた。

「コンビニに、防犯カメラの映像が残っている可能性がある。…だろう？」

＊＊＊

奈須野さんによるまさかの重要証言から数日たち、ジョゼからすべて完了したというメールが入った次の日、わたしはなんとか外出できる理由をひねくりだし、昼過ぎに署を出ることに成功した。

（よし、これで《からかわ》に行ける）

もちろん、鏡から当分外回りには出るなというお達しは受けていたが、そこは抜け道がある。割り振られた滞納案件の中には、まだ一度も現地で場所を確認していない八重洲の法人があったのだ。八重洲一丁目から人形町にある食堂《からかわ》までは、歩いていくには少し距離があったが仕方がない。

ジョゼとは、唐川詠子に話を聞くためには、ちょうど二時すぎに昼の営業が終わるあたりに押しかけるのがいいと、あらかじめ示し合わせてあった。営業時間に押しかけても、接客中などを理由に追い返される恐れがある。

はじめて訪れた《からかわ》は、古い木造モルタル長屋の一部分を改装した、こぢんまりとした大衆食堂だった。一部分の改装とはいえ、唐川家が信用金庫から借り入れた金額はそう安くはないだろう。ヒノキの立派な一枚板に墨字の看板に、人形町の風情を出すためにわざと黒く焼いた杉の外装が、この食堂がリニューアルのためにかけただいたいの費用をわたしに教えて、一層せつなくなった。

すべては、タイミングが悪すぎたのだ。もし、リニューアルを考える前に大会社の移転が決まっていたら、《からかわ》はリニューアルにかけたお金を移転費用にあてて、汐留で同じ客相手に商売を続けられていたかもしれない。もしくは、むやみにリニューアルなどせず、こつこつ貯めた金をもうすぐやってくる老後にあてられたかもしれない。

考えずにはいられない、もしこうだったら、あと少しだけ時間があったら…。けれど、なにもこのようなケースは《からかわ》だけではない、たいていの倒産や商売の行き詰まりは、このような不運としか言いようのないことが原因なのだ。

店のすぐ近くの日陰で、ジョゼと里見がわたしを待っていた。さすがに彼らは今日はスーツ姿で、ジョゼは胸に弁護士バッジをつけている。

頷き合った。わたしはジョゼに続いて、のれんが外されている《からかわ》の店へ入った。

「ああ、ごめんなさい。もうお昼は終わったんですよう」

申しわけなさそうに、中年の女性が厨房から手を拭きながら出てきた。《からかわ》と書いてある藍染めの前掛けをしている。唐川詠子だ。ジョゼの調べでは、夫の死後すぐに一人で店を開け、きりもりしているのだという。

負債があるからだ。銀行から金を借りている身では、簡単に店を閉めるわけにはいかない。たとえ、店主が亡くなったとしても…

「すいません、お忙しいときに。今日はちょっと唐川さんにお話を伺いたくて」

さりげなく、里見が胸ポケットの中のレコーダーの録音ボタンを押した。カバンの中のものはすでに回っている。万が一のことを考えて二つ回しているのだろう。

「おたくさんたち、どなたですか」

わたしたちのただならぬ気配を感じ取ったのだろう。唐川詠子は、先ほどまでの親しみやすい営業スマイルをさっと引っ込めた。

「僕は弁護士の本屋敷といいます。こちらは東京国税局京橋中央署の鈴宮さん」

「…国税局!!」

不審気だった表情が、一瞬で気色ばんだ。

「で、出てってください！　警察を…、こちらも弁護士を呼びますよ!!」

「どうぞ呼んでください。それまではお話を伺います」

「だ、誰があんたたちなんかに！　おとうちゃんを殺したくせに、…この人殺し！」

そう罵りながら、唐川詠子は急いで携帯で電話をかけ始めた。頬に押しつけながら必死で誰かを呼んでいる。呼ぶといっていた弁護士とは、吹雪のことなのだろう。なにかあったら自分を呼べと、そう吹雪に言い含められているのだ。裁判に不利なことを話さないように。

電話が切れると、彼女は冷静を装った風にこちらを見て言った。

「なにも話すことはありません。お帰りください。これから夜の仕込みがあるんです」

「警察を呼ぶのはこちらのほうですよ、唐川さん」

あらかじめ打ち合わせたとおり、わたしは唐川詠子に対してきつく出た。

「湊一丁目のご自宅に関して、成吉さんからあなたへ名義が書き換えられていますね。これはどうしてですか」

「それは…、おとうちゃんが…、きっと主人が自殺を考えたときに、私にこの家を残そうと思ってやったんです」

「四ヶ月も前にですか。すごく用意周到ですよね」

意地悪く切り込むと、詠子はあっさり口ごもった。

「ということは、成吉さんはうちの鏡に恫喝されて発作的に自殺したのではないということになりますね。四ヶ月前のなにかが引き金になって、ずっと自殺を考えておられたと」

「ち、違います！　おとうちゃんはあの税務職員に恫喝されて、脅されて心を病んでしまったんです！　あんたたちのせいなんだ。だいたい名義を書き換えるののなにがいけないんですか。なにも悪くないでしょう」

いい感じに混乱してきた。わたしはさらに彼女の思考をひっかきまわすべく質問をぶつける。

「警察を呼ぶと言ったのは、名義変更の件ではありません。この家の抵当権のことです」

「て、抵当…」

「ご自宅には現在抵当権が設定されていますが、不審な点があったため調査させていただきました。このことに関しては、相手方の片倉ふさえさんのご家族の協力を得て、通帳等を確認済みです。――唐川さん。片倉さんとの間に、実際金銭の貸借関係はありませんでしたね」

嘘をつき慣れていないのだろう、唐川詠子はどこを見ていいのかわからないという風に目をきょろきょろさせた。

「そんなこと、知りませんよ…！」

「たとえ唐川成吉さんがお亡くなりになったとしても、この《からかわ》の滞納金は残ります。抵当権が虚偽だということになれば、ご自宅の差し押さえが可能になり、詠子さん、あなたに第二次納税義務が発生します」

「だ、だいにじナントカって…」

「ご自宅の名義は、不自然なかたちで妻であるあなたに変更されていました。この場合、滞納者側から財産の譲渡が行なわれたとみなされます。よって、妻であるあなたに税金を払う義務が発生するのです。つまり、あの家を売って」

明らかに詠子の顔色が変わった。

（やっぱり、鍵になるのはこの家なんだ）

ずっと不審に思っていたことがあった。それは、唐川成吉が自殺をした動機だ。鏡に恫喝され、発作的に首をくくったのでなければ、ほかになにか理由がある。

奈須野さんの値千金の証言を得て、ある事実を知ってから、わたしとジョゼと里見はそのあたり――すなわち、何故唐川成吉は自ら死を選んだのだろう、ということについて何度も話し合った。

成吉の死には、条件がある。

ひとつは、何故あの日だったのか。

ふたつめは何故、あの時間だったのか。

本当に、自殺は発作的だったのか。もし計画的だとしたら何故あの日のあの時間だったのか。

彼が自殺したのは、成吉が鏡にある提案を持ちかけ、断られた次の日だった。時間としては、妻詠子が近所の寄り合いと買い出しに出かけた後だ。

そう、家。

不自然さの中心にあるのは、いつもあの家だ。成吉にはまだあの家という財産があるのだ。いくら詠子が売りたくないといって抵当権を擬装してしまったとしても、それは家族間でなんとかなる問題だ。鏡に「妻がやったことで、抵当権は偽物だ」といえば済む話なのだ。税務署と交渉をすれば、成吉は差し押さえられる前に家を売って滞納金を払うこともできた。

なのに、彼はそれをしなかった。家を売らなかった。詠子は抵当権を擬装してまで、あの家を売りたくなかった。

それは、何故か。鏡の恫喝ではないとしたら、事件の真相はまさにここにあるのではないのか。

外で、大型のバイクが止まる音がした。誰かがヘルメットを脱いで店の中へ入ってこようとする。

「――あいかわらず強引だ。税務署のみなさんは」

予測のついていた姿に、わたしたちは特に驚きもしなかった。役者はまだ揃ってはいない。それにむしろ、今日の一件はここからが本番なのだ。

「国家権力は過度の小心者さえ、たやすく横暴で厚顔無恥に変える。あなたたちのやりくちはただの弱い者いじめですよ。ひどいな」

「なにもひどくなんてない。これは税務署の正当な権利ですから。吹雪弁護士」

「自分たちが自殺に追いやった被害者の仕事場に無理矢理押しかけて業務妨害することがですか」

「その件ではありません。湊一丁目のご自宅の抵当権が、虚偽であったという件です」

吹雪はわたしたちの横を素通りすると、唐川詠子を庇うように立った。

「なにも話さなくてもいいんですよ、唐川さん。これは違憲行為だ」

「違憲ではありません。唐川詠子さん。あなたと片倉ふさえさんとの間に金銭の貸借関係がなかったことは、片倉さんの銀行口座からも彼女の親族からも証言を得ています。片倉ふさえさんは十年以上前からアルツハイマーが進行し、自分で金銭の管理ができなくなったため、同居している嫁が年金等の管理をしています。あなたが登記を届け出た四ヶ前、片倉さんがあなたに二百万ものお金を貸す約束ができたとも思えないし、またあなたや成吉さんの銀行口座にそれらしい金銭が入金された、あるいは借金を返した形跡もない。

というわけで、先ほど説明したとおり、たとえ成吉さんの店の滞納金であっても、不当に財産を得たことになるあなたには、税金を払う義務が発生するのです。――おわかりですか、吹雪弁護士」

吹雪は、チラ、と詠子を見たが、特にそのことについてコメントはなかった。あらかじめ、詠子から抵当権の擬装については話をされていたのかもしれない。

「なるほど、別件でひっぱるということですか。警察だけではなく、税務署もそんなことをするんですね。ひどいな」

「別件ではありません。成吉さんの自殺についても深い関連があります。何故なら、成吉さんは鏡に恫喝されていたわけではないからです」

ジョゼが、肩にたすきがけしていたショルダーバッグの中から、液晶タブレットを取り出した。釜池が持っていたのと同じものだ。いまはこういう文明の利器のおかげで、外ですぐに動画を見ることができる。

「これは、成吉さんが亡くなる前日、京橋中央署付近のコンビニで撮影された防犯カメラの映像です。テープそのものは貸し出してもらえなかったため、携帯で録った動画ですけどね。大まかなことはわかるはずです」

ジョゼの用意したタブレットの画面に、薄暗い映像が映し出された。レジ奥からドアに向かってカメラが設置され、ちょうどコンビニの入り口が大きく映るようになっている。

そこに、一人の中年の男が現れた。男はコンビニに入るふうでもなく、戸口のあたりをずっとうろうろしながらあたりをうかがっている。そのうち、男が通りかかった別の男を呼び止めた。

サラリーマン風のスーツ姿の男性は、特徴のある線の細い自転車を手で押していた。ロードレース用の自転車で、誰でも持っているものではない。鏡だ。

「当日の日付は、右下に表示されているとおりです。たしか成吉さんはこの日、鏡に会うために仕込みを終えてから外出したんですよね」

「…………」

返答はなかった。詠子の視線は、わたしの声など聞こえていないかのように、食い入るように画面に注がれている。

おそらく唐川成吉は、鏡の通勤経路をあらかじめ把握して、彼を待っていたのだろう。なにごとかを彼は鏡に話し、鏡は黙って聞いている。しかし、しばらくすると鏡が首を振った。何度も、何度も。受け入れがたい、という顔で。

すると、驚くべきことが起こった。なんと唐川成吉が鏡にむかって頭を下げたのだ。しかし、鏡は拒絶している。よほどのことを聞かされているのか、難しい顔のままその場から立ち去ろうとする鏡に、今度は成吉はその場にはいつくばって土下座した。

「！」

唐川詠子が息を呑んだのがわかった。

鏡が、慌てて成吉の腕をとって立たせようとする。しかし、成吉は何度も何度も額をこすりつけんばかりにして土下座している。

異様な光景だった。コンビニの店内にいた客も、思わず商品を選ぶ手を止めて二人に見入ってしまっている。

結局、鏡は自転車に乗って素早く立ち去ってしまった。あとにはうなだれた様子の成吉だけが残され、彼もまたすぐにカメラの録画範囲外に移動した。

「録画されている映像は以上です。少なくとも、自殺する前日の接触では、鏡は成吉さんを恫喝していないことがここにははっきり映し出されています。それどころか、成吉さんのほうが鏡に追いすがっている」

「…こんな、はずありません…」

唐川詠子の顔は、もはや岩のように強ばっていた。その表情には、夫が死んだ動機を知りたいと思う探求欲はまったく感じられない。

何故なのか。もし、夫が突然自殺をしてしまったのなら、どうしてそんなことをしたのか、死の前になにが起こったのか知りたいと思うのが自然ではないのか。なのに、詠子にはそれがない。それどころか、いま提示された事実ですら、拒絶したいという雰囲気がありありと見てとれるのだ。

(やっぱり、唐川詠子は夫が自殺した本当の理由を知っているんだ)

うすうす感じていたとおりだった。唐川成吉は鏡特官に恫喝されて発作的に首をくくったわけではなく、妻の詠子もそれを知っていた。なのに、彼女は無理矢理鏡特官のせいにしようとした。

それは、成吉の残した日記と、その日記の言葉から彼女にとって都合のいい方向へ彼女を導いた人物がいたからだ。

吹雪敦。勤労商工会の弁護士。

この男が。

「こんなはずはありません。これは主人じゃないです！」

「正式に訴訟になれば、国側の証拠として提出されます。どのみち、あなたのご主人かどうかはプロの鑑識が判断しますよ」

ジョゼがやんわりと逃げようとする彼女の思考の退路を断つ。

「おとうちゃんは、鏡に脅されたんだ。だって日記にはそう書いてあったでしょう。あれが動かぬ証拠じゃないですか!!」

「『鏡さんにお願いしに行った。だけどだめだときつく言われた。ものすごい剣幕で怒鳴られた。いい考えだと思ったのにもうだめだ。もう——終わりだ。もう術がない』ここのことですか」

わたしは無意識のうちに、彼女を追いつめるように一歩、前へ踏み出した。唐川詠子が後ずさる。

ブルル、ブルル、と、さっきからジャケットの胸ポケットで携帯のバイブレータが作動している。誰からの着信かはわかっているのだ。だが、いまは出るわけにはいかない。

吹雪が冷静な口調で詠子を庇った。

「実際、あの映像に音声はない。なにを言っているのかわからない以上、本当に恫喝されていなかったかどうかの証明にはならない」

「証明になります」

胸ポケットの布地の上から、携帯の振動を切った。これで、着信の相手は確実に次の行動に出るだろう。

吹雪がちょっと首をかしげて、挑発的にわたしを見る。

「本当に?」

「詠子さん」

わたしは、目の前の吹雪を通り越して、詠子をじっと見た。

「この時、あなたのご主人がなんの話をしていたのか、コンビニの店長が断片的に単語を聞きとめています。それを統合すると、唐川さんはこのようなことを鏡に頼み込んでいたと考えられるんです」

「なにを…」

「これから生命保険が下りるよう自殺するので、生命保険の差し押さえをもうちょっと待ってくれないか、という…」

ひっ、と詠子の喉がひきつった。

「なんで、そんな…」

「すべて推測だ。なんの証拠もない！」

「法廷では、コンビニ店長の証言もすべて正式な証拠として提出されます。その証言を裏づける行動を、これより以前に唐川氏はとっています。生命保険会社に行き、税務署が差し押さえにくるかもしれない現状を相談されたと、会社側の担当が話しています。つまり、この時唐川さんの頭の中には、生命保険のことがちゃんとあったということになる」

斬りつけるような吹雪の言葉とは百八十度違って、ジョゼの受け答えは弾力がある。二人の弁護士は、お互いのテリトリーを意識したのか、そこで初めて真正面からにらみ合った。

「鏡税務官からも、随分前に、このまま滞納状態が続けば生命保険の差し押さえをするしかないと言われていたようです。唐川さんは呼び出しにはすぐ応じる善良な滞納者だったため、生命保険か家かどちらをどうするか、何度も話し合いを重ねていたようです。税務署のほうには納税相談の記録が残っていますので」

「…嘘です。なにかの間違いです…。違う…ちがう…」

唐川詠子は真っ青を通り越して真っ白な顔で、何度も何度もちぎれんばかりに首を振る。

「日記にあった『鏡さんにお願いしに行った』の内容は、このことだったんです。当然、鏡はそんなことは受け入れられないと拒絶した。実際に鏡は生命保険の差し押さえに着手しており、生命保険会社に確認を行なっています。拒絶され、焦った唐川さんは差し押さえられる前にと、急いで自殺をした。詠子さん、あなたに保険金が下りるように」

「嘘だ！」

詠子は怒鳴った。顔を覆い、聞きたくないとばかりに身を縮ませた。

「嘘だ、うそ、うそ、うそだああああ。そんなの貰ってない。そんなの違う、ちがうよおおおお」

「成吉さんは、家を売って滞納金を返したいと言っていたんです。住むだけならどうせ夫婦二人だけだから店の二階でもなんとかなるだろうと。でもあなたには、どうしてもあの家を売りたくない理由があった。だから夫に内緒で名義を動かし、差し押さえられそうになると抵当権の擬装をした」

ぎゃあ、と詠子は叫んだ。嫌と悲鳴が混ざり合った魂の裂ける音だったのだと思う。

「あなたがどうしてもあの家を売りたくなかった理由、それは――」


「やめろ！」


戸を押し開くガラという音と、咆吼が重なり合って店内に響いた。

わたしは、ゆっくりと振り返った。予期していた姿がそこにあった。限りなく黒に近い濃紺のスーツに、皺一つないシャツ。いつもは余裕綽々《しゃくしゃく》でわたしを見下ろすそのきついドリル目線が、このときばかりは戸惑ったように眼光を鈍くしている。

「鏡特官」

「やめろ、上司の指示を得ずに勝手になにをやってる！」

彼は柱のように端に黙って立っている里見を押しのけ、わたしの前に立った。

「勝手じゃありません」

「この件は、お前の仕事じゃないはずだ」

「鏡特官は明らかにこの件について早期に解決をしようとしていません。ですが、訴訟になり、長引けば長引くほどわたしたちの業務に差し障るんです！」

わざと、わたしは鏡をこの場で非難した。それは暗に、この件をきっかけにして、勤商の人間がやたらと滞納者と同伴で来るようになったことを含めるいい方だった。

実際、まったくの嘘ではない。鏡が訴えられたことや、例のデモがあったことを知って、滞納者たちがむやみに勤商を頼りにし、勤商もまた選挙前ということもあって勢いづいている。早く解決してくれるにこしたことはないのだ。

なのに、鏡は捜査に非協力的で、なにかというと国税局《ほんてん》に任せればいいと及び腰だ。

（あの鏡特官がこんな負け犬みたいに逃げ回るなんて、いやだ）

個人的な感情が多分に占めていることは、自分でも承知しているつもりだった。勤商なんて本当はどうでもいい。ただ。鏡が負けるのが悔しいのだ。こんな及び腰の鏡を見ていたくない。

前の鏡に戻って欲しい。何事にも怯まず、どんな権力の前にも公平で強引だった鏡のほうがいい。

どんな風に馬鹿にされても、頭ごなしに罵《ののし》られてもいいから。

しばらくの間、薄い氷を張りつめたような沈黙があった。鏡はここに来てもまだ迷いをみせていた。そんな彼の優柔不断な態度にわたしは内心苛立った。何故、本当のことを言ってくれないのかと思った。相手は、自分をありもしない罪で陥れようとしている卑怯者じゃないか。

「…もう、ここに至ってはさ、その気づかいのための沈黙も、なんの助けにもならないと思うよ」

強ばっている鏡の肩に、ジョゼがぽんと手を置いた。

「どのみち、ずっと黙っておくことなんてできないでしょ」

鏡は、ジョゼの手から逃げるように一歩外側へ体をずらした。

「…余計なことを」

「すみません」

口で謝っても、わたしは引く気はなかった。ジョゼが言った。

「唐川さん、ご主人は一年ほど前、一度区の法律相談をご利用になったことがあるようです。内容は守秘義務があるので担当の弁護士も明かすことはできませんが、同様の相談をご友人にされていたようで、法律相談は、そのご友人の方から勧められたそうです」

「法律相談…？」

「あなたとの、離婚協議についてです」

その瞬間、唐川詠子の顔はいままでなかったような変化を見せた。夫を失ったばかりの寡婦らしく、怒り、青ざめ、体を硬直させ、絶望し、嘆き、喚いていた彼女が、その時に至ってはまったく別の表情を見せたのだ。

（え）

笑った。

（いま、ふって、…笑ったよね）

瞬きをせず、鼻を膨らませ、まるで唇に小さくてやわらかいマシュマロを含んでいるかのように、笑ったのだ。

（意味がわからない。なんで笑うの。こんな時に、怒るんじゃなくて、なんで笑うの）

例えるなら、脳みそを誰かにぐにゃぐにゃと両手で揉まれているように、わたしは混乱した。

それと同時に、この件に関して、ああそうなのかと理屈ではなく納得をしている自分がいた。いままで抱いていた違和感は、きれいさっぱりなくなっていた。そして発見があった。

わたしは、彼女の笑みを見たとき、困惑すると同時に、こう悟ったのだ。

見てしまった、と。

——ああ、これが、

これが彼女の〝体裁〟なのだ、と。

「成吉さんは、《からかわ》の経営がうまくいかなくなった平成十九年あたりから、あなたとの離婚を考えておられたようです。原因は、当然ご存じかと思いますが、あなたの不倫です。

詠子さん、あなたはもう随分長い間、ある特定の男性と不倫関係にありましたよね。大《おお》川良平《かわりようへい》氏。湊一丁目町内会の会長で、公団による湊一丁目再開発事業に反対している。この地域は何十年も地上げと闘ってきた歴史があり、大川氏も地元の取りまとめ役としては三代目らしいですが」

ジョゼは弁護士らしい口調で、徐々に詠子を追いつめていく。ふとわたしは、吹雪が興味深い顔つきをしていることに気づいた。

（まさか、吹雪は知らなかった!?）

彼は、いつも黒々としている目を細め、じっと何事かを思案しているようだった。一見平静を装ってはいるが、目の焦点がどこにも合っていない。

「そのような方とおつきあいがあれば、たしかに自分たちだけ家を売るわけにはいかないでしょう。あなたが強引に家の名義を書き換え、なおかつ差し押さえられないように抵当権を設定したのも頷けます」

ジョゼの言い方には嫌味はなかったが、その分痛烈な皮肉となって詠子の胸を抉ったに違いなかった。

わたしが、あの湊一丁目の抵当権のことを知ったとき、感じたのは、「女らしくないやり方だな」ということだった。いくら税務署に差し押さえられたくないからといって、虚偽の抵当権を設定するなんて、一般の中年女性にやれることだろうか。あの家を売ることよりも、生命保険を使うことを成吉が選んだことといい、偽の抵当権を設定したことといい、あまりにも不自然すぎる。

おそらく、土地に関してある程度の知識がある人間が、詠子に入れ知恵したに違いない。わたしはそう思い、ジョゼに相談した。わたしたちは事件の根幹はあの家の周辺にあると推測し、仕事関係から夫婦のプライベートな交友関係まで丁寧に洗い出した。そして、詠子の不倫の事実にたどり着いたのだ。

詠子と町内会長の大川良平は、十年以上関係が続いている仲で、近所でも知っている人は知っているようだった。大川の妻は早くに亡くなっていて、いまは湊一丁目の家に息子と同居している。女手のない大川家に、詠子は店の余り物などをよく持っていっていたらしいが、バブルの崩壊でストップしていた湊一丁目の再開発問題が再び持ち上がると、地元では反対運動が活発化し、その過程で大川と詠子は急接近することになった。

成吉は気づいていたのだ。気づいていたからこそ、一度あの場所から引っ越しすることを提案した。こつこつ貯めた金で、あの隅田川の対岸に新しい家を買おうと。

しかし、大川との関係を続けたがっていた詠子は反対した。そして、成吉に強引に店のリニューアルを勧めた。貯めていた金ではとうてい足りず、成吉は借金をして店を改装し…、その直後にH広告代理店の移転が決定する。

この時から、唐川家の歯車はすべて、不幸な方向へ転がり始めてしまったのだ。

「…私の、せいだっていうの」

詠子が叫んだ。叫んだあと、ぎゅっと奥歯を食いしばる音が、わたしには聞こえた気がした。

「なにもかも私のせいだっていうの。私が不倫したからいけないの？　私があの家を売れなくしたからおとうちゃんが自殺したの。私のせいなの!?」

首をぶんぶんと振りすぎて、髪を覆っていた三角巾がずれて落ちた。まとめていた髪まで崩れて隠していた白髪が顕になった。

もう、半年以上染めていない髪。美容院になど行ってもいないのだろう、無造作に伸ばしたままの髪型。わたしも女だからわかる。いくら老齢になっても、女がこのような自分の姿を受け入れられるはずがないのだ。嫌だ、と内心は思っているのだ。だけど仕方がない、だけど嫌だ。本当は綺麗でいたい。いつもどこでも、いくつになっても。

だけど、綺麗にはできないのだ。

——お金がないから。

「離婚を考えてた!? じゃあすればよかったじゃない。私だってずっと考えてた。もっともっと若いころね。あの人が水疱瘡《みずぼうそう》だかはしかだかで子種がないことがわかったときに離婚しようと真剣に悩んだわ。見合いの時はそんなこと言ってなかったのにって、騙された気がした。だって、私は子供が欲しかった。普通でしょ、人並みの幸せが欲しかっただけよ。ごくあたりまえの…、普通の家庭が欲しかっただけよ!」

白髪まじりの髪を振り乱して、詠子は叫ぶ。自分の中の奥深くに溜まった膿《うみ》を絞り出そうとするように。

「普通のお母さんになりたかったのに、あの人がしてくれなかったんじゃない。家を買うときだって、あんな高層マンションばっかり建ってる中の、若い母親がみんなしてベビーカー押して子育てして、これがあたりまえでごく普通の幸せですってでかいツラしてる所に、どうやって住めっていうのよ。勝手じゃない。あんなところ牢獄よ。住みたくないって言ったことのなにが悪いのよ。私のなにが悪いのよ‼」

彼女の言うことを、理不尽だと決めつけることは簡単だった。だけど、恐らくその場にいた誰もが彼女がなりふり構わず叫ぶその内容に、どこか内心恐れをなして聞き入っていたはずだった。

わたしもだ。彼女から目が離せなかった。見ていて、辛くなるのがわかっていて目をそらせない。

「私だって、悪いことをしてるってわかってたよ。でも、あの人だって謝らなかったんだから一緒でしょう。一度も、自分に子種がなくて――子供を抱かせてあげられなくてごめんって言わなかった。悪いから別れようって言わなかった。悪いって言わなかったじゃない。そんなのおあいこじゃない。あんなしみったれた下町の店のおかみでいることだけが人生なんて、満足できるはずないじゃない。あんたがいくらあの店を大きくすることが夢だからって、そんなの私に押しつけられても困るじゃない。私の夢は店なんかじゃなかった。商売なんかじゃなかった。ただ食べるためにやってただけなんだ‼」

唐川詠子の言葉は、まるでコンクリートの壁にぶつかっては跳ね返ってくるボールのようだった。誰も、受けとめてくれる人間はいない。言えば言うほど、彼女の孤独と痛みが増すだけだ。

だから、誰もなにも言わなかった。

——事件発覚当初、唐川詠子は誰にとってもわかりやすい、悲劇のヒロインだった。運悪く商売がかたむき、子供もなく、夫婦二人三脚で支えてきた店も借金まみれで、ついに夫に自殺されてひとりぼっちになってしまった。

みんなが同情する。

かわいそうな、唐川詠子。

…いろいろ運が悪かったね。だけど、悪いのは時代であって彼女じゃない。せめて国が助けてくれたら——、ああでも税務署の役人がそもそもひどいね。みんなみんなそいつのせいだよね——そいつが悪いよね——ねえ——

だけど、人ひとりの人生はそんな絵に描いたような単純なものではないはずだ。発端はひとつであっても、原因はひとつではありえない。ましてや夫婦ともなれば、その倍は複雑怪奇だ。

テレビでもてはやされるおしどり夫婦なんて、テレビの外にはいない。

あれは、体裁だ。

わたしは、ほんの少し前まで、唐川詠子が作り上げた〝体裁〟を見ていたのだ。

どこにでもある小さな不幸が、ほんのささいな不運をきっかけに、雪だるま式にふくらんで、止まらなくなる。ついには自身を押しつぶすまで。

それは、この場にいるうちの誰かかもしれないし、

（わたし、かもしれない）

そう思ったとたん、冷房なんて効いていないのに、ぞっとした。

（たぶん、この人はどこかで気づいていたはずなんだ。夫が目の前で首をつって死んでいるのを見たときに、それは〝何故〟なのかを）

成吉の死体を見た詠子の頭の中には、さまざまな死の理由がよぎったはずだ、しかし、ほぼ瞬間的に彼女は自分に都合の悪い理由を除外した。そしてそれ以外の、あたりさわりのない夫が自殺した理由を探した。店がうまくいっていなかったから、税金を滞納していたから、というのは誰に疑われることもない実にもっともらしい理由だった。

夫は、借金を苦にして自殺したんだ。

そうに決まってる。

その〝事実〟を、さらに詠子の都合のいいように肉づけしたのが、吹雪だった。彼が発見したらしい成吉の遺書の日記は、詠子の中で完璧な〝役所の横暴に殺された夫とかわいそうな妻〟の体裁を作り上げたのだ。

そして、その体裁はいつのまにか息をし、勝手に歩き始める。〝かわいそうな〟〝不運な〟詠子はさらにそれを正当化するために、税務署へ非難の矛先を向ける。それは吹雪にとっても都合のいいシナリオだった。彼は自分自身の目的のために、詠子の悲劇を利用しようとした。

彼が見ている被害者唐川詠子が、本当は彼女が無意識のうちに作り上げた〝ただの体裁〟であることを知らずに。

わたしは、いつのまにか視線を唐川詠子から鏡へと向けていた。

鏡が何故、あれほどまでに真実を追求することに対して及び腰だったのか、わかった。

おそらく彼は全て、唐川成吉に聞いて知っていたに違いない。詠子が浮気していることも、そのせいで自分の家の名義を勝手に変えられてしまったことも。

彼女の浮気を知って、一度は離婚を考えた成吉が思いとどまった理由はなんなのだろう。やはり、彼女への愛情が勝ったのかもしれないし、いずれ終わるだろうから、それまで見て見ぬふりをしようと思ったのかもしれない。何故なら、彼には負い目があった。

しかし、そのままゆるりゆるりとなかったことになるはずだった悲劇は、不運によって再燃し、今度こそ夫婦を崖っぷちに追いつめた。

成吉には、二つの道が残されていた。一つは名義変更と家の抵当は妻が勝手にしたもので、虚偽であることを公にすることだ。そうすれば、家を売ることもできて滞納金も完済できる。

なのに、成吉が選んだのは、家をそのままにして、自殺をすることで生命保険で滞納金を完済する方法だった。彼は鏡に、自分が死ぬまで生命保険の差し押さえはやめてくれと願い、それが断られたために急いで自殺をしたのだ。妻が寄り合いで家を出ている隙に、もっと言えば休日で鏡が生命保険の差し押さえができないうちに死ぬ必要があった。

いま思えば、六月の中頃に鏡がやたらと慌てていた日があった。週明けでなにか立て込んでいたのかと気にも留めなかったが、あの時、唐川成吉の自殺を知ったに違いない。

鏡にしても、まさか本当に成吉が自殺するとは思ってもみなかったのだろう。あの日、自分の対応にミスがあったかどうか、何度も思い起こしたはずだ。そして、もっと違う対応をしておけばよかったと後悔しただろう。

あの時、こう言っていれば。もっと強く止めていれば。もっと別の指導をしていればあるいは——

けれど、鏡は謝ることはできない。

自分から、こちらが悪かったと頭を下げることは決してできないのだ。業務上のことで過失を認めれば、それは国の落ち度ということになってしまう。わたしたちの背後には、常に国がある。だから、自己判断でミスだと言うことはできない。

ある時には、自らの善良さすら封印して知らん顔をしていなければならない。自分たちが個人で責任をとることができないという立場とは、そういうものだ。

これが、吹雪のような反権団体からは不当特権と呼ばれ、国家の庇護下に置かれた安穏たる地位の正体。

だが、役人とはそうだ。

公務員とは、そういうことなのだ。

泣き崩れてそれ以上話すことができなくなってしまった唐川詠子に失礼をわびて、わたしたちは《からかわ》を出た。

外はむっとするほどの湿気で、日に当たるといままでぎゅっと閉じていた毛穴から汗が噴き出した。…と同時に、わたしは息を吹き返したと思った。

汗をかいている。いつもはそれがべたべたして気持ち悪いけれど、この時ばかりは気持ちいいと思った。

少し先を、鏡が歩いていた。わたしは走って鏡に追いついた。東へ歩く彼の影がわたしの顔にかかって、はや、日が傾いていることに気づいた。長く、長く影が伸びる。鏡の後悔のように――

「鏡特官！」

言うと、急に鏡が立ち止まったので、わたしは勢いよく彼の背中に頭突きをくらわせるかたちになった。

「なにをする！」

「なにって、急に止まるからですよ」

ズボンのポケットに手をつっこんだまま、鏡がぐるりと体をこちらへ向けた。懐かしい目が自分を見ていた。隈取りをしたようなハスキー犬のドリル目線…

「お前、ぐー子。よくも余計なことを――」

「どっちがですか！」

言われる前に、わたしは言った。まさか反論されるとは思ってもみなかったのだろう、鏡が一瞬、目を白黒させる。

「どうせ、自分がもっとほかの言い方をしていれば、唐川成吉は自殺していなかったかもしれないとか思ってるんでしょう。だから、あの日記が公開されたとき、一言も反論しなかったんでしょう」

鏡が珍しく絶句した。わたしは、仕方がないなという風に息をついた。

「鏡特官にしてはデリケートに迷走してると思いますけれど、それって余計な気づかいです」

「なんだと」

「どのみち訴訟になれば、唐川詠子の身辺問題は成吉の自殺の原因として必ずとりあげられます。彼女の不倫なんてあっさりバレるじゃないですか。鏡特官のことだから、法務局や国税局《ほんてん》には全部本当のことを話してるんでしょう。その上で、過失は認めるなってクギさされてるんですよね」

わたし程度のヒラにだってわかることだが、法務局の部付き検事は甘くはない。なんとしても成吉の自殺を鏡の過失とは認めさせないため、あらゆる隙をついてくるだろう。もちろん、吹雪だって全力で応酬することになる。プライベートを暴露され、派手に叩かれ、マスコミからも好奇の目で見られて、詠子は身も心もボロボロになってしまう。

「…そんなことになる前に、止めてあげたかったんです。今日みたいに全部本当のことを言って、目を覚まさせてあげるのが一番いいんですよ。だって唐川さんはたぶん自分でも、半分自分じゃなくなってたんですから」

「自分じゃなくなってる？」

「…うまく言えないんですけど、ずっと夢を見ているような感じだったと思うんです。現実が辛くて、こうありたいように、自分が思いこんだ自分になっていた。初めはフリをしていただけだったのに、いつのまにかフリだった自分のほうが、さも本物のように振る舞い始めていた——そういうことって、誰にでもあるじゃないですか」

ボロボロに崩れた〝体裁〟の壁の奥から現れた、唐川詠子の本当の姿。なに一つ自分から望んだことのなかった自分に成りはてている現実。

『息を殺しすぎると、本当に死んじゃうんですよ』

何故か、吹雪の言葉を思い出した。

「そうなると、自分で自分がわからないし、止めようがないんです。だから、誰かが多少強引なやり口でも止めなきゃだめだった。訴訟なんてさせちゃだめだった。だけど、あの勤商の弁護士が彼女を不当に煽ってしまった。

彼女から訴訟を取り下げさせるためには、彼女が自分に都合良く作っている体裁をたたき割って、本物を引っ張り出すしかなかった。無茶なやり口だったとは思ってます。ジョゼの力を借りてしまったし、守秘義務に反することも…」

「あいつらのことはいい。勝手にしたことだ」

鏡はいまいましそうに腰に手をあて、左手で髪をざっとかき上げた。長い付き合いで、彼がある種の感情を抑えようとしている仕草だとわかる。

「…ったく、意味深なメモを残しやがって。電話もわざと無視してただろう。俺がここへ来るように誘導しやがったな」

「えーっと、それは」

《からかわ》でジョゼと落ち合う直前、わたしは鏡特官のデスクにメモを残してからでかけたのだ。

〝仕事をしてきます〟

そうすれば、彼のことだ。必ずいいタイミングで《からかわ》に来てくれるという確信があった。

あそこで、鏡がすべて知っていることを吹雪と唐川詠子に悟らせなくては、向こうから訴訟を取り下げてはもらえないだろう。そう思ったからだ。

あとは全ての事情を察しただろう吹雪に、負け戦に近い訴訟をどうするか判断する時間を与えることだった。彼が、これ以上傷口を広げないためにも、訴えを取り下げるように詠子を説得してくれればいいと、切に願う。

「出すぎた真似をしました。申しわけありません」

深々と頭を下げると、案の定、怒号が降ってきた。

「出すぎた真似だとわかっているなら、するな」

「だって、許せなかったんです」

「なにがだ」

「鏡特官が、傷つくのが」

自分ではそんなにたいしたことを言ったつもりはなかったが、目に見えて彼は動揺した。

ポケットに収まっていた手を取りだして荒々しく髪をかき上げた。

「な……、に…を…？」

「意外とフェミニストなんですよね」

「お前、なに…」

「寂しくなかったですか。一人で」

本気で心配して言ったのに、鏡の顔はますます険しく、ハスキーになる。

「お前はさっきからなにを言ってる‼」

「鏡特官は怒鳴ってますね」

「だからなんだ」

「むやみに怒鳴ってみせるってのは、心を隠しているってことだから怪しいって。鏡特官が教えてくれたんですよ」

「……っ」

こうなると、相手が黙るしかないというのも知っている。鏡の受け売りで。

「ややや、チカ。どーしたのこんなところで騒いじゃって」

立ち止まっていたわたしたちに、あとから《からかわ》を出てきたジョゼと里見が追いついてきた。暑いからかすでに上着をショルダーバッグの中につっこみ、シャツを腕まくりしている。隣に立つ里見は顔色一つ変えずに、ぬぼーっとしたままだ。

(そういえば、この人この調子でジョゼにくっついてるんだろうか)

ずっと一緒に調査してきたのに、里見についてはいまいち正体が謎のままだ。

「邪魔だ、帰れ」

「えー、なんだいその冷たい言いぐさは。せっかく親友がナポリから飛んできたっていうのに」

まだ、ナポリ在住設定は生きていたようだ。

「ねえ、たまには親友も役に立つだろう」

「弁護をしてくれと頼んだ覚えはない」

「オレのボランティア精神が突如溢れんばかりに洪水を起こしてさ」

「隅田川の堤防をくれてやる」

心底うっとうしそうに顔をそむけると、鏡は再び早足で歩き始めた。慌てて三人が彼を追う。

「だいたい、真事。お前は一般人の弁護はしないんじゃなかったのか。なのにずうずうしく首を突っ込んできやがって」

「一般人…？」

わたしの問いかけに、鏡はジョゼを完全なる上から目線で睨みつけながら、

「コイツは高校三年のセンターの日に、いきなり気を変えてお笑いのオーディション受けにいった阿呆だ」

いま明かされた驚愕の事実に、わたしは教育番組のわざとらしいオーディエンスのような反応をした。

「お笑い!?」

「ルビコンを渡ったと言って欲しいね。栃木で一番の高校の首席だったオレにしては、勇気がいる英断だったんだよ」

「暴挙の間違いだろ」

「っていうか、所詮栃木だろ」

親友二人から心ない侮蔑が浴びせかけられている。

「でも、オーディションに来たプロデューサーに見初められて、養成所にタダで入れても

らって、そこで先輩芸人にも見初められてすぐにコンビ結成して」

「見初められてとか言うな」

「だって、そのままなんだもん。学生のうちから舞台デビューして、そりゃあ順調だったんだから。まあ日本人離れしてるこの顔だし、やっぱりナポリの血のおかげかな」

「ナポリの血なんて一滴も入ってないだろ」

「栃木人一〇〇%のくせに」

二人の酷い言いぐさをモノともせず、ジョゼは帰る道すがら、東大を蹴ってお笑いタレントの養成所に入り、そこで彼と組みたがる若手芸人をつぎつぎに乗り換えてのし上がり、やがてとある理由でタレントをやめて司法試験を受け、タレント専門の弁護士として開業したいきさつを、『美しき芸人のルビコンの決断――ジョゼ、華麗なる遍歴と転身』として語ってくれた。ジョゼというのはそのころ使っていた芸名だそうで、そう言えば真夜中のトーク番組に似たような顔の芸人が出ていたような、気がする…

(いろんな人間が、っていうかいろんな人生があるんだなあ)

まだ三十代半ばなのに、あまりの濃縮還元されたジョゼの人生に啞然としながら、わたしは別れ際にいままでジョゼの添えもののようにしていた里見が、鏡に向かって、

「またな」

と言ったことが気に掛かっていた。

唐揚げのための鶏肉を買うのだと、無言でジョゼをスーパーに引きずっていった里見を見送って、わたしと鏡は地下鉄に乗った。

楽しいお友達ですね、と言うと、皮肉か、と返された。

本心からいいな、と思っていたのだけれど、それは敢えて言わなかった。女はいつも、ほかの男が持っているものはそっと愛でるが、ほかの女が持っているものは即座に奪おうとする。という木綿子さんの至言を思い出したからだ。

鏡は、そんなニマニマするわたしを疲れたような顔で一瞥し、

「里見な」

「はい」

「――あいつ、お上からの落下傘だぞ」

はい…？　と返した。

鏡の予言どおり、二ヶ月後、里見さんは財務省からの出向で、定年で退官する清里署長のかわりに京橋中央署の署長としてやってくることになった。

6 それが、わたしのすき間だから

八月に入り、コンクリートとアスファルトですき間無く覆われた東京は、まさにファンデーションで毛穴を塞がれた顔そのもので、暑いったらない。

「あー、暑い！」

と、わかっていても叫ばずには居られない不快感である。東京のほとんどの場所では室外機が埃まみれの熱風を吐き出し続け、いやいや外を歩かざるをえない人間をさらに追いつめる。テレビのニュースでは、冷房のない人間が健康を損ねる新たな格差スケールが頻繁に叫ばれ、かくいうわたしとしても、月末の電気代請求に怯えながらエアコンの恩恵を受ける毎日だ。

「ああ、今日から釜ちゃんが夏休みなのね」

たとえ暴風が吹こうと灼熱地獄の昼だろうと、百貨店のBAさんのように完璧で美しい木綿子さんが、トイレでしみじみと都こんぶを食いちぎりながら言った。

残念ながら税務署は一斉休暇というのがないので、署員は順番に交代で休みをとることになる。わたしも鏡に休暇の希望は出しているが、そういえばいつになったのかまだ聞いていない。

「木綿子さんは、夏休みいつからですか」

「うーん、ローテーションだし、九月に入ってから希望出してる。うちはお盆に拘らなくてもいいし、そっちのが混まないでいいしね」

お盆という言葉に、思わずどきり、とした。わたしの考えていることを顔から読み取ったらしい木綿子さんが、

「で、ぐーちゃんは実家には帰るの？」

「う、うーん。まあでも、帰る方向では」

「検討中なのね」

どのみち、父にはお盆休みもありませんから、と付け加えた。休みどころか、和菓子屋としては逆にお盆はかき入れ時なのだ。お供え用に、お盆菓子と呼ばれる桃や蓮の花、菊などを象《かたど》った落雁が用意されるし、もちろん他の干菓子、おはぎも飛ぶように売れる。父はたぶん、母の墓参りにいくヒマすらないのではないだろうか。

わたしが返事をごまかしながら個室に入ると、ドアからちょうど錨さんが入ってくるのが見えた。木綿子さんとは特に会話をせず、すぐに用を足して出ていってしまう。

（そういえば、木綿子さんって錨さんとあんまり仲良くないよねえ。錨さんが来たばかり

の頃はそうでもなかったのに、最近はなんかギスギスしてるというか……)

あまり人に対して好き嫌いを態度に出さないイメージがあっただけに、木綿子さんの、錨さんに対するどこか観察するような冷ややかな目線はわたしには意外だった。やはり、歳が近い女同士というものはいろいろあるのか、それとも個人的にウマが合わないだけなのか。

(たしかに、錨さんってこう、どこか近寄りがたい雰囲気があるんだよね。真面目だし、いい人だとは思うんだけど)

「そう言えば、さっきも来てましたね。勤商の同伴」

個室から出て、手を洗いながら錨さんの話題をふると、案の定木綿子さんは態度を硬化させた。

「錨さんが出ていったようですけど」

「みたいね」

「いつのまにか、クレーム処理係みたいになってますよね、錨さん。なんだか悪いかも」

「悪いって、あなたこの前あの子にめんどうな事押しつけられてたじゃない」

すんでの所で欠損にならなかった計画倒産の件のことを言っているのだ。

「まあ、計画倒産と免脱罪が一度に被るなんてめったにないですよ」

「……まあ、あなたがそういうならそれでいいんじゃないかしら」

それ以上つっこんだコメントもなく、木綿子さんはさっさとトイレを出ていってしまった。

彼女の態度にわずかなひっかかりを覚えながら、わたしは昼休憩を終えて席へ戻った。午前中からひたすら書類仕事をやっつけているので、ずっとつけっぱなしになっている指サックのせいで指がゴムくさい。

ホワイトボードを見ると、鏡は朝直接法務局へ行き、昼には税務署《かいしゃ》に戻る予定であるという。

（鏡特官、もうすぐ帰ってくるかな）

新川の、滞納金を残している廃業法人《グリーンフーズ》の書類を眺めて、わたしはドキドキしながら鏡を待った。法務局からの呼び出しは、もちろん《からかわ》の訴訟の件に違いないからだ。

はたして、唐川詠子は訴訟を続行するのだろうか。もし裁判が始まれば、彼女の秘めていたプライベートも、夫とのいざこざも偽の抵当権《ほんてん》のことも、すべて明らかにされてしまう。当然判事の心証はよくないだろう。国税局の部付き検事もここぞとばかりに彼女の弱みをつついてくるはずだ。

（ああ、どうか唐川さんが訴訟を取り下げてくれますように！）

昼のチャイムが鳴り、午後が始まった。鏡は帰ってこない。まさか、やっぱり訴訟をすることになったのだろうか、と気が気ではない。なにせ相手の弁護士はあの吹雪なのだ。なにかとんでもない隠し球をもっていて、法廷でいきなりそれを爆発させるのではないだろうか、と余計なことが気になった。

(いやいや、そっちの件はもうわたしの出来ることはなにもないし。いまは目の前の仕事に集中集中!)

しかし、集中といっても、あの喚く頑固老人堂柿三津男には正直手を焼いている。廃業しているとはいえ、いまだ払われてはいない滞納金四百万について、これ以上どうするか、わたしはまだ判断がつかないでいた。

やるとしたら、差し押さえをするしかない。実際にあのビルの中に押し入り、まだ営業していた当時の在庫等があれば、それを差し押さえて公売にかけることもできる。

(でも、どうせろくなものが残ってなさそうなんだよなあ…)

そもそも《グリーンフーズ》は健康食品を扱う会社だったのだ。三年前の在庫なんて、とっくに賞味期限が切れているだろう。そうなればただのゴミだ。売り物にもならない。

あれから、堂柿の所有する口座を徹底的に洗ってはみたものの、国民年金以外収入はないという本人の申告通り、どこからか所得を得ている様子もない。もちろん、自宅の他に不動産や動産もなかった。

やはり、S《エス》をかけるしかないのか。

ひとつ気になっていることと言えば、堂柿が毎日のように外食を繰り返している、ということだった。それも、近所の食堂などという安いところではなく、週に一度はわざわざ銀座や六本木にくりだして呑むこともあるのだという。

はたして、国民年金しか収入のない老人が、そんな豪勢な生活ができるのだろうか。

ためしに何度か、堂柿の生活パターンを想定して、一週間の生活費をシミュレーションしてみた。すっかり仕事道具になった大判の計算器がはじき出した答えは、「ギリギリなんとかなるライン」。自宅もちで家賃を払う必要がないとはいえ、固定資産税はしっかりかかるから、光熱費を引いた額は日々の食費しか残らない計算になる。

怪しい。

…が、確たる証拠はない。

(うーん、どうしたものか)

なんとなく、考え込んでいるだけでもいけないので、手慰みにぱらぱらとほかの資料をめくってみた。すると、なにやら薄いカラーのパンフレットが出てきた。墓地の案内のようだ。それに混じっていくつかの墓石も紹介されている。ああ、これは《イズミ石材》の経営状況を把握するために集めた資料だろう。

(でも、なんで泉さんの資料がここにあるの?)

初めてみる資料だったので、大方鏡があとからファイリングしたものに違いなかった。

何故か鏡は堂柿三津男の件はぜったいに欠損にはしないと息巻いていて、明日にも差し押さえに行きかねない勢いだったのだ。

おそらく、彼の長年のカンが、堂柿宅に金の匂いを感じているに違いない。

目はそれを読んでいるフリをしながら、わたしはずっとどうやって堂柿から滞納金を支払わせるかを考えた。パンフレットは全部で八ページあった。墓石のことなどなにも知らなかったが、色が薄い墓石のほうが安物だと書いてあるのは目から鱗だった。墓地に行ったとき、墓を見る目がかわりそうだ。

わたしの手は、パンフレットをぱらぱらとめくって、ふと思いがけず最後のページで止まった。そこには、特注の高級墓石のセットについての案内が書かれていた。キリスト教式のほかに、地蔵や観音像など、なんでもオーダーメイドでお作りします、と書かれている。わからない、いったいなんのために鏡はこんなものを出してきたのだろう。

(ああ、それにしても暑い! 喉かわいた)

毎晩の熱帯夜のせいで、日ごとはねあがる電気代を捻出するために、わたしはいつものごとくエレベーター前の冷水器にかぶりついた。

すると、奥の給湯室の方から、嗅ぎ慣れた濃いコーヒーの匂いが流れてきた。わたしは顔をあげた。こんな職場の狭い給湯室に、直火式のエスプレッソマシンを持ち込んでコーヒーをいれる嫌味な男を、わたしはこの世界にたった一人しか知らない。

「やはりブルボン種はグァテマラのほうがエルサルバドルより美味いな。この種は産地が少ないのが残念だ」

「鏡特官！」

見慣れたエルメスのマグカップを片手に、夏なのに暑苦しく上着を着込んだ男が給湯室から出てくる。

彼は珍しく上機嫌な様子で、いつもはムスッと引き結んだ色の薄い唇をほころばせ、

「いい豆だ。高いだけある」

「……ってことは？」

ニヤッと笑った。

「祝杯だ」

わたしは、思わずその場で万歳三唱した。ハスキーvsチワワの戦いは、ハスキーに軍配が上がったのである。

「やっぱり、訴えは取り下げになったんですね。あの勤商のチワワに勝ったんですね!?」

固有名詞は出さなかったのに、鏡はそれでも誰のことを言っているのかわかったらしい。

「やったー!!　勤商ざまあ！　チワワざまあ!!」

「ざまあとか言うな」

言いながらも、鏡はまんざらでもなさそうだった。

「でも、本気でそうじゃないですか。わたしらに喧嘩売るつもりで唐川さんを焚きつけて、結局自分も騙されてたっていう」

ということは、今日法務局に呼ばれたのも、正式に訴訟のために用意された対策チームが解散になるという報告だったのだろう。

「ジョゼと里見さんに知らせなきゃ」

「あいつらはいい！」

強く言われて、わたしは里見さんが税務署の関係者だったことを思い出した。なんでも鏡が言うには、彼は今年の六月半ばまでアメリカにいたバリバリの財務省キャリアで、ちょうど事件が起こったころ帰国したらしい。向こうで結婚した彼はまだ休暇をとっていなかったので、このタイミングでとって栃木へ戻り、辞令を待つことになった。

それが、何の因果か、この秋にめでたく定年退官する我が清里署長の後釜だというのである。

「じゃあ、アメリカとこっちで当分別居婚ですか？」

「嫁のほうは半年早く帰国してる。式の案内も来てないから誰かは知らん」

「ジョゼが、肉食だって言ってましたけど」

「昔付き合ってた女とそのまま結婚したなら、そうだろうな。唐揚げ一キロ食う女だからな」

ろう。

るのは珍しくはないが、幼なじみが直属の上司になるというのは鏡の心中はいかばかりだ

ともあれ、秋からは彼が我らの署長《おやじさん》になるのだ。財務省のキャリアが落下傘で降ってく

肉食にもほどがあるだろう。

「一キロ…」

「あの野郎…、いやな時に戻ってきやがって。涼しい顔して雑用ばかり押しつけてきたと思ったら。俺は絶対国税庁《ちょう》なんかには行かん！」

「まあ…、国税庁《ちょう》は、ほとんどデスクワークで外回りがないですもんね」

国税庁《ちょう》は国税組織の頂点だが、実働部隊を取り仕切るのは国税局《ほんてん》であって国税庁《ちょう》ではない。国税庁《ちょう》に配属されると、延々と税に関する法律の草稿を作らされたり、国税局《ほんてん》の仕事のスケジュールを延々組まされたりという、悲しいデスクワークが待っている。鏡のようにほとんど椅子にも座らない人間にとっては地獄のような職場だろう。

「この間も、政府がペット税の導入について有識者会議にかけるから急に草案をつくれとか言い出して、…どうせ訴訟で外回りもできずにヒマだろうとか…。どうりでこっちのことを知り尽くしてると思ったら」

なんと、清里署長から逐一、里見に情報が流れていたそうなのである。

「あー、署長《おやじさん》はああ見えて、庁にも省にも同期に偉いひとたちがいますからねえ」

涼しい顔をして、あの人形町のボロ事務所で唐揚げを揚げながら、里見はこの事件の成り行きはほとんど把握していたというわけだ。

「そうか。この間から、犬がどうとか唸ってたのは、ペット税のことだったんだ」

「なんだと思ったんだ」

「いえ、鏡特官でも一人が寂しくなって、世のOLみたいに犬でも飼うのかなーって」

犬が犬を飼うんだなーとは、敢えて言わなかった。目の前のハスキー顔が豹変するのが恐ろしすぎる。

その時、チンとエレベーターが鳴って、このフロアに止まった。わたしと鏡は降りてくる人のために、その場所を空けた。鏡は無言で特官課のデスクへ向かった。わたしも、もう一度冷水器で水を飲んで、あとを追おうとした。

その足が、止まる。


「なんだ、ここにいらっしゃったんですか」

ポールスミスのTシャツに黒の綿パンというラフな格好で、吹雪がエレベーターから現れた。腕にはウィンドブレーカー、ということは、ここまでバイクで来たに違いない。

鏡が、足を止めてちらっとこちらを見た。なにも言わずに黙ってコーヒーをすすった。

「聞きましたよ。あの弁護士の側にくっついてたでっかい人。警察っぽいなと思ったら次のここの署長なんですってね」

「ちょ、そんなこといったい誰に……」

「まあ、そこは蛇の道は蛇で」

いつもの大きな黒目をぐにゃりと瞼で押しつぶして、笑った。

「幼なじみなんですってね。財務省のキャリアがサポーターにいるなんて、ズルもいいとこだ。ひどいな」

「なにしに来た」

「いちおう、ご挨拶に」

吹雪は、つかつかと鏡に近づき、すぐ彼の前に立った。まっすぐに鏡を見据えていた。思えばこの二人が、こうして対峙《たいじ》しているところを見るのは初めてかもしれない。

この間、裁判所の帰りに会ったときは、鏡は吹雪を無視していた。それも当然だろう。自分の過失を問われる裁判を控えている身で、原告側の弁護士と話すことなどできるはずがない。

鏡は黙々とコーヒーを飲んでいる。一度淹れたコーヒーは、時間がたてばたつほど酸化する。彼は暗に吹雪に向かってこう言っているのだ。お前のために割く時間など、立ち話でも一秒もないと。

あくまで、これは鏡のコーヒーブレイクなのだ。吹雪にＫＯ勝ちした勝利の美酒を、負けた相手の前でわざわざ飲んでみせる。

（うっわ、鏡特官性格悪っっ）

「今回のところは、僕の負けってことでいいですよ」

ふふふ、と吹雪は笑う。鏡とはまったく正反対の邪気を感じさせない笑みで。

「あーあ、うまくいくと思ったのにな。この戦争は、絶対勝てる自信があったんですよ。あの日記ひとつで、あなたの過去まで蒸し返して、家族も出世も失った男がそこから逃げるために仕事にがむしゃらに打ち込み、ついにはやりすぎて人を一人殺した。いいい、また殺した、ってね。マスコミに記事つきで売ってやろうと思ってたのに」

「…！」

鏡の目から、明るさが消えた。吹雪が、彼の唯一のウィークポイントを正確に把握していて、容赦なく塩を擦り込もうとしていたからだ。

鏡の弱点。それは、彼が決して自分から口にしなくても、誰もが知っている。知ってしまっている。

——不運の事故だったとはいえ、彼が娘を殺してしまったという、凄惨な過去を。

どうして、いまさらそんなことを言うのだろう、この男は。わたしはいまにも吹雪に飛びついて口を塞いでしまいたくなった。いやな男だ。女に騙されすぎて、性格がねじ曲がってしまっているとしか思えない。

なのに、表情を失った鏡に、なおも吹雪はたたみかけたのだった。

「本当の唐川夫婦がどうだろうと、成吉の死因がなんだろうと、絶対にあなたを辞めさせるところまでもってくはずだったのに、失敗した。また僕は、女の体裁に騙されたんですよね。僕って性格がいいから騙されやすいんだな。弁護士に向いてないのかも…」

もうやめて。

そう思ったら、我知らず叫んでいた。

「じゃあ、辞めたらいいじゃないですか!」

目の前の吹雪の顔が、子供のようにキョトンとした。

「あんたなんか騙されて当然よ。だって、あんた自身がもうとっくにあんたの体裁のかたまりなんだから」

ああまずい、と思ったが、一度勢いづいたわたしはもうとまらない。

「体裁のかたまり…?」

「そうよ。体裁体裁って、被害者ぶって。だったらあんたはどうなのよ。公務員が嫌い? 国家賠償法に守られて傷つかないから…? あんたこそ、たんに公務員バッシングしてれば味方が増えるから、叩きやすいやつを叩きたいだけじゃない。あんたは武器を手に入れて、それを使ってみたくてウズウズしてる子供と同じよ。うまく市民の味方っていう体裁を作り上げているけれど、中身は人を攻撃したくて仕方がない暴力馬鹿よ。

この、体裁弁護士！」

「…僕が、体裁弁護士…」

「いつだったか、作りすぎた体裁は息をして歩き始めても、所詮、心はないってあんたは言った。そのとおりよ。心がないやつに、他人の心なんかわかるはずない！」

わたしの声は、エレベーターホールはおろか、徴収課の入っている二階のフロア全体に大きく響きわたった。

許せなかった。いくら裁判で勝つためには手段を問わないのが弁護士の仕事とはいえ、まったく関係のない鏡の過去まで持ち出して、彼を不当に攻撃しようとしていたことが。

「あんたこそ、自分の作り上げたくだらないヒーロー像、つまり体裁よ。いつかその体裁に殺されて死んでしまえ！　ヒーローに殺されるなら、あんただって本望で……」

そこまで言って、わたしはようやく、自分がどれほどの暴言を一般人に、（しかも就業時間中に）吐いていたのかに気づいた。

しまった、と青ざめた。

よりにもよって、どんな難癖もつけられる公務員嫌いの弁護士に対して、死ねなんて言うなんて。

（なんてこと。今度は、わたしが訴えられる!?）

恐る恐る吹雪の様子を窺ったが、驚いたことに彼は気分を害したふうもなく、

「やっぱ、——いいよね」

むしろ楽しげにニヤリと笑った。大きな彼の黒目がわたしを見ている。

「あのね」

「は、はい」

「この前渡した名刺に、僕の連絡先が書いてあるんで」

「…はい？」

彼はおもむろにわたしの前に進み出ると、まるで小さい子供になにかを教えようとするように人差し指をたてた。

「なにか困ったことがあったら相談にのりますよ。モンスタークレーマーとか、モンスター同僚とか」

「な、ないです」

「なんといっても僕は正義の味方だから。そうそう、鈴宮さん、いま新川一丁目の元グリーンフーズについて調べてるでしょう」

ぎょっとした。思わず体が変に硬くなる。

「な、なんでそのこと…」

「そこはそれ、蛇の道は蛇で」

ニコーと笑った。なんだか、いつもそう言ってはぐらかされているような気がする。

「この間、堂柿が知人のスナックに来ていてね。この夏のバーバリーのサマーニットを着ていたって。まだバーゲンになってないやつね。金払いもいつもキャッシュだそうだよ、いい老後だよね」

そのままわたしの側を通り過ぎ、階段の方へ歩いていく。

「なんでそんなこと教えてくれるんですか」

「言ったじゃない。正義のヒーロー目指してるって」

後ろ向きのまま、バイバイと手を振った。

「金もってるのに税金払わないやつなんて、悪でしょ。せいぜいメッタメタにやっつけてよ」

何故か、階下に吹雪の姿が消えても、まだあの大きな黒目に見られているような気がした。

＊＊＊

チワワ顔の疫病神こと、勤商の吹雪弁護士が京橋中央署を撤収したあと、二階フロアにはいつもの馴染みのある静けさが訪れた。古い館内のこれまた古い冷房を総動員させているためか、窓の外から室外機の音がかすかに漏れてくる。

「おい」

鏡に短く呼ばれ、振り返った。見ると、彼はどこから持ってきたのか、小瓶に入ったアジシオを吹雪の去った階段に向かって振りまいているところだった。

「なんでしょう」

「名刺なんてもらったのか」

それが、初対面時に吹雪に押しつけられたものであることを説明すると、鏡は塩の瓶を構えながら、

「出せ」

「え!?」

「いまから浄化してやる」

「って、たぶん名刺入れの中ですが」

「いいから出せ!」

鏡は無理矢理吹雪の名刺をわたしからぶんどると、塩をかけるのかと思いきや、思いっきり縦に引き破った。

「あ!」

瞬きもしないうちに、吹雪から渡された名刺二枚共が紙くず同然になる。それをフロア

の一番近いデスクのゴミ箱につっこむと、上から念入りに塩をかけた。

（そーか、やっぱり鏡特官、おとなしかったのは上から言われてたからで、実は相当頭にきてたんだな）

思えば、あの鏡が勤商の弁護士ごときに恐れをなして逃げ回るはずがないのだ。もし、今回の件が国や法務局を介さず、ただの鏡一個人と吹雪の戦いだったとしたら、いったいどんな惨状になっていただろうか。

わかることは、確実にわたしのダメージが倍になっていただろうということだった。この猪突猛進過ぎる夏に気力のほとんどを奪われているのに、それが仕事で倍増するなんて、想像するだに恐ろしい。

「ぐずぐずするな、ぐー子。今日じゅうに堂柿のビルに差し押さえに行く。メインはお前がやれ」

「は、はい！」

「書類は揃ってるな」

慌てて机にすっとんで戻った。差し押さえ調書のストックはいくつも準備してあったし、堂柿のビルは遅かれ早かれガサ入れする予定だったから、特に準備するものもない。問題は、中に入ってみないとなにもわからないということだった。

「鍵屋、呼んでおきますか？」

「いや、新川ならどうせいつものが飛んでくる」

税務署には、それぞれ地元におかかえの鍵屋がいて、それこそどんな金持ちのセキュリティーもぶっ壊して中に入ることを許されているのだ。京橋中央署近辺にも、電話一本ですぐきてくれるなじみの鍵屋が複数ある。もちろん、独占委託は御法度なわけだが。

(ぶっつけ本番になる。どうか、あの中に一万円でもいいから金券とか宝石とかありますように!)


鏡と一緒では日傘をさすわけにはいかず、手で日を避けながら新川を歩いた。このあたりはあの唐川家のある湊一丁目とはまた全然違う雰囲気をもった場所で、江戸時代に作られた人工の島だという。新川なんて適当な埋め立て地っぽい名前だと思っていたら、昔は霊巌島とかいういかめしい名前だったとかで、なるほど茅場町の駅を出ると、近代的なオフィスビルの間に、浅草を思わせる和菓子屋や蕎麦処を見つけることができる。

堂柿がよくランチをしているというあの喫茶店に入った。もちろん、堂柿の近状を知るためだ。そのために持ってきたそれらしい不動産のチラシを目につくようにカウンターに置いて、不動産屋のフリをした。

「あ、おたく、この前来てくれたよね」

思ったとおり、この店の女店主がわたしのことを覚えていてくれた。あたりさわりのない会話をしてランチセットを頼み、場が和むのを待った。

「不動産屋さんだっけ、それでなに、まだあの堂柿さんちのビルのこと調べてるの？」

ありがたいことに、向こうから話題を振ってくれたので、わたしが乗ってみる。

「そうなんです。ちょっといまテナント物件を頼まれていて」

「へえー、こんなところに店でも出すの？　食べ物屋？」

同じ飲食店としては、ライバルが出来るかもしれないことに危機感を覚えたのだろう、店主の顔つきがちょっと変わった。

「いえ、インターネット関係のショップみたいですよ。海外のベビーブランドの店とかで」

勝手に脳内で、芽夢の店を想像しながら話した。そのほうがリアルによどみなく嘘がつけるのである。

「へえ、ベビー服。でもあのビルってちょっとブランド品置くにはボロくない？」

「あ、まあ、そこは塗り直していけるかどうか、見定め中でした」

鏡は横で黙々と不動産の仕事をするフリをしながらカツカレーを食べている。というか、どうして里見といい、男はランチにカツカレーを頼むのだろう。長年の謎だ。

「塗り直しねえ…。あっ、そう言えばねえ、この間かなあ」

と、ドリップの用意をしながら、彼女は言った。

「あそこの三階に人がいるの見たわよ」

「えっ」

わたしは、思わずカウンターに身を乗り出した。

「ホントですか。誰か三階に住んでるんですか⁉」

「……いや、見たのは一度だけだったし、あれから見ないけど、あの男、その前も見たなあって思って。三階にあがってくのを見たのよ。なんだかチャラい金髪の男でさ」

「同じ人ですか？」

「うーん。わからない。でも住んではいないと思うわよ。いま流行のヒキコモリだっていっても、ピザ屋や宅配が出入りするでしょ、でもそういうのもないのよね。このあいだあなたが帰ったあとうちの主人と話したとき、主人は女がいるのを見たって言ってたわ。主人は堂柿の女にしては若い娘だったから、変に思ったんだって。やあね男ってそんなところしか見てないんだから」

その後、彼女の話は自然に自分の亭主に対する愚痴になっていったが、わたしはとてもその話に相づちをうつ余裕を持てなかった。

（どういうこと。複数の人間が三階に出入りしてる。しかも、月に数回しか見かけないって……。若いチャラそうな男と老人の堂柿に接点があるとも思えない。堂柿には子供もいないし）

ふいに、さっきまで無理矢理思い浮かべていたからか、芽夢のことを思い出した。この前六月のプレ・バーゲンに一緒に行ったときに、彼女が語っていた内容を。

『でもいいんだ。どうせ一部屋は倉庫で埋まっちゃうからね。もっと古くてボロいところを倉庫代わりに借りるっていう手もあるけど』

(倉庫代わり!!)

すでに、出てきたナポリタンを喫茶店のランチにしては美味しいと味わうのも忘れていた。わたしたちはそれぞれお代を払い、最後まで完璧に不動産屋の社員を演じきって店を出た。

出た瞬間、鏡を見た。彼はとりすました顔でわたしを唆《そそのか》す。

「どうした。もちろん行くんだろうな」

「はい!」

ずうずうしく、という言葉が頭の中でリフレインした。あのなにかというと人につっかかってくる堂柿に一人で対するのは、正直言って怖い。

(だけど、一人でやるんだ。計画倒産だって止められた。あんな欲の皮の厚いヒヒジジイ一人くらいどうってことない)

ビルの前までやって来た。一階は前回の訪問時と同様シャッターが閉められ、外から人の気配を窺うことはできない。シャッターの隣には二階へ続くコンクリートの階段があり、途中にさびついたポストが二軒分あった。どちらも鍵もかかっていなければ、チラシ類も入っていない。この間来たときには、口からダイレクトメールやチラシを溢れさせていたことを考えれば、誰かが来て中身を選別したか捨てていったに間違いなかった。

二階へ上がり、堂柿の住む部屋のドアチャイムを押した。運のいいことに、堂柿は在宅だった。わたしの顔を見て驚いた顔をしたが、もう遅い。

「堂柿三津男さんですね。京橋中央税務署の鈴宮です」

「な、なんだあんた、こんなところに押しかけて…」

堂柿は上下ともラフな灰色のスエットスーツ姿だった。それでも着くずれただらしなさを感じさせないのは、喫茶店の女店主が言ったとおり、朝にこの格好で外に出、メタボリック解消のためのマラソンをしているからだろう。

「このビルは、堂柿さん、あなたがオーナーですよね。三階は誰に貸してらっしゃるんですか」

明らかに、堂柿の表情が変わった。その間をわたしは見逃さなかった。

「わたしたちは、あなたに本当に国民年金以外に収入源がないかどうかを調査しに来ました。もちろん、財産があれば差し押さえます。ついては、いまから案内していただけますか」

「ば、馬鹿野郎が‼」

堂柿は怒鳴った。

「そんなこと、できるわけないだろうが！」

「それが、わたしたちにはできるんです。それだけの権限が税務署にはありますから。なんならいますぐ鍵屋を呼んで、三階のドアをぶち破らせますよ」

法律上、と言いたくなるのをぐっと堪えた。いままで気兼ねなく使いまくっていた印籠を出さないというのは、案外難しいものだなと思う。

しかし、堂柿はわたしが予想していた以上に冷静だった。

「……上を見せればいいんだな」

ちょっと待ってろ、と言うと、中へ戻った。すわ、鍵屋を呼んでドアの鍵を壊すことも考えていたわたしは拍子抜けする思いだった。

（まさか、三階になにもないってことはないよね）

恐る恐る鏡を見た。鏡は先ほどから、わたしの背後に立ったままなにも言おうとしない。もしかしたら堂柿は鏡を恐れて言うとおりにしているのかもしれない、と思ったが、わたしは一度彼が鏡に同様につっかかっていたのを署で見たことがある。

三階の鍵を持ってきたらしい堂柿は、わたしたちをあっさり三階の部屋へ案内した。あまり人が出入りしていなさそうな三階は柵のペンキは剝がれ、下から鉄骨がむき出しになっていて、壁の至る所に老朽化によるひび割れがあった。チラリと見えたベランダには、外から飛んできたのだろう、ゴミが溜まりに溜まっていて、洗濯機を置くスペースも枯葉や埃で汚れていた。いま時、洗濯機をベランダに置く住居はめったにないし、物干しもない。いくら安くしてもこの状況では、とても住居としての借り手がつかないだろう。

重い金属製のドアを開けると、むっとする埃っぽい匂いがわたしの顔を撫でた。閉め切っていた中は恐ろしく暑く、一瞬はいるのを躊躇わせるほどだ。

堂柿は素直に差し押さえ調書にサインした。時計を見た。

「午後二時二分。開始します」

靴を脱いで入った。足の裏が汚れそうなフローリングの上に、段ボールが何十箱も積んである。

「これは、なんですか」

「さあ、知らん」

「開けてもいいですか」

「俺のじゃない」

「じゃあ、どなたのものですか」

堂柿は、何故か痛がゆそうに目を細め、

「ここを貸している人間のものだ。中身は服だとか言っていた。商売をしているとか、そんなことを説明されたが、よく覚えとらん」

「貸している、とおっしゃいましたね」

注意深く、わたしは言質《げんち》をとる。

「では、堂柿さんには家賃収入があるんですね」

「あるはずないだろう。あんたらだって俺の銀行口座を調べまくってるならわかるだろうが」

「じゃあ、現金で直接やりとりしてるんですね！」

「してない」

堂柿がわたしに言った言葉は、まったく予想の範疇外だった。

「ここは、タダで貸してやってるんだ」

はあ!?　と言いたくなった。わたしは笑い飛ばそうとして、慌ててこれが仕事であることを思い出した。いくら相手は滞納者とはいえ、最低限の礼は尽くさなければならなかった。そうでなくては『また税務職員が』と言われてしまう。

「そんなはずないでしょう」

「そう言われても、タダで貸してやってるのは事実なんだ。なんなら相手に電話して聞いたらどうだ」

「じゃ、じゃあ連絡先を教えてください」

「知らんな。なんせこっちはタダで貸してるんだ。商売してるわけじゃない。ボランティアだ」

そんなことあるはずがない。そう思っても、切り込んでいくきっかけがなかなか見つからなかった。間違いなく堂柿は、現金で家賃を貰っているはずなのだ。数万でもいい、ここを貸せば年金生活者にとってかなりの収入になる。この分では一階も、同様に現金で直接家賃をもらっているのだろう。しかし、タダで貸していると言い切られては、こちらは証拠を見つけるしか彼の嘘を証明する方法がない。

（そうか、ここを貸している相手は、所得申告していないやつらなんだ。申告していないなら、家賃を経費で落とす必要がないもの）

芽夢がわざわざわたしに「申告してるよ」と言い添えたのも、ああやってインターネット上に店舗をもち、あるいはオークションで品物を売りさばく新手の商売では、所得を申告しないケースが激増しているからだ。個人で輸入代行し、ネット店舗で売れば、余計な人件費もかからず、家賃も発生しない。うまくやればそこそこの収入になる。だからこそ、あのホツマのようなドロップシッピング詐欺を企てる悪徳企業も後をたたないのだろう。

なにがボランティアだ。

ぬけぬけと、というのはこういうことを言うのだというようなずうずうしい言い逃れだった。わたしは歯がゆい思いで奥歯を食いしばった。

　こうなると、肝心なのは彼が現金で貰った金をどこに隠しているか、ということだった。彼の不正を暴くためには、どうにかして彼が不当に隠している財産のありかを暴かなくてはならない。

　わたしは、ここを使用している業者の連絡先がわかるものはないか、置いてある段ボールの中身をすべてひっくりかえして調べた。しかし、残念ながら段ボール箱はすべてなにかの再利用品で、宅急便のラベルも綺麗に剝がし取られてしまっている。

　段ボールの中身は、タグのない洋服ばかりで、ブランド名すらわからない。おそらく、中国かどこかの工場で余剰生産されたブランドのアウトレット品だとは思うが、それ以上の情報はわからなかった。もし、そうだとしてもそのアウトレット品を取引しているのは一社だけではないだろうし、どこの工場か突き止めるだけでも膨大な時間がかかるだろう。

　暑さと息苦しさで汗がとめどなく流れた。途中からバッグに入れっぱなしになっていたタオル地のハンカチを片手に、わたしはいつまでも段ボールの山と格闘をし続けた。中の暑さに辟易したのか、堂柿は部屋の外に出てしまい、余計なことをしないか鏡が側についている。

　わたし、なにやってるんだろう……

（ああ、また、失敗したのかな）

しょっぱい汗をふくんだタオルハンカチに顔を押しつけて、わたしは泣きたい思いをどうにか『仕事中!』と叱咤しながら堪えていた。たまたま、ホツマの計画倒産を未然に防げたことで、調子にのっていたのだろうか。そういえば、あれは鏡がいなかったとはいえ、どちらも署長《おやじさん》がついていてくれた。署長《おやじさん》のご威光パワーで乗り切ったといっても過言ではなかった。

まだ、踏み込むべきではなかったんだろうか。わたしの見込みが甘かったんだろうか。けれど、この堂柿の調子では、いつ踏み込んでも同じようにあしらわれていただろう。まるで、ゴールが見えているのに、目の前の川に橋がないかのようだった。いつもわたしはそうだ。確実に慎重に積み上げてきたつもりなのに、後もう少しのところで、当初の目的を達成できずに終わってしまう……

(だめだ。諦めるな)

目の前が、真っ白くぼうっとなりかけたときだった。口の中に酷く塩辛い汗が流れ込んできて、それで目が覚めた。

「まだ……」

まだ道がある。

繰り返した。何度も、まだこれで、終わりじゃない。

だって、鈴宮深樹、いま諦めようとしているわたしよ。わたしには、なんにも特技がない。これだっていう専門性も売りも、職場に居心地のいいすき間もない。あるのは恥としぶとさだけ。三十代になったら無くなるってみんなが言う、若さがあるだけ。

体力的なことだけじゃなく、若さってのはたぶん、ずうずうしさだ。ずうずうしいことをしても、若いからと許される。そういう種類の厚かましさなのだ。その切り札が使えるうちは使ってしまうのがいい。

だって、その切り札には期限がある。新人と呼ばれるうちでしか使えないという決まりがある。だったら——

(恥なんかいくらかいたっていい。わたしにはずうずうしさしかないのに、ずうずうしさまで負けてたまるか!)

「二階も拝見します!!」

わたしは、汗まみれの顔をぬぐおうともせず、今度は堂柿が住んでいるという二階で財産の捜索を開始した。一時間、二時間とあっという間に時間は過ぎていき、さすがに堂柿は手持ちぶさたでコーヒーを淹れて飲み始めた。鏡は特になにも言わず、わたしの部下になったように、黙々と部屋の捜索を手伝っている。

時々、チラリと横目で堂柿の様子を窺った。堂柿は、どこを探されても痛くもかゆくもないと言わんばかりに、わたしたちから顔を背けてしまっている。

(おかしい。本当にここにはなにもないみたいだ)

2DKの住まいには、財産と呼べるものはなにひとつなかった。家具にしても安っぽい三段のプラスチックケースや合板のボックスしかなく、電化製品にも年季が入っている。ほとんど料理をしないせいか、流しは薄汚れてステンレス独特の光がない。和室に布団は敷きっぱなし。水屋の引き出しに通帳と印鑑が入れてあったものの、すべて署で把握している口座で、目新しいものはない。もちろん、商品券や金券のたぐいも見つからなかった。

(…もし、秘密裏に家賃をもらっていたとしても、それを全部使い果たしてしまっていれば、この家にはなにもないことになる)

押入を開けると、そこはステンレスパイプがつけられた簡易クローゼットになっていた。見たところ、クリーニングから返ってきたばかりのような、透明なシートをかけられたニットのベストやシャツが目立つ。正直こんなものまでクリーニングに出しているのか、と思うようなものまである。

あの吹雪が指摘したとおり、堂柿は着るものにだけは異様に気を遣っているのだ。

(こんなに服に凝っているなら、ロレックスの時計くらいありそうなのに)

堂柿の腕を見た。たしかに腕には腕時計がされてあったが、年季の入った国産ものでは換金できそうもない。

このヴェルサーチのシャツやベストを差し押さえて、公売にかけるべきだろうか。

しかし、かなりの肥満体型である堂柿のものに、はたして買い手がつくのか微妙だ。あまりに細かいものを公売にかけても、手続きだけで元が取れなくなる可能性もある。

かといって、ここで諦めたら堂柿の滞納金は永久に払われることはないだろう。わたしたちが、彼が脱税する手口を暴けなかったということなのだから……

(どうしよう、万事休すか!)

どんなにしぶとく、ずうずうしく諦めないと口では言っても、永遠にここに留まって探し続けるわけにはいかないのだ。

ああ、と目を瞑った。

所詮、わたしの実力なんてこんなもんなんだ。そりゃそうだ。しぶとくだけでうまく立ち回れるなら、みんな生きるのに苦労してない。

「――もう、終わりか」

鏡が言った。

「お前の出来ることは終わったのか、鈴宮」

振り返ると、鏡が埃っぽいエアコンの風を避けるようにして、こちらを見ていた。

「なら、次の場所だ。行くぞ」

「つ、次…？」

「ほら、あんたもだ。堂柿三津男。さっさと来い」

鏡に乱暴に肩を摑まれて、堂柿はぎょっとしたように身をすくませた。

「な、なんだ。どこへ行くっていうんだ！」

「決まってる、あんたが性懲りもなくへそくりを貯めてる隠し金庫だ」

（隠し金庫⁉）

驚いている暇もなかった。鏡はもうこのビルには用はないとばかりにさっさと靴を履くと、腰の重い堂柿を何度もせっついて出させ、戸締まりをさせた。いったいどこへ行く気かと思っていたら、なんと大通りから滑り込んできたタクシーを手早く止め、先に助手席に乗り込んでしまう。

「鏡特官⁉」

「いいから早く来い」

有無を言わさぬドリル目線で堂柿もタクシーに乗せると、わたしにも乗るよう促す。三人を乗せたタクシーは、わたしが行き先を知らぬままどこかへ向かって走り出した。

「ど、どこへ行くんですか」

「永昌寺だ」

そのとたん、わたしの隣で堂柿がびくりと動いた。三階を貸していることを知られても、家の中をくまなく調べられても顔色ひとつ変えなかった男が、いまはコンクリートを流し込まれたように凍りついている。

「…どこですか、それ」

「行けばわかる。——そうだな、堂柿」

堂柿は返事をしなかった。それどころか、軽くつついただけで卒倒しそうな様子だ。

タクシーはあっという間に目的地に着いた。クーラーのきいた車内から降りると、温度差にどっと汗が噴き出してくる。もう夏はいやだとうんざりする瞬間だ。

立派な門構えの寺だった。浄土宗という看板とともに、いかめしい墨字で永昌寺と書いてある。その中を、鏡は勝手知ったる場所のように、躊躇わずにどんどんと歩いていく。

「ちょ、ちょっと勝手に入ってもいいんですか⁉」

わたしは叫んだが、鏡は振り返りもしなかった。どうやらわたしたち以外にも人はいるようで、みな水道に集まって手桶に水を汲んだり、線香になんとか火をつけようと手で風を除けている。

ああ、お盆なんだ。

そう思った。

新盆はもう終わったが、東京でも旧盆のままの地域もある。そのため、七月から九月にかけて、墓地のある寺ではひっきりなしに人が訪れるのだ。

(でも、お寺なんかになんの用があるんだろう)

鏡は一度も迷わず、目的の場所を探し出した。すでに下見は終えていたらしい。あとから、青い顔をした堂柿が、鈍い足取りでたどりつく。堂柿家の墓だ。そういえば、奥さんが亡くなったときに、このあたりに墓を新しく建てたと、喫茶店の女店主さんが言っていた。

「さて」

彼は、手ぶらのまま堂柿家の墓にあがると、背広の内ポケットから白い紙を取り出した。そして、見覚えのある粘着テープを手でちぎり、おもむろに、

…と、あろうことか堂柿家の墓石に、差し押さえ票を貼りつけたのだ。

「差し押さえだ!!」

(な、なんだって――!!)

べし、と差し押さえ票を貼りつけられたのは、もちろん墓石。堂柿の奥さんが入っている、現在絶賛使用中の墓だ。

「ちょ、なにやってるんですか!」

「見てのとおりだ。この墓は国税局が差し押さえた」

「墓を!?　って、たしかに墓だって財産の一部ですけれど……」

しかし、どんなゴージャスな墓であろうと、滞納者の墓が差し押さえられたというのはあまり聞いたことがない。

「待ってください。いくらここに堂柿さんの奥さん一人しか入っていないとはいえ、墓を差し押さえるなんて無茶ですよ。たしかに東京都心の墓だからいい値段にはなりますけど、あまりにも道義というか、むしろ倫理に反します！」

もちろん、この勤商までをも撃退した京橋中央署の凶悪死に神ハスキーに、道義とか倫理が通用するとはかけらほども思っていないが。

案の定、鏡はわたしのうすっぺらい道義論など鼻息で吹っ飛ばした。

「誰が墓を売っぱらうなんて言った」

「え、違うんですか？」

「俺が差し押さえるのは、この墓の中だ」

まるで、墓の前に立つ仁王のように、鏡は顔面蒼白の堂柿の前に立ちはだかった。

「なあ、堂柿さん。あんた国民年金しか収入がないって言ってたわりにはいい生活してるな。ブランドの服を全部いちいちクリーニングに出してた。食事はほとんど外食で、冷蔵庫の中はペットボトルと酒とツマミしかない。そりゃメタボにもなるだろう」

「…………」

「あんたの買い物履歴は、さかのぼれるところまでさかのぼったよ。八年前に銀座の百貨店で五百万の腕時計を買ってる。それを売った形跡がどこにもない」

「な、なんでそんなこと…」

「俺たちは都内のリサイクルショップや古道具屋とも、古い付き合いでね」

わたしが言うとはったりもいいところなのだが、鏡なら本当に都内全部のリサイクルショップと付き合いがあるのかもしれないと思ってしまう。

「で、それ以外にしたでっかい買い物と言えば、これだ」

墓石に手を置いた。

「奥さんが亡くなったときに、ずいぶん張り込んで買ったんだよな。特注の金庫付き墓を」

「金庫付き!?」

鏡は、いきなり生花のいけられた左右の石をむずとつかみ、引っこ抜いた。すると、正面の家紋の入った石が真横にずれるような仕掛けが見える。石がずらされ、さらにその奥の石作りの観音扉を開けると、なんと中に黒光りする金属のダイヤルが現れたのだった。

(ほんとに金庫だ)

わたしは、信じられない思いで目の前の光景を凝視した。たしかに、どんな力持ちの泥棒でも百キロ以上ある墓石に固定された金庫を持ち運ぶのは困難だろう。地中にボルトを埋め込んでいれば、防犯上はほぼ完璧だ。鍵屋を呼んでも扉を開けるのに何時間もかかるだろうし、そもそも作業しているところが防犯カメラに映ってしまう。

それ以上に、まさかこんなところに財産を隠していると、誰が思うだろうか。

「墓石屋に聞いたら、最近は骨壺泥棒ってのがいるらしくてな。それで金庫付きの墓が密かに受注が増えてるそうだ。あんた毎朝ここへ参ってるって？　寺の住職が、そりゃあ熱心に墓参りしてる、よっぽど亡くなった奥さんを大事にしてたんだろうって感心してたよ。だが、あんたが大事だったのは墓の中身は中身でも、別のモンだった。――そうだな」

「あ、うっ…うう…」

堂柿は言葉も出ない。

（そうか、あの《イズミ石材》のパンフレットが挟まってたわけって、これだったんだ！墓そのものに細工をしてある可能性に、鏡特官は気づいてた。たぶん、堂柿の生活パターンと大きな買い物をした履歴からして、ここしかないとふんでいたに違いない）

しかも、この時期だ。お盆の墓参りを装えば、他人であってもいくらでも墓は調べられる。

先刻、堂柿のマンションのガサ入れをさせておいて、ろくに手伝いもしなかったのも、わたし自身にここの存在を気づかせるためだったのだ。何故なら、この件はわたしがメインだから。

「べつにここを開けろとは言わない。俺たちには墓を壊してでも金庫を取り出して持って帰ることができるからな。だが、ここにはあんたの奥さんが眠ってる。あまり手荒なことはしたくない」

とか言ってるが、鏡の顔との合わせ技ではすでに脅迫である。

「──あんたが開けてくれればいいだけだ。まあ、この通り暑いからな。俺たちもあまり長居はしたくない。あんたがさっさとしないなら、すぐにでも鍵屋に電話する」

「…な、なんでだ…。どうしてだよ」

いままで鏡の迫力に押されて防戦一方だった堂柿が、そこで初めて反撃に出た。

「俺の金じゃねえか！　別に誰かをだまして盗った金じゃねえ。俺の所有物を貸してるだけだ。なのになんでお前らに渡さなきゃならねんだ。俺の金なのに!!」

鏡が、ちらりとわたしを見た。その顔は、あからさまに説明しろ、と言っている。

「それは、法律で…」

決められているからです。

そう言おうとして、思いとどまった。

（いや、その言葉はまだ使っちゃ、だめだ）

印籠のように使ってはいけない。その怖さは、自分だって裁判所で十分に味わったではないか。

「…あなたを守るためです。堂柿さん。税金はさまざまな公共サービスに使われます。あなたが毎日歩く道路も、警察も、救急車も、病院の医療費もぜんぶ税金なんです。あなたは計算したことがないでしょう。いままであなたが使った公共サービスをお金に換算するといくらになるか。もし電卓をお持ちでしたら計算してみてください。きっとあなたが払ってきた税金ではとても足りないと思いますよ」

「き、詭弁いいやがって！」

堂柿は顔をくしゃくしゃにして叫んだ。

「なにが医療費だ。うちの母ちゃんはなあ、市の人間ドックだってちゃんと行ってたのに、ろくに入院しないままガンで死んだんだ。気づいたときには手遅れで…、手術だってしてもらえなかった…。救急車だって乗ってない。警察だって一度も世話になってねえ。役に立たない税金なんかクソ以下じゃねえか！」

集めた先、どこにどれだけの税金が分配されるかというのは、政治家と行政機関の管轄だ、そう言っても堂柿には責任転嫁にしか聞こえないだろう。

だから、わたしは言葉がなかった。

まだまだだ。

わたしは、まだ一人の滞納者を説得できるほどの経験を持っていない。

そんなわたしを、鏡はじつにつまらなさそうに目を細めて見ていたが、急に堂柿の胸元に詰め寄ると、

「おら。それで開けるのか、開けないのか。さっさと決めろ」

「ヒッ。あ、開けま、す……!!」

堂柿は悲鳴のような声で叫ぶと、金庫を開けるために墓の前に這いつくばった。この炎天下だというのに、彼の指は震え、うまくダイヤルを合わせられないようだ。

「まだか」

「すっ、すぐします！」

鏡の足が、堂柿の顔のすぐ横の石を踏む。革靴が自分の頬すれすれにあるのを、堂柿がぶるぶる震えながらチラ見し、ひっと目を瞑った。

何度目かの挑戦ののち、墓の中の金庫の扉は開いた。

中から出てきたのは、ある程度見慣れているわたしでも思わず息を呑むものだった。ビニール袋で何重にもつつまれた中には、百万の束が複数。ざっと一千万はある。

(出た!! 札束!)

鏡は無感動な目でそれらを手にすると、さらに奥に手をつっこんでなにかを引きずり出した。素人目にもダイヤとわかる輝きの腕時計。ロレックスの刻印がある。

「フン」

鼻で笑って、彼はわたしに時計を放ってよこした。何百万もするものかと思うと、わたしは両手を差しだし慌てて受けとめる。

「よかったな。堂柿さん。墓は無事だ。いつでも入れるぞ」

そう言い捨てて、鏡はもう墓には用はないと言わんばかりに墓地の出口へ向かって早足で歩き出した。

残されたのは、ロレックスを握りしめて呆然とするわたしと、財産を一瞬で失った堂柿、そして差し押さえ票が貼られたままの気の毒な墓。様子を見にやってきた寺のお坊さんたちが、差し押さえ票の貼られた墓を見て仰天している。無理もない。

(ああ、鏡特官。あなたはたしかに凄腕の特官です。だけど…だけど…)

だんだん小さくなる紺色の背中を眺めながら、わたしは思った。

(いまの、立派な恐喝です…)

——こんな調子では、いずれまた遠くない将来、誰かに訴えられるんだろうな、とげんなりするわたしがいた。

＊＊＊

次の日、京橋中央署《かいしゃ》の徴収ブースは、鏡が滞納者の墓に差し押さえをかけたという仰天ニュースでもちきりだった。

「墓が金庫になってたんだって」

「ええっ、墓が⁉」

「んで、中から一千万出てきたって」

「すげー」

「さすが鏡さん」

「勤商に訴えられて少しはおとなしくしてるというか、角がとれたかと思ったら……」

誰もが「鏡、恐ろしい子」という顔で見守る中、当の本人は自らの伝説をまた一ページ加えたとも気づかず、黙々とコーヒーを飲んでいる。

わたしはといえば、昨日の怒濤の差し押さえ顛末をまとめるべく、始業前から書類と格闘中だ。

「おい、ぐー子」

「ぐー子じゃないです。鈴宮です」

「ほう、昨日の差し押さえの件、誰のおかげでとりっぱぐれなかったと思ってるんだ」

「ぐ……」

わたしはしぶしぶ、彼の手柄を認めた。認めざるをえない。

「か、鏡特官さまのおかげ、です…」

「人が留守してる間に、二課の計画倒産を一人でカバーしたっていうから、どんなにデキる子になってるかと思えば…。まだぐー子で十分か」

「ぐ、ぐ、ぐ…」

「人の仕事に首をつっこむ余裕はあるのに、おかしなことだなあ、なあ、ぐー子」

むぐ、と反論を呑み込んだ。あわや欠損になるところだった自分の仕事を救ってもらった手前、いまなにを言っても、蝿たたきでペシリとやられるが如くのされるに決まっている。

(ああ、これが鏡クオリティなんだよなあ)

彼がいないときは懐かしいとさえ思った自分が情けなかった。やっぱり鏡は鏡だ。彼の古傷に塩を擦り込むような毒舌とドリル目線は、できればお見舞いされたくない。特に、心が揺れているときには。

周りを見渡すと、はるじいこと錦野春路の姿がなかった。彼女は今日からお盆休みに入ったのだ。各課はローテーションで四日ずつ休みをとることになっていて、今週は彼女の番だったらしい。

この暑さのせいか、税務署《かいしゃ》を訪れる人の数も減っている気がする。もっとも世の税理士事務所が盆休みをとるのだから、来客が減るのもあたりまえだ。

夏は、税務署にとって一年で一番ヒマな時期なのである。秋には税に関する週間があるし、それが終わって年があけたら五月まで確中期間に突入する。税務署に限って言えば、三十五歳以上の署員はいまのうちに人間ドックに行っておかなくてはならないという規定まであるのだ。

もちろん、マンモも推奨されている。

(ああ、このピンクリボン、もう外していいかなあ…)

スーパードラえもんこと署長の清里にヘルプを頼んだ日から、わたしのサマージャケットの胸には、ピンク色のA型リボンが燦然と輝いている。とにかく恥ずかしいので早く取ってしまいたいのだが、清里に多大なる恩がある身ではそういうわけにはいかない(そういえば、署長《おやじさん》もあと一ヶ月か。退官ってやっぱり寂しいのかなあ)。

やたらとピンクリボンの入ったカゴを片手にフロアをうろうろしている彼を横目で見ながら、わたしは思った。

退官後、清里は某銀行の顧問役として再就職する予定だという噂がある。顧問役なんていうと一見国税局の天下りっぽく聞こえるから、あの吹雪などから見ればさぞかし腹のたつことに違いない。わたしとしては、ぜひ、実務を行なっている税務署本体より、OB様の再就職先に矛先を向けてほしいものだ。

(だってそんなこと言ったら、警備会社なんてみんな警察と自衛隊の天下り受け皿だし、

最近はあのパチンコ業界すら大手天下り先になってるんじゃん。どこでもそんなもんだよ。うちなんかむしろしょっぱいよ）

むしろ国税関係は再就職先がさっぱりないのだ。いまから老後に不安を覚えてしまうわたしである。

紙の束との格闘にいったん終止符を打って、わたしはお昼休憩をとることにした。外に出るのも暑いわ日焼けするわでいやなので、あらかじめ通勤途中でパンを買ってきていたのだ。元気な男性連中は外へ食事に出かけていき、フロアは急にがらんと静まりかえった。すでに鏡の姿はない。

徴収課には、サンドイッチをほおばる木綿子さんと、お弁当派の錨さんとわたしだけになった。錨さんはいつ見ても手作り弁当で感心する。弁当男子が増えているとはいえ、署員のほとんどが外食なのは、結婚しても共働きの夫婦が多いからだ。

（ほんとマメだなあ、錨さん。残業することもあるだろうに、ちゃんと煮物が入ってるなあ）

お弁当と言えば油モノの冷凍フライが一品は入っているものなのに、錨さんのお弁当は見るからにヘルシーだ。そぼろご飯とだし巻き、ベーコンのアスパラ巻き、里芋と根菜の煮物。男の人はとても満足できなさそうなおかずだから、きっとダンナさんの分とは作り分けているに違いない。

（偉いなあ。旦那さんはエリートで、べつに働かないと食べていけないってわけでもないのに、ちゃんと手作りして。女度が高いってこういう部分も大事なんだよね）

一見華やかで女度が高いように見える木綿子さんでもまだ結婚していないように、女度は高ければいいというものではない。高くていい項目と悪い項目があるのだ。そして悲しいことにわたしは総合的にも女としてどうかという領域にいる。

大好きなタマゴサンドをぱくついていると、錨さんが内線をとった。うーっすという声とともに、やる気のない釜池が戻ってくる。彼はなんとコンビニでアイスを買ってきていた。気持ちはわかるが、ここは職場だ。

木綿子さんが、電話に反応した。

「なあに？」

「あ…、受付から電話で、滞納通知が行った人が来てるそうです。ちょっと税理士らしい人も一緒みたいで」

あーあ、とわたしは内心嘆息した。税理士らしい人、というのは、最近署内で勤商の人間の隠語になっている。税理士のような顔をして同伴してくるからだ。差し押さえ予告をされて、カッとなって勤商に泣きついたというところだろうか。

「私、行きますね」

小さな弁当箱をさっと片づけて、錨さんが立ち上がった。釜池がすんません、と頭をさげている。しかし、木綿子さんは思いもかけない行動をとった。

「釜池くん、行って」

「え、俺っすか？」

「いいから行って。錨さんはいいから」

木綿子さんにしては厳しいめの口調だった。アイスが…と悲しそうな顔で釜池が一階へ向かう。錨さんが不快半分、不審半分という顔で尋ねた。

「あの、私べつにいいですけど…」

「いつも錨さんにまかせちゃってるでしょ。たまには釜池くんが行けばいいのよ」

「でも、こういうことには私が慣れてて…」

錨さんの言葉を、木綿子さんがわざとらしい咳払いをして止めた。その瞬間、しん、とフロアが静まりかえる。

「いいのよ」

（う、わ、わわ…）

わたしはひやひやしていた。そんなに冷房が効いているわけでもないのに、あたりに嫌な冷気が漂っている。

「あのね、いい機会だから言うけど、錨さん。あなたちょっと休んだら…？」

改まった木綿子さんの口調は、同僚としての軽い会話をはるかに超えていた。

「…どういう意味ですか。私元気ですけど」

「そうじゃないから言ってるの」

　まったく普通に見える錨さんとは対照的に、木綿子さんはどこか居心地悪そうに、そしてわずかに苛立っていた。珍しいことだった。彼女はわたしたちの前ですら、喜怒哀楽のうち怒哀の部分を見せることなどめったにないのに。

（いったいどうしちゃったんだろう、木綿子さん）

「鍋島さんのおっしゃっていることがわかりません。私、なにか問題になるようなことをしましたか」

「そうね。したわね」

　明らかに言葉に刺がある。錨さんの顔がさっと険しくなった。臨戦態勢に入ったのだ。

（ど、ど、ど、どうしよう）

　わたしはすでにかぶりついたタマゴサンドの味などわからなくなっていた。まさか、こんなところで女二人のドンパチが勃発するなど、予想もつかなかったことだ。

「心外です。私がなにをしたっていうんでしょうか」

「この間、あなたが担当だった株式会社ホツマの件を、特官課のぐーちゃんに渡したわよね」

　いきなり自分の名前が出てきて、咀嚼したタマゴを噴きそうになる。

(なに、わ、わたし!?)

錨さんの顔色は落ち着いていた。さすが女も三十四ともなると打たれ強くなっている。もしわたしだったら、木綿子さんのような迫力美人でしかも職場の重鎮に一喝されたら、「ぐ」以外のなにも言えなくなってしまうだろう。

「あれは、免脱罪のほうを急いでいたからです。すべて課長判断ですから、私が決めたわけではありません。もちろん、鈴宮さんにはとても感謝しています」

「でも、ぐーちゃんに渡そうって提案したのはあなたらしいじゃない」

いかにも、金子課長に裏はとってます、という口ぶりだった。さすが木綿子さん、抜け目がない。

「あの時は、ホツマが計画倒産を企てていることはわかっていても、あそこまで急を要する件だとは思わなかったんです。それに、免脱罪のほうはすぐ起訴できる見通しでした。ただちにチームで鈴宮さんを手伝うつもりでした」

「そうね。あなた、ぐーちゃんに破産手続きの決定までの時間を聞かれて、一週間くらいって答えていたんだものね。それで、ぐーちゃんはあわやホツマに破産されそうになってしまった」

「…それは私のミスです。課長にも鈴宮さんにもきちんと謝りました。わたしが立川での経験から、一週間はかかるからすぐに手続き決定されることはないと思っていたのです。

地裁のやり方が特殊なことを知らなかったので…」

「そうかしら」

木綿子さんは、綺麗に磨かれた爪をもう片方の指できゅ、きゅ、と擦った。

「たしかにあなたはこの前まで立川署にいたけど、その前の前は、そこの日本橋署にいたじゃない」

デスクの上にあるのはたしかに夏の湿った空気なのに、何故かピリッと静電気が走った。錨さんの返答が一瞬途絶える。木綿子さんが続けた。

「十五年もこの組織にいて嫁にもいかずにいるとね、休日は同じような同僚とだべるしかヒマを潰す方法もないのよね」

「どういう…意味ですか」

「あなたが日本橋署にいたとき、私の友人も日本橋署の徴収官をやってたりするってことよ」

「…へえ、それで？」

「あなた、破産やったことあるんじゃない。地裁管轄で」

わたしは思わず聞こえていないフリをやめて、まじまじと錨さんのほうを椅子を動かして見てしまった。

〈破産をやったことがある⁉　そうか、日本橋署ってすぐそこだから、もちろん地裁の管

轄だ。つまり、弁護士と、きちんとした書類さえ持っていけば三日くらいで開始決定されるって、錨さんは知ってたってことだ)

「あなた、知っててわざとぐーちゃんに嘘教えたのね。立川じゃ支部管轄だったのをいいことに、彼女がホツマの件を欠損にしてしまうように」

「そんなことありません。本当に知らなかったんです。日本橋署にいたのは本当ですけど、そんな前のこと…」

「一度やった仕事内容をわざわざ忘れるの…? ふうん、優秀な錨さんのおっしゃることとは思えないけど」

思わず言葉を失った錨さんの前で、木綿子さんはぴっちり後頭部にまとめた髪を手ですっと撫でた。

「なんでそんなことをわざわざするのかなあって不思議だったの。女の嫌がらせにしてもかなり念がいってるじゃない。ぐーちゃんがあなたになにかしたのかなって思っていろいろカマかけてみたけど、特にプライベートではなんにもないようだったし。だから、仕事かなと思っていろいろ聞いてまわっちゃったわ。なにせシングルはヒマだからね。時間だけはたっぷりあるのよ」

「…………」

「税務署は育児しやすい環境がととのってるから、友人たちももう仕事復帰していて、しかも辞めてない。立川にも日本橋にも、浅草にも荻窪にも豊島にもいるの。それでみんなで久しぶりに会ってだべってたら、みんな口を揃えて不思議なことを言うのよ。ある時を境に急に勤商付きのお客さんが増えたことがあるって。だけど錨さん、あなたが異動してきた署しか、そんなこと起こってないの」

木綿子さんが顔をあげた。自前の長いまつげを上下させて、わざとゆっくり目を見開いて、彼女を見た。

「たしか、うちの署もあなたが来てから急に増えたのよ。いままでそんなことなかったのに」

「……鏡特官が訴えられたからでしょ」

急に錨さんは素早い動きで弁当箱を片づけはじめた。早送りしているような手つきで机の上を片づけ、さっと立ち上がる。

「いきなりなにを言い出すのかと思えば。言いがかりもいいかげんにしてくださいね」

「言いがかりじゃないって確信してるから言うのよ。もし、あなたが仮に勤商に自分の担当している滞納者の名簿を渡しでもしていたら大変だから」

（ええっ！）

思ってもみない展開だった。

（錨さんが、勤商に名簿を渡している⁉　そんなことをしていったいなんになるっていう

の）

まるで空気が固形化してしまったかのように、椅子の上で身動きができない。

わたしは言葉もなく、木綿子さんが続きを言ってくれるのを待った。

「なに焦ってるのよ、あなた」

「……なんのことをおっしゃってるのかわかりません」

「勧商に滞納者の情報を渡せば、向こうは滞納者に対して、勧商に入りませんかって勧誘にかかるわね。税務署の呼び出しに一緒についていってあげるとでも言えば、誰しもぐらっとくるわ。特に怖い怖い徴収官からの呼び出しだったら」

「……なんのことだか」

「勧商は手っ取り早く会員を増やすことができる。選挙前のいいアピールにもなる。そうでしょ」

「そんなことをして、私にいったいなんのメリットがあるんです⁉」

「〝アンパイな仕事〟」

ずばり、切り込むように木綿子さんが言う。

「な、んです…？」

「安泰な会社での立ち位置。そういえばわかるかしら」

ズキン、と胸が痛んだ。思わず息を止めた。何故、どうしてこんなにもわたしは動揺しているんだろう。自分のことを責められているわけでもないのに。

「勤商に滞納者の情報を流すかわりに、あなたは自分が都合がいいよう、勤商側の人間と取引をしていた。つまり、勤商側は滞納者をつれて税務署へ行く、そこへあなたが出てくる。そもそもお互いにグルだから、言い合う内容も事前の打ち合わせ通りで代わり映えもしない。でも、つれている滞納者はその場限りだから、税務署の人間と対等に応対してくれる勤商を見て頼もしい、頼りになると思うでしょう。税務署側としては、その場でなんと言って取り繕おうとも、滞納金の分割払いにもっていけば不備はない。どっちにとっても美味しい取引よね」

木綿子さんの言葉は、ことさら相手に切り込むような鋭さはなかった。やんわりと丁寧で、心地良いソフトな声。だがそれは真綿のように、じわじわと錨さんの首を絞めている。実際、彼女はもうなにも言えないようだった。まだ艶のある唇をきゅっと引き結んで、木綿子さんを見ている。

睨んでいるわけでもなく。

(どうして反論しないんだろう。それとも、木綿子さんの言っていることは本当なの)

本当だとしたら、これは大変なことだ。錨さんが密かに勤商と通じていて、彼らに滞納者の情報や名簿を渡していたなんてことが実際にあったら、鏡特官の訴えられ事件などふっとぶほどの大スキャンダルになってしまう。

（でも、だけど…）

ありえない、と言い切ることができないだけの根拠——、錨さんがそんなことをして、得をする理由が、わたしは思い当たるのだ。

（勤商の相手は、みんなが嫌がる仕事だ。それを率先して引き受ければ、職場で彼女の立ち位置は認められるし、一目置かれるようになる。木綿子さんの言うとおり、彼女は、職場での確固たる立ち位置を手に入れられる）

ああ、これが彼女のすき間なんだ、とわたしは思わずにはいられなかった。誰もが欲しいと熱望している職場での専門性。同僚から感謝され、上司からも目をかけられる〝なにか〟。

木綿子さんや春路、ましてや鏡トッカンにはわからないかもしれない。彼らは優秀だから。そんな姑息なすき間を探さなくても、職場で「これがわたしは得意です」という看板を堂々と掲げてやっていけるから。

でも、わたしや錨さんにはそんな強さがない。

そんな弱い人間は、ひたすらすき間を探すしかない。だけど専門性なんてそう簡単に見つかるものではないから、だったら自分で作るしかない。自分で作る…つまり、職場に自分で罅《ひび》を入れてそこにするりと入り込む。

錨さんにとっては、勤商を相手の苦情係というのがすき間だったのだ。それも、自分自身で職場を一部分壊してまで、彼女は手に入れたかった。居心地のいいすき間。

「なんのことだか、本当にわかりません」

まったく意外なことに、追いつめられたかのように見える錨さんは、木綿子さんに向かって穏やかに微笑んでみせた。

「たまたま、前の職場で勤商を相手にすることが多かったので、率先して出るようにしていただけです。異動してきたばかりですから。誰だって、職場での面倒事をある程度引き受けて、早く新しい職場になじみたいって思うでしょう」

それに、と、彼女はチラりとこちらを見て言った。

「鈴宮さんに、間違った裁判所の情報を教えてしまったことに関しては、まったく他意はありません。何度も謝罪していますし、金子課長もそれを了承してくださっています。実際鈴宮さんは欠損にしなかった。これ以上の問題はなにもないと考えます」

「そうかしら」

「そうです。あとは鍋島さんご自身が、私個人に対してどう思うかということだけです。こればかりは人それぞれですから、どのような感触をもたれようと私にはどうしようもありません。でもそのような個人的な感情を元に仕事のあら探しをされるのは、正直どうかと思いますけど」

(うわ。今度は錨さんが力業で反撃した！)

木綿子さんの美しく整えられた眉毛が、ピクリと動いた。

「まあ、実際私は家庭をもっていますので、いままで残業してこなかったかもしれません。それは改めたいと思います。どうしても定時が気になりますし、署長《おやじさん》も家庭もちは早く帰れとおっしゃっていましたから、それでいいのかと思っていました。どうも申しわけありませんでした」

土壇場で、彼女の底力を見た気がした。なんと錨さんは、『全部あんたの妄想でしょ。だって私のことキライなんだもんね』と、木綿子さんの推理をすべてひがみのせいにしてみせたのだ。

（これって『結婚してる私にひがむ職場のオールドミスが、あることないこといちゃモンつけてきた。コワーイ』って言ってるようなもんだよね。論理をいつのまにかすりかえしてる。すごい…）

これを無意識でやっているとしたら、錨さんは相当に怖い人だ、とわたしは思った。そして女子力が半端なく高い。実際、この二人のドンパチを知った職場の男共がどっちの味方をするかを考えると、木綿子さんに分があるとはとても思えないのである。

何故なら、実際錨さんは、釜池くんやその他の同僚に対して、勤商の相手をすることで恩を売っている。木綿子さんが、彼女が勤商と繋がっているという確たる証拠でも提示しない限り、錨さんの言う「オールドミスの妄想」で終わるだろう。

はたして木綿子さんは、錨さんの反撃にどう出るのか。

彼女の言っていた、錨さんが勤商に情報を渡しているというのは、本当なのか。

「そうね。謝るなら、まずぐーちゃんになさい」

木綿子さんの強い声がした。見ると、顔色も態度もまったく変わっていない。さすが毎日銀座の怖いお姉様方と競り合っているだけはある。

あの魑魅魍魎《ちみもうりょう》のようなホステスたちと比べたら、錨さんの悪知恵など子猫の手をひねるようなものなのだろうか。

「裁判にならなくて本当によかったわ。もしなっていたら、勤商側は法廷で、あなたが鏡特官の情報を勤商に回したことを証言したでしょうから。税務署内部の腐敗を訴えるのにちょうどいい材料ですものね」

(鏡特官の情報を、勤商に渡した⁉)

バン、と音がした。錨さんが机を叩いた音だった。

「いいかげんにしてくださいって言ってるでしょう」

「いいかげんにして欲しいのはこっちのほうよ。病院に行きなさい」

錨さんは椅子を乱暴に机に押しつけると、仕事用のショルダーバッグをむずとつかみ上げた。

「話にならない」

「ここまでするなんて、あなたおかしくなってるのよ。自分でわかってないでしょう」

「人を頭がおかしい扱いする、あなたのほうがおかしいですよ！」

不快感もあらわに、錨さんはカバンを持って徴収課のスペースから出て行こうとする。

わたしは無意識のうちにあとを追いかけていた。もうすぐ昼休みは終わる。錨さんはどこへ行こうとしているのか。トイレか、だとしたら、本当に勤商と繋がっているのか、もっと彼女の話が聞きたい。

そして、何故わたしに嘘を教えたのか。

わたしに欠損をつけたかった理由は、いったいなんなのか。

鏡特官の情報を渡していたのなら、彼が嫌いだからか。わたしが鏡のトッカン付きだから？　それとも――

（わたしが、すき間を持っていないから…？）

錨さんは階段へ向かい、一階へ下りようとしていた。しかし、何故か急いで二階のエレベーター前のフロアまで戻ってきた。その表情は、いままでになく硬く青ざめている。

「錨さ…」

声をかけようとして、わたしは階段から誰かが二階へ上がってくるのを見た。男の人だった。ポロシャツに膝がすれた綿パンというラフなスタイルからして、税務署《かいしゃ》の職員ではない。

「喜理子《きりこ》」

と、男は言った。三十代半ばくらいの背が高い男だ。普通にスーツを着ていれば会社員に見えるだろうが、頬は不健康に痩《こ》けていて、無精髭はそのまま。髪の毛もボサボサでどこかだらしない。

いったい誰なのか。どうして錨さんの下の名で呼んでいるのか。

(この人、どこかで見たことあるような)

「いっ、ひ……」

錨さんが怯えたように後ずさった。

「なにしに来たのよ! ここは職場よ。なに考えてるのよ。帰って!」

あっ、とわたしは息を呑んだ。この人、たしかちょっと前に税務署前にいて、わたしがぶつかったジャージ姿の不審者に顔が似ている!

「……戻ってきてくれよ。俺は大丈夫だから」

ふらり、と男が前のめりに近づいた。二人のやりとりから、たぶんこの男は錨さんのご主人なのだろうとわたしは察した。それならば何故こんな時間に普段着でこんな場所にいるのかという疑問が頭をよぎった。そして、錨さんのご主人は証券会社に勤めるエリートサラリーマンではなかったのか。

「いまどこにいるんだよ。帰ってこいよ。な、前みたいに一緒に暮らそう。夫婦なんだから」

「そんなこと言って、私に家のローン払わせるつもりなんでしょ。食費も光熱費もなにもかも、私にたかるつもりなんでしょう!!」

木綿子さんにどんなにつっこまれても冷静だった錨さんが、荒々しい声で叫んだ。税務《かい》署《しゃ》の古いコンクリートの壁に反響して、さらに大きく聞こえる。

「なに言ってるんだよ、喜理子」

その時だった。男性が錨さんに近づこうとすると、彼女はまるでホラー映画のヒロインのように、甲高くキィィィャアアアアアアアと叫んだのだ。

これにはわたしも、様子を見に出てきた木綿子さんも、目を見開いてビクリとした。なにかがおかしい。錨さんの様子が、まるでさっきとは別人のようだ。

「もういい、もうたくさんよ。あんたの世話なんてもうまっぴら。なにが公認会計士になるよ。勝手に会社辞めてきて、一緒に会計事務所やったらいいですって。一緒に子育てするにはいまの仕事はやってられないからって？　じゃあどうやって食べていくのよ。もう三年も浪人して無収入のくせに、私の給料で全部払ってるくせに!!」

「そ、そんなのいまだけだよ。資格さえとればすぐに開業して…、金だって…」

「そんなこと言って何年経つのよ。あんたが無職になって、何年経つのよぉぉ。離婚届置いてきたでしょう、なのになんで離婚してくれないのよ、あんたが私を金づるとしか思ってないからじゃない!!」

グギュ、と錨さんの顔が歪む。怒りに任せた顔ではなく、笑顔に。不気味に動いた顔の筋肉は、いままで彼女が丁寧に職場用に作り上げてきた外面《そとづら》をこっぱみじんにして音もなく剝がれ落ちさせた。

そこには、凄みの顔があった。瞬きをせず、女であることも忘れて、作り笑いや無難な顔や、付き合いや適当な相づちや偽物の「ごめん」——およそ社会人でいるために身につけてきた体裁の数々をかなぐり捨て、歯茎をむき出しにして、彼女は叫んだ。

「なにが子供よ、子育てよ。あんたの子供なんか産めるわけないだろ。父親が無職なのにできるはずないだろ。誰が世話するのよ。誰が産むのよ。お前が産むんか、だったら産んでみろ!」

「き、喜理子…」

時計はすでに一時五分前を指し、外で昼食をとっていた職員たちが戻ってくる時間になっていた。しかし、誰もがその階段を上ったところで起こっている事態を予測していない。不審な男と同僚の徴収官の応酬を、みなデスクに戻るのも忘れて、なにごとかと息を詰めて見守っている。

「どうなんだ、お前が産んで全部世話すんのかよ。もうたくさん。あんたの訳のわからない夢に付き合わされるのは。なにが君が公務員だからしばらく支えられるだ、クビにならならないし福祉も充実してるから、だ。ひとが公務員なのを保険代わりにしやがって。お前が働いてるわけじゃないだろ。働いてんのは私だろ。ひとがどんな思いで働いてるか、職場にしがみついてるか、無職のあんたにわかるもんか！」

細い足や腕やこめかみを筋張らせて、錨さんは絶叫した。

こめかみから流れた汗が、錨さんの白い顎から締まりの悪い蛇口のようにボタボタと落ちていた。彼女はその場に膝をつき、がたがたと震えながら項垂《うなだ》れた。

誰も、なにも言えないまま、白々と時間だけが過ぎていく。

（これは…、どうすれば…）

二階フロアの凍りついた空気を粉砕したのは、始業開始のチャイムだった。聞き慣れた音楽を聴いた瞬間、誰もが救われたようにその場から離れようとした。

チン、とエレベーターが止まる音が響いた。扉が開き、中から一人の中年男性が降りてきた。腕に見覚えのあるピンクリボンの詰まったバスケットをぶら下げている。

署長《おやじさん》の清里だ。

「錨ちゃん、大丈夫？」

清里は、なにもかも心得ているかのように錨さんに近づいた。錨さんは、無言だった。署長《おやじさん》の言葉など聞こえていないかのように、項垂れ、歯だけをがちがちいわせていた。明らかに尋常な様子ではなかった。

「ちょっと早いかもしれないけれど、今日はいまから健康診断に行ってきなさい」

コマ送りのように、錨さんが署長《おやじさん》を見た。

「ね。体も心も健康でないと、仕事なんてできない。お客さんにも悪いからね」

と言って、署長《おやじさん》はバスケットからピンクリボンをひとつとると、彼女のだらりと下げた手に無理矢理握らせた。錨さんはこれ以上ないというふうに目を見開き、唇をうっすらと開けたまま署長《おやじさん》の顔を凝視していた。

「ちょっと疲れたね。かわいそうに」

その時だった。いままで細かく震えていた錨さんの頭がぴたりと止まったのだ。

「うっ…」

大きく呻くと、そのまま彼女はなにかを吐き出すようにげえええと前のめりになった。ヒッヒッと大きく背中をしならせたかと思うと、今度は嗚咽のような声が聞こえてくる。

「うっ…、ひっ…、はっ…はっ…」

鼻水をすすり、しゃくりあげ、また蹲って錨さんは泣き出した。署長《おやじさん》の皺《しわ》だらけの手が彼女の背中をやさしくさすっているのを、わたしはただ見ていた。震えが止まると、錨さんは声をあげて泣き出した。大人の女の人が、ここまでうあああああああんと小さな子供のような声をあげて泣くのを、わたしは初めて見た気がした。

彼女は署長《おやじさん》に支えられてなんとか起きあがった。再び見せた顔には、もうどこにも以前のつくりものめいた完璧な〝女度の高い〟錨さんは見られなかった。顔のほとんどはファンデーションがはがれ、Tゾーンは脂が浮いていて、鼻頭はピエロのようにぽちんとてかっていた。

「き、喜理子…」

まだその場にいたらしい彼女の夫が心配そうに錨さんに近づいた。署長《おやじさん》がそれを止めようと手を掲げたとき、錨さんが再び変貌した。

ぎゃあああああああああっと彼女は喚いた。そして、

「寄るな、寄るな寄るなよるなあああ!!」

「喜理子、喜理子頼む！　もう一度だけチャンスをくれ。戻ってきてくれ!!」

「黙れ!!」

無茶苦茶に腕を振り回して、錨さんは叫んだ。

「稼がない男なんて精子以下よ。消えちまえ！」


辛辣を通り越した錨さんの絶叫が、彼女の夫を容赦なく攻撃した。そのあまりの痛烈さに、一時を五分経過したところで、また時が止まったかのように思えた。

だが、今度は止まらなかった。

「う、あああああああああああああああ!!」

あろうことか、なにを考えたのかいままで罵られるばかりだった彼女の夫が、突然猛牛のように彼女に向かって突進してきたからだ。

大の大人の男に体当たりされて、錨さんと署長《おやじさん》はエレベーターのほうへ吹っ飛んだ。男は荒い息を吐き、よくわからないことを喚きながら、手にしていたカバンからなにかを取り出した。

(ナイフだ!)

果物ナイフの刃をくるんでいたキャップが飛んで、刃先の鋭さが顕になった。その危うい煌《きら》めきにわたしは一瞬で肝が冷えた。刺される。そう思ったのに、動くことはおろか声もでない。

「なんでだああああああああ、ごあああああああああ!!」

男はナイフを振り上げる。錨さんの悲鳴がそれに混じる。署長《おやじさん》の強ばった顔と彼女を庇おうと振り上げた手。

その時、いまにもナイフを振りおろさんとしていた男の首がのけぞった。誰かが彼の襟元を摑んで後ろに引きずり倒したのだ。

男は呻いて腕を無茶苦茶に振り回した。その時、男を阻んだスーツ姿の誰かの体の一部分を鋭く斬りつけた。

「ぐっ」

スーツ姿の男性が呻いた。しかし、それをものともしないで、錨さんの夫を腹から床に押しつけ、ナイフを持った手の手首を拳で殴った。男はぎゃっと喚いてナイフを放り出す。

「ぐー子、なにしてる。拾え!!」

言われて、床を円を描きながら女子トイレのほうに滑っていったナイフに飛びついた。ナイフを拾って呆然としていたわたしの脇を、数名の警備員が走っていく。

「取り押さえろ！」

「警察に電話だ、誰か――」

警備員が錨さんの夫を取り押さえている中、ゆらりと誰かが立ち上がった。スーツについた汚れをはたいている。その黒に限りなく近い濃紺の背広姿を、わたしは毎日目の前で見ていた。

「鏡特官！」

駆け寄ろうとして、警備員にナイフを渡すように言われた。錨さんが呼ばれ、署長《おやじさん》があとにしてくれと彼女をエレベーターに乗せようとしている。署長室に連れて行って落ち着かせるのだろう。

…と、わたしはそのとき、自分の手が血で濡れていることに気づいた。ぎょっとして掌を見たが、どこも切れている様子も痛みもない。

(どういうこと!?)

視界の端で、誰かの姿が傾いだ。

(えっ)

目の前を、錨さんの夫が警備員に連れられて階段を下りていく。見ると、古いリノリウムの床の上に血痕が見えた。花びらのようなものから、点々とつながって、ある人の革靴の下で小さな血だまりになっている。

その革靴の、持ち主は——

「やべ…」

鏡特官がなにか言った。けれどその時には、彼はその血だまりの上に手と膝をついていた。

鏡の血だ。さっきもみ合ったときに、錨さんの夫に刺されたのだ。この手の血は、ナイフについていたものだったのだと気づいたとき、わたしはフロアじゅうに響き渡るほどの大音量で絶叫していた。

「鏡特官!!!」

エピローグ

八月もはや二週目に入り、世間は一斉にお盆休みに突入した。

とはいえ、連日の猛暑は暑苦しい映像とともにニュースで繰り返され、どのチャンネルもアイスメーカーの在庫が尽きたとか、エアコンがエコポイント効果と相まってものすごく売れているとか、見ているだけで暑い話で満載である。

その日は待ちに待ったお盆休みの初日で、わたしはみどりの窓口で新大阪行きの新幹線の切符を受け取ると、職場近くのS国際病院へ足を延ばした。今日はこれから一件用事をすませたあと、神戸の実家に戻る予定にしているのだ。

(やっぱりホテルとったほうがいいよね…。どうせ、わたしの荷物なんてお父さんの住んでるアパートにはないだろうし)

そう思い、電車の中から、三宮の駅近ホテルをネットで予約する。これで用意は調った。

あとは、予定通り母の墓参りに帰るだけだ。

わたしが実家に戻ると知って、神戸の友人たちは昨日からひっきりなしにメールを送ってくれる。急いで飲み会をセッティングしてくれた友達もいる。だけど、肝心の父に会って、なにを話せばいいのか未だにわたしはよくわからないでいた。上っ面の親子対面を果たして、ぎこちないまま別れるくらいなら、いっそ父に会わずに日帰りで戻ってこようか、とも思ってしまう。

（うう。逃げちゃだめだ、とは思うんだけど）

父との交流は、主にメールで週に一、二度で、ごく普通の親子関係の範囲内だと思われた。そもそも長年断絶状態だったわたしたちの仲が復活したのも、父からの突然の贈り物がきっかけである。

父は、わたしのことを気にかけている。元どおりに戻りたいと思ってくれている。それはありがたい。

この墓参りを最後に、意地を張るのをやめようか、お母さん。

もう、子供っぽい八つ当たりはやめたほうがいいよね。

地下鉄の駅につくと電波が立ち、メールが届いた。父からではなく、芽夢からだ。昨日神戸に帰ると連絡したからだろう。

（芽夢に言っても、ぜったい実家に顔だせって言われるだろうな…）

おそらくわたしの相手をしているヒマもないだろう、お盆で忙しい父に連絡をいれようかうだうだ悩んでいるうちに、目的の築地駅についてしまった。

明治の初めに来日した宣教医師が創設したというS国際病院は、地元では一番大きな総合病院で、中央に教会の尖塔のような十字架を戴いているため、遠目でもよくわかる。

あの、錨さんのダンナさんがナイフで彼女に斬りつけようとし、鏡が庇って負傷した日から二日が過ぎていた。鏡はもみ合った時に背中から脇腹にかけてをナイフで抉られており、運悪く腎臓をかすっていたため、救急に運ばれたあと即入院となった。昨日見舞いにいった署長の清里曰く、一日は出血を防ぐため上半身を固定され、まったく身動きがとれない状態だったという。

神戸に発つ前に済ませておきたい用とは、入院している鏡に会っておくことだった。受付で病室の場所を確認したあと、エレベーターで七階の外科病棟まで移動した。見舞い品はコーヒーにしようかと考えたが、わたしの浅いコーヒーの知識で選んでも返り討ちにあうと思われたので止めた。

築地市場の青果店で買った夏イチゴを片手に病室へ向かった。鏡は四人部屋の窓側のベッドでロードレースの雑誌を読んでいるところだった。腕には輸液チューブが固定され、ベッド脇の点滴スタンドへと繋がっている。命に別状はないと知っていても、思わず痛々しいと思ってしまった。

「訴えられるわ刺されるわで、まるで厄年ですね、鏡特官」

鏡が顔をあげた。一瞬驚いたようにわたしを見たが、すぐにいつもの不機嫌なハスキー顔に戻った。

「なんだ、ぐー子か」

「ぐー子じゃないです。鈴宮です」

あたりまえだが鏡はグレイのパジャマ姿で、よく見るとうっすら無精髭が生えていた。いつも身なりだけは隙のない彼の知らない一面を見た気がして、一瞬ドキリとする。そんな鏡は、わたしを上から下まで値踏みするように見ると、

「…お前、なんで普段着なのに黒いんだ」

思わずぐっ、と呻いてしまった。本当なら涼しいマキシワンピで新幹線に乗りたかったのだが、鏡の見舞いにくるのにマキシはないだろうとGパンにキャミに薄手のロングカーディガンというありふれた格好になったのだ。

「これは、病院に行くから仕方なく…。わ、わたしだって、バカンスに行く用のリゾートワンピくらい持ってますよ」

「ほう、脳みそが常時バカンスに行っていて留守だからか」

「行ってません！」

「休み明けまでには呼び戻せ。もともと容量が足りないんだからな。できるなら増設しろ」

そんなパソコンのように簡単に増やせるなら、ぜひともそうしたいところである。

「う、ぐ…」

ベッド用のテーブルに、買ってきた夏イチゴを置いた。つやのある赤い実を袋の中からとりだして見せた。

「なんだこれは」

「お見舞いです。栃木の方ならイチゴが好きかなと思って。夏のイチゴなんてあるんですね。わたし的にはイチゴはやっぱりとよのかか愛媛のももイチゴですけど」

しかし、わたしの気づかい満載の差し入れは、鏡にあっけなく一蹴されることになる。

「お前…、これ、雷峰じゃねえか」

「…は？　なんですか、らいほうって」

「茨城県産のイチゴなんか、栃木人に持ってきやがって!!」

断固拒否、とばかりに鏡はベッドに倒れ込んだ。

「こんなのはイチゴじゃない。俺は認めない」

「そんな、知りませんよそんなこと。東北の田舎同士の近親憎悪なんて」

「東北じゃない、北関東だ！」

「どっちも同じです」

「違う！」

間髪入れず、否定が入った。

「同じじゃない。いいか、栃木人がとちおとめばっかり食ってると思うな。栃木にはな、とちひめっていう幻の超高級イチゴがあるんだ。茨城県のまがいものと一緒にするな」

全国の茨城県人のみなさんに憤慨されそうな台詞である。

「とちひめはやわらかすぎて出荷ができないから、栃木で食うしかないんだ。どうだこの希少価値。どこのショートケーキにも載っている、とよのかやあまおうとは違うんだ」

「あーもういいです。じゃあわたしがいまから新幹線の中で食べます」

「だめだ」

イチゴが奪われた。

「残念だが、もうこれは俺のものだ」

「どういう理屈ですか！」

すでに通常食になったらしいので、側にあった流しでイチゴを洗う。そういえば、鏡は現在独身の一人暮らしだと聞いていた。だとしたら、スリッパやパジャマ等の身のまわりのものは誰が持ってきたんだろう。

「そういえば、ジョゼさんたち、来ましたか？」

ずいぶん経ってから、「来た」と不機嫌そうな返事がした。

「じゃあ、入院準備はジョゼさんたちが？」

「なんでやつらを家にいれなきゃならん。これは売店で買ったんだ」

「えー、もったいない。鍵渡して行ってきてもらえばよかったじゃないですか」

「あいつらを家に上げたら、巣を作られる」

「…………」

華麗なる三遊間トリオは、いままでいったいどういう付き合いをしてきたのだろう、と少しばかり心配になった。

「でもまあ、例の件も訴訟にならなかったし、これ以上コトが大きくならないでよかったですよね。錨さんは気の毒でしたけど…」

透明なパックの中に水が溢れて、イチゴが零れそうになる。わたしは慌てて水を止めて、手でフタをして水を切る。


あれから、警察や救急車がやってきて騒然とする中、錨さんは署長《おやじさん》に連れられてお茶の水にあるメンタルクリニックに行き、そのまま休職になった。

あの日の取り乱しようと言動を見れば、誰の目にも、彼女が精神を病んでしまっていることは明白だった。それでも、そのことにうすうす気づいていたのは同僚の木綿子さんだけで、それくらい錨さんは、毎日社会人としての仕事を問題なくこなせていたのだ。

心の病の恐ろしいところは、ともすればただの怠惰や一時的なハイテンション、あるいは元からの性格と区別がつきにくいところだった。木綿子さんにしてみても、錨さんがおかしいなと思ったのは、彼女がある滞納者に対して、異常なまでの非難をしたのがきっかけだという。

その滞納者は、多くの負債を抱え込み、税金も滞納していたが、離婚裁判の真っ最中だったために来署を拒否していた。夫には、会社の倒産には妻にも責任があるとの主張があったが、実際は妻は三人の子育てで手一杯でほとんど事業に参加していなかった。夫側のねらいは、妻の実家が資産家なので、会社の負債を肩代わりさせようということだった。妻の資産に手をつけるか否かを徴収チームで話し合っていたときの錨さんの反応は、異様なまでに夫を非難していたのだという。

「まるで、いますぐ死ねばいいみたいな口調で、これはちょっと危ないなと思ったのね。それからかな、彼女を注意深く観察するようになったのは。連絡先が高円寺から葛西に移っていたから、これは別居か離婚かなと思ってたんだけど…」

実際のところ、錨さんは夫から逃げていたのだ。一年ほど前、夫になにも告げず荷物を持って飛び出し、葛西の家具付き賃貸マンションで一人暮らしをしていた。

――三年前、突然「公認会計士になる」と言って会社を辞めてきた彼女の夫は、ずっと家にいてバイトもせず、試験に受かった後の人生プランばかり考えているヒキコモリと化していた。彼女は、そんな夫を黙って三年支え続けた。

しかし、現実はどんどんと重く、厳しく彼女を苛んだ。夫の給料を見こんで決めた住宅ローンを払ったら、公務員の給料などほとんど残らない。いまの世の中、夫が主夫になって妻が外でバリバリ働く「新しい夫婦」が注目されているが、本当にそれが言うほど簡単なことかはやってみなければわからないものだ。なにより、大きな問題は、「子供」である。どんなに女が外で働ける時代になっても、やはり子供を産めるのは女でしかない。前置胎盤にでもなれば、妊娠初期から臨月までずっと寝ていなければならないし、つわりで仕事どころではない人も多くいる。なによりこの不景気の中、産休育休をMAXでとらせてもらえて、二年後にすんなり現場復帰できる企業がはたしてどれだけあるだろうか。

どうやっても、男女逆転の夫婦は、子供を持つのは難しくなる。たとえ錨さんが公務員で、簡単に職場復帰できる身分であったとしてもだ。住宅ローンと無収入の夫を抱える身で、すぐに妊娠はできないだろう。たとえ、本人がどれほど子供を望んでいたとしても。

子供が欲しい。だけど夫は夢ばかり見ていて、まったく社会復帰しようとしない。豊かな時に買った家の住宅ローンは、一人で抱えるには重すぎ、職場ではベテランとしての働きを求められる。公務員バッシングと徴収官としてのストレスに加え、疲れて家に帰ってきてみれば、夫が一銭も稼がずに寝ていて、試験には一向に受かる気配がない……

彼女が、ゆっくりとメンタルを病んでいったとしても不思議ではない環境がそこにあった。

いったいいつどこで、彼女が勤商と取引をして、滞納者の情報を渡すようになったのかはわからない。

もしかしたら署長《おやじさん》が、彼女の回復を待って調査するのかもしれないし、このままうやむやで終わってしまうかもしれなかった。錨さんが職場からいなくなったからには、もうこれ以上滞納者の情報が勤商に渡ることはない。勤商側としても打つ手はないだろう。事態が悪化することはない。

おそらく表沙汰にはならないでしょうね、と木綿子さんは言った。いまスキャンダルを公表するには、京橋中央署はいろいろと危うすぎる。

「三十四って、意外とぐらぐらする歳なのよね。独身だったら結婚、結婚していたら子供、職場ではひとつ役職が上がる人が増えてきて、誰の目から見てももう新人じゃなくなる。実際の所、家庭がそんな風になっていても、誰もが彼女のことを勝ち組結婚をした幸せな女だと思っていたし、彼女もそんな自分を演出していた。いまさらどこにも後戻りできなかった。…ちょっとわかる気がするわ」

木綿子さんの分析は、たぶんそんなに的はずれではないんだろうな、とわたしは思った。

錨さんは、会社に逃げ込みたかったのだ。家庭が崩壊しかけ、そこがもはや自分の安らげる場所ではなかったから、彼女は職場に居場所を求めた。しかし、そこでは彼女はもう古株で、ベテランとしての仕事を求められる。

悲しいかな、彼女は木綿子さんや鏡のように、職場で一目置かれる人間ではなかった。だからこそ、策を練るしかなかった。勤商に情報を流したのも、同伴の人間とうまくやれるように取引していたのも、すべては居心地のいいすき間を見つけるためだった。そこしかなかったのだ。彼女が、認められる場所が。

勝ち組の結婚をした女。職場でも、いやなことを引き受けてコツコツ仕事をこなす、人当たりのいい同僚。——彼女の作り上げた体裁は、いつしか息をして勝手に前を歩き始め、彼女はそれに引きずられるしかなくなった。

そうして、彼女は少しずつおかしくなっていったのだ。

「誰もが、錨さんになるかもしれなかったんですよね」

わたしのつぶやきに、木綿子さんは同意した。

いまなら、署長《おやじさん》が、口うるさく健康診断健康診断言うのも、こういうことがあるからなのだと理解できた。ピンクリボンを配り歩いていた署長《おやじさん》の言うとおりだった。私たちが健康でないと、まともな仕事ができない。けれどわたしたちは公務員だから、まともな仕事ができないなんてことがあってはならないのだ。

さすがわたしたちのおやじさんだ。ドラえもんを名乗るのも伊達ではない。

(早く錨さんが元気になって、職場復帰ができますように)

嫌味でもなんでもなく、心からそう思う。

出産で育休をとっても病気で休職しても、ちゃんと職場に戻ってこられるのが、国税局のいいところなのだから。

「まあ、病気だってわかってよかったわ。放っておくとああいうのはだんだん悪くなるからね」

木綿子さんは安堵したようだった。

それから、錨さんが最後に言った捨てぜりふ、「稼ぎのない男なんて精子以下」には同意するわ、とも言った。

「イチゴ、ここに置いておきますね」

皿が見あたらなかったので、洗ったイチゴをパックのままテーブルに置いた。

「せっかくの休暇なんですから、ゆっくりしてください」

「なにが休暇だ。どうせ夏休みを消化させられるに決まってる。くそ、この休みはしまなみを制覇するつもりだったのに…、俺の08K-FORCE LIGHTを買う金が…」

よくは知らないが、自転車のことらしい。

「鏡特官、いま貧乏なんですか?」

「馬鹿野郎。クソ政府が金をばらまいたせいで、またボーナスカットだっただろうが。あのそろいもそろって能なし政治家め」

「え、鏡特官もボーナス下がってたんですか？」

なにを言ってるんだ、とばかりに彼は呆れた顔でわたしを見、

「国家公務員は一律一〇％カットだろうが」

言われて、そんな噂もあったことを思い出した。

「じゃあ、わたしのボーナスが下がってたのも…」

「お前、人事院のニュースぐらい見ろ。公務員のくせに」

（一律カット！）

わたしはそこが病室であることも忘れて飛び上がった。ボーナスが下がったと知って奈落の底をはいずり回っていた日々が嘘のようだと思った。

「やった！　わたしがヘマやったからじゃないんだ。査定が下がったわけじゃなかったんだー！」

「次、署長《おやじさん》を使ったり、副署長《サブ》を怒らせたら、冬は知らんからな」

しっかり釘をさされて、わたしは笑顔のまま顔を凍りつかせた。

（っと、もう時間だ）

わたしは、病院を出る時間が迫っていることに気づいた。切符をとった新幹線まで、あまり時間がない。お盆の真っ最中だから、これを逃したら自由席になってしまうだろう。

「おい、ぐー子」

病室を立ち去りかけたわたしを、鏡が呼び止めた。

「はい」

「——お前は、焦らなくてもいいぞ」

わたしは、少し考えて、はい、と言った。

きっと鏡には、わたしが錨さんのように、職場に居場所をもとめてあくせくしていたことなどお見通しだったのだろう。

「どうせ、あと何十年も働くんだ。お前の思っている以上に長い」

そりゃそうだ、と思った。小学校は六年で終わった。高校は三年、大学も四年で——いま思えば、あっという間だった。

けれど、定年まで、社会人はあと三十五年は続くのだ。

鏡に短い挨拶をして、病室を出た。

思った通り、鏡はイチゴが好物だったらしく、茨城県産なんて食べるのは屈辱だとかなんとか言いながらもりもり食べ始めていた。ジョゼのメール情報は正しかった。聞いておいてよかった、あとでメールしよう、と歩きながら携帯を取り出した。

ナースステーションを曲がったところで、ちょうど向こう側から誰かが歩いてくるのが見えた。パジャマ姿でもないし、ナースでもないので見舞客だろう。七分丈のシルクサテンのサルエルパンツに、今年はやりのドレープの効いたトップスを着ている。ブロンズ色のラウンドパンプス。首もとにさりげなくぶら下がっているペンダントは、オニキスのヴァンクリだ。雑誌で見てめんたま飛び出るお値段だったからよく覚えている。

まるでファッション雑誌で、読者モデルに取り上げられるような、目鼻立ちのはっきりした美人だった。

(あれ)

すれ違いざまに、彼女が手にしていたものが偶然見えた。百貨店の紙袋に入っていたのは、まぎれもなくパックに入ったイチゴだった。

(こんな夏に、またイチゴ…?)

まさか、という思いが、エレベーターに乗ったあとも、ぐるぐると頭の中を駆け回った。

＊＊＊

阪急夙川《しゅくがわ》で電車を乗り換え、一駅いったところの苦楽園口で下車した。そこから十分くらい歩くと人工の貯水池が見えてくる。ニテコ池といわれる池で、ここを上がると越水の浄水場があり、桜の季節だけは通り抜けすることができる。春には桜の名所として知られていて、散歩やジョギングコースとして訪れる人も多い。

　このあたりでは、桜と言えば夙川だが、あまりにも人が多すぎて身動きがとれないので、わたしはよく両親とこの満池谷の浄水場まで花見にやってきた。父方の祖父母の墓がここにあるからだ。幼心に売店もない花見は物足りなかったが、ゆっくりと歩きながら見る浄水場の桜には風情があって、門まで出てもすぐに折り返して何度も歩いた。

　その満池谷の市営墓地に、母が眠っている。

　いまは当然桜はないが、お盆ということで訪れる人も多く、墓地全体が各墓所で焚かれる線香の匂いでむせかえるようだった。わたしは手桶に水を汲むと、途中で買ったタワシとライター、それに線香セットと花を持って母の墓まで歩いた。あまりにも久しぶりすぎて一瞬場所がわからなくなったが、なんとかいったりきたりしているうちに記憶が鮮明になってくる。

　父は一人息子だったので、この墓に来るのは父の家系だけだ。予想どおり父はまだ来ていないらしく、母の墓は雑草が生え放題、鳥のふんがこびりつき放題だった。

「お母さん、深樹だよ」

　挨拶をする。

　母が昔墓で、先に墓に入った姑である祖母にそう語りかけていたせいだ。「おばあちゃん、深樹だよ」「お義母さん、亜季《あき》ですよ」そんな風に、まるで相手が生きているようにふつうに話しかけた。

「ごめんね、ご無沙汰で」

もちろん、墓石はなにも答えない。母の代わりに、遠くでカナカナカナと蜩《ひぐらし》が鳴いた。わたしの記憶では、この時期に訪れるといつもミンミンゼミがやかましくわめき立てていたと思うが、いまはさっぱり聞こえない。代わりに存在を主張しているのが、ジージーうるさい巨大なクマゼミだ。あれはたしか熱帯のセミだから、日本が亜熱帯にはいりつつあるという学説も本当なのかもしれない。

「本当にごめん。聞いてよわたしね、東京でお盆しようと思っていろいろ買ったのに、結局迎え火焚けなかったの。ダメだよねえ」

深樹は忘れ物が多かったもんねえ、と母の声が聞こえた気がした。

「そうなの。小学校のときも忘れ物が多くて連絡帳に書かれたよね。寝る前にちゃんとチェックしてくださいって。いまでもそんなんだよ。このまえやった仕事のこともう忘れて、怒られてばっかりなの」

――ねえ、わたし、二十六になったんだよ。

と、言った。不思議と相手がいないのに、普通に話すことができた。玉砂利の上に座り込み、しぶとく勢力を伸ばしているセイタカアワダチソウを引っこ抜く。

「もうお母さんと別れて、干支が一回まわっちゃったよ。あんまり変わってないけどね。変わってないとダメなんだけどね。今日もね、上司に焦るなってクギをさされたんだ。木綿子さんとか春路とか…って、すごくデキる女子の方たちなんだけど、なんか見てると焦っちゃって。わたしのダメなところだね。焦るとたんに周りが見えなくなるんだよね。お母さんなら、知ってるだろうけど」

そうよぉ、そんなの知ってるわよ。と言われた気がした。わたしは笑った。

「そうそう、その上司がさ、お腹刺されて入院したんだけど、さっき病院で昔の女優みたいな美人が病室に向かって歩いていくの、見ちゃった。あれって絶対別れた奥さんだと思うんだよね。古風な顔立ちの美人でさ、なんか——クラッシーとかの表紙になってそうな感じの。それってどうなのかな、復縁とかそういうのかな」

なんで、そんなこと気になるのかな。

足下の小さな雑草を抜く手が早くなる。ぶちぶち、ぶちぶち、無心で抜いていくのが心地よかった。

「お母さんはさ、あんなお父さんでも別れようとか思わなかったの？　だってけっこう酷かったじゃない？　お母さん死んだ時も妙にあっさりしててさ、それで吹田の美智子おばさんが怒って、わたしはおばさん家から高校にいくことになって——って、それはまあ、わたしが県立の受験にインフルエンザで行けなかったからなんだけどさ…」

母の葬式を終えた後、気が抜けたように高熱を出してぶっ倒れ、気がついたら受験が終わっていた——、中三の苦い記憶を思い出す。

「あのあと、おばさんが血眼になってわたしが行く高校探してくれてさ。…ねえ、お父さんはなんにもタッチしなかったから、それでまたおばさんが怒って、もう深樹ちゃんうちの子になっちゃいなさい！　って…。それで、わたしまたセンターで失敗して、京都の大学いくことになったんだよね」

二次募集でなんとか滑り込んだ私立の女子校は、実家のある岡本から通うには少し遠かった。わたしはなし崩し的に叔母の家にやっかいになることになり、父もそれを反対しなかった。

それから、実家にはほとんど帰ったことがない。わたしが高校に行っている間に、父は実家のビルを手放し、わたしの帰る場所はなくなった。

「でもね、お母さん。美智子おばさんはそりゃよくしてくれたけど、やっぱりあそこは他人の家だったよ。自分の家じゃなかった。トイレに自分の生理用品置くこともできなくて、毎回自分の部屋から持っていったりさ…。すき間って、そう簡単には見つからないもんだよね」

思えば、あのころからわたしは、自分の入れるすき間を探していたのかもしれない。人から認められることとか、誰かの役に立つことで必要とされることとかに過剰に反応するようになったのも、もう父の側には戻れないことをどこかで諦めていたからだ。

だって、もうあそこには、わたしのすき間は、ない。

「もしかしたら、わたしが緊急事態に対処できないのも、お母さんが急に死んじゃったからなのかなあ…。予期せぬことが起きると、パニックになるのも――」

ごめんね、と母が言った気がした。

もう一度、カナカナカナと蜩が鳴いた。日が傾いて西の空に半熟タマゴがつぶれたようになっても、まだ気温は高かった。関西の夏は東京よりずっと息苦しい。なにか妄執のようなものが地面から立ちこめている気がする。

たぶん、これは誰かが残していった影だ。その影を吸い込むと、わたしの中の雑念が体から押し出されて、こうして自然と誰かに語りかける言葉になる。

「暑いねえ、お母さん」

汗を拭きながら、持ってきたタワシで墓石を磨いた。何度かこするうちに鳥のフンがとれて、綺麗な石の艶が戻ってくる。

「綺麗になったね。ああ、神戸はほんとうに、暑いね。蒸し暑い」

どうでもいいことを言いながら、頭の中で母が言いそうな返事を考えている。最期に見たのは、白生餡のついた顔だった。死に顔を見た父がはたしてそれに気づいていたかどうか、いまとなってはもうわからない…

「深樹」

じゃり、と土を踏む音がした。わたしは急いで振り返り、そして見た。

「お父さん」

知っている顔だったが、知っている姿そのままではなかった。黒ずんだ肌と白髪が交じった頭髪。眉毛まで白くなっている。老けていた。いつだったか、電信柱の陰からそうっと遠目で見た時より鮮明なので、より老けて見えるのかもしれない。

「来てたんか」

父はそっけなくそう言って、母の墓の前でしゃがみ込んだ。手に握りしめた新聞紙をくしゃっと丸め、マッチで火をつける。綺麗になった墓の中央で蠟燭の火が灯った。

線香を焚いている間、わたしも父も無言だった。カナカナカナと蜩が鳴いて、たぶんどこかあるべき場所へ帰って行く。

線香がひと束、ゆんわりと煙をあげて、夏の空気の中へ溶けていく。父はその前に片膝をつくと、母の前で手を合わせた。

「亜季、待たせたな」

言って、父は足下に置いていたセカンドバッグから、クリアファイルを取り出した。中に賞状のような硬い紙が入っている。

「なに、それ」

「家の権利書だ」

父は、その権利書を墓の方へ見せながら言った。

「ほら、これで家へ帰れるぞ。仏壇も二階に移せる。昔みたいにな」

「なんでそれ…、お父さんが」

「倉鹿《くらしか》さんていたろう、地主の」

わたしは頷いた。倉鹿さんと言えば岡本では有名な地主さんで、古くから酒造メーカーや神戸市に土地を貸している地元の名士だ。

「あの家を買ってくれたんだが、そろそろ先代が歳だから土地やらなんやらを片づけたいと言ってな。まだいくらか残ってるが、残りはローンでなんとかなることになった」

父の特徴なのか、それともこれくらいの歳の男はみんなそうなのか、適当に主語を省いてくれるので、内容がよくわからない。

「あの、ってことは、お父さんあの家、買い取ったの？」

「まだローンはある」

「でも、また上に住めるってことでしょ？」

「ちょうど上に住んどった人が出ていってな。いい機会やからと、そういうことになった」

「そういうことって…」

言われて、初めて父がここ数年、わたしの知らない間になにを考え、なにをしていたのかを想像した。

忘れていた。

あの家は、父の城だった。

そして、わたしにとってもあそこは大事な場所だった。あの家で、父がいて、母がいて、わたしはその間にあたりまえのようにいた。

——もう一回して。ぶーんっ、てして。

父と母の間に入るのが好きだった。

今日のような夕暮れ時、両手を父と母と繋いで、二人がわたしをブランコのように持ち上げる。足が急に浮いて、わたしは歓声をあげる。——あの一瞬の浮遊感は、わたしが彼らから愛されている自信そのものだったから。

あそこは、わたしのあったかいすき間だった。

それを、母の死によって、突然奪われた。

父にとっても、母の死は同じことだったのだろう。父は元々、多く話をする人ではない。だから、わたしはいつも、父を言葉足らずだと思っていたし、頑固で融通が利かなくて、一度言い出したら絶対に撤回しない意固地な人間だと決めつけた。

けれど、それはもしかしたら、父がいつのまにか作ってしまった体裁なのかもしれない。そして、その体裁はいつしか父よりも父らしくなり、彼はそれを否定しなくなった。——母が死んだときも。

そういうことだったんじゃないのか。

誰もが体裁の父を見ていた。ただ母だけは、体裁ではない父が見えていたんじゃないのか。だから母は責めなかったではないか。

『深樹ちゃん、——ストーブ消してきた……？』

いま、父が墓の段差の上に立っていて、わたしはその前にいた。

なんだ、と思った。

わたしは、いま、あの時とおんなじ〝すき間〟にいるじゃない…


「お前もな、帰ってくるなら連絡せい。せっかくメールがあるんやから」

母に権利書を見せてほっとしたのか、父がいつもの小言を言った。

「…うん」

「まだ上にはふとんも服もなんもないぞ」

「うん」

「コープに寄って帰るか。ふとんくらい売ってるやろう」

「うん」

「……なんや、うんばっかりで」

「………うん」

蚊が出てきたから帰ろか、と父が言った。わたしはまた、うんと言った。それ以外はなにも言えなかったし、なにも言う必要はないと思った。この沈黙は嫌ではない。ずっと続いたってかまわない。

日が落ちても、まだあたりはぼんやりとした一日の残り陽に包まれていた。父が先を歩いて、わたしが続く。母の墓がわたしたちを見送ってくれる…

──カナカナカナ、と蜩が鳴いた。

（帰って、来たなぁ）

カナカナカナ、と、わたしも泣いた。

「トッカン　特別国税徴収官」ドラマ化記念対談

井上真央（主演）×高殿円（原作）

二〇一二年の夏から秋にかけて、日本テレビ系でドラマ「トッカン　特別国税徴収官」が放送されました。本対談は、ドラマ第一回の放送日にあたる七月四日に、東京汐留、日本テレビタワーにて、主演の井上真央さんと原作の高殿円さんに、放送を控えての心境を語り合ってもらい、《ミステリマガジン》二〇一二年九月号に掲載したものを再録しています。（編集部）

井上　原作、本当に純粋に面白かったです。結構分厚いですが、全然苦じゃなく読めました。そのまま台本にできるんじゃないかってくらいTVドラマに向いていて、映像化するならやりたいなって思いました。二作目の『トッカンvs勤労商工会』も面白かったです。あれも分厚くて……

高殿　どうもありがとうございます。ますます分厚くなってしまってすみません（笑）。

井上　でもどんどん引き込まれました。税務署の世界って、普通、誰も知らないので。

高殿　基本的にあまり関わりたくないですよね（笑）。井上さんに決まったと伺って、黒いリクルートスーツなんか着させて、ぬかみそ投げつけられてもいいのだろうかと思ったのですが、番宣の動画を拝見して、あ、リアルにぐー子だわ！って。

井上　鏡さんもぐー子もなんだかんだ愛すべきキャラクターで、なんとかそこに血を通わせたいなあと思っていたんです。登場人物のキャラが立っているから、原作を読みながら想像するのが楽しくて。ドラマ化が決まって、とても嬉しかったです。原作は、高殿さんが、実際に税務署で働いていらしたのかなって、思うくらいリアルに読めました。

高殿　なんと、思うツボです（笑）。

井上　どれだけ取材したらここまで詳しく書けるのだろうとびっくりしました。

高殿　役者さんの役作りと一緒で、リアリティって、結局、見た方がそう思ってくださったらいいので、経験よりは「らしく」見えるように書いています。

井上　鏡さんにモデルはいるんですか？

高殿　昔「スチュワーデス物語」というドラマがあって、堀ちえみさん主演で、すごく流行っていたんです。

井上　相手役は風間杜夫さんでしたよね。

高殿　私の中にあの怖い上司とドジでノロマな部下の設定がインプットされていて、二人のコンビものをやりたいと思って書きました。ただ内容が税金もので面倒なので、できるだけキャラクターはシンプルに、感情移入できるように人間臭くしました。だから本当に今日、ドラマの第一話を見るのが楽しみです。「ぐ」を井上さんがどうされたのかとか。

井上　家で「ぐ」の練習をしていたら、飼い犬に吠えられたんですよ（笑）。

高殿　「おしゃれイズム」で、井上さんが飼われているボストンテリアと井上さんが似ているってお話しされていましたが、本当に似ていますね（笑）。

井上　原作には、あのボストンテリアはないのですが、監督が、私が飼っているのをご存じで盛り込まれました。似ているのもあると思うんですが、ドラマの中でも、ハスキーやボストンテリアが出てくるので、それもすごく面白いと思います。

高殿　動物大事ですよね！

井上　南部さんはスピッツです。

高殿　ああ、そんな感じ！　鏡のキャラクターを表現するときに、わかりやすいようにしようと思って、私、シベリアンハスキーが好きなので、ハスキーって表現したんです。

井上　一番初めに『トッカン』を書かれたのはどれくらい前なんですか？

高殿　四年くらい前でしょうか。一巻のときは取材が難しくて、けっこう想像で書いたところが多いです。

井上　そうなんですか！　わかりやすく書いていらして、まったく税務署のことに無知な私でも働けるなって思います。

高殿　ありがとうございます。私も書きだしたときは、井上さんと同じで、まったくわかってない状態でした。国税と地方税の区別もつかない状態から始めたんです。

井上　税金って話題にはなりますが、意外とよくわかってないことが多いですよね。

高殿　とくに徴収は知られていないので、きっと徴収官ものの主役をされるのは、井上さんが初めてだと思います。

井上　今さらの質問なんですが、トッカン付きは、助手みたいなものなんですか？

高殿　実際のトッカン付きは、係長待遇なので、トッカンの下には付きますが、一人で動けます。特官課に配属されるというのがそもそもエリートなのですよね。

井上　じゃあ、私ぐらいの年の人はあまりいないんでしょうか。

高殿　まずいないですね。そこはフィクションなので、コンビもののほうが構図として見せやすいと思ってそうしたんです。でも実際には、それぞれ案件を持っていらっしゃいます。トッカンが課長なので、最終的なＯＫを出すのはトッカンですが。

井上　原作で、なんでトッカン付きにぐー子を選んだのかという理由が出てきますが、鏡さんのセリフがぐっとくるんですよね。

高殿　そこはかっこいいところを書こうと。

井上　いっぱい描きたいところがありすぎて、ワンクールに収めるのが大変です。

高殿　ありがとうございます。これから暑いなかでの撮影になると思いますが、がんばってください。

この作品はフィクションです。
本当に本当にフィクションです。
実在の人物、団体、事件などにはいっさい関係ありません。

（筆者）

本書は二〇一一年五月に早川書房より単行本として
刊行された作品を文庫化したものです。

原尞の作品

そして夜は甦る
高層ビル街の片隅に事務所を構える私立探偵沢崎、初登場！　記念すべき長篇デビュー作

直木賞受賞
私が殺した少女
私立探偵沢崎は不運にも誘拐事件に巻き込まれる。斯界を瞠目させた名作ハードボイルド

さらば長き眠り
ひさびさに事務所に帰ってきた沢崎を待っていたのは、元高校野球選手からの依頼だった

愚か者死すべし
事務所を閉める大晦日に、沢崎は狙撃事件に遭遇してしまう。新・沢崎シリーズ第一弾。

日本冒険小説協会賞最優秀短編賞受賞
天使たちの探偵
沢崎の短篇初登場作「少年の見た男」ほか、未成年がからむ六つの事件を描く連作短篇集

ススキノ探偵／東直己

探偵はバーにいる

札幌ススキノの便利屋探偵が巻込まれたデートクラブ殺人。北の街の軽快ハードボイルド

バーにかかってきた電話

電話の依頼者は、すでに死んでいる女の名前を名乗っていた。彼女の狙いとその正体は？

消えた少年

意気投合した映画少年が行方不明となり、担任の春子に頼まれた〈俺〉は捜索に乗り出す

探偵はひとりぼっち

オカマの友人が殺された。なぜか仲間たちも口を閉ざす中、〈俺〉は一人で調査を始める

探偵は吹雪の果てに

雪の田舎町に赴いた〈俺〉を待っていたのは巧妙な罠。死闘の果てに摑んだ意外な真実は？

著者略歴　1976年兵庫生，作家
著書『トッカン the 3rd おばけなんてないさ』（早川書房刊）『剣と紅』『カーリー』『カミングアウト』『メサイア　警備局特別公安五係』他多数

HM=Hayakawa Mystery
SF=Science Fiction
JA=Japanese Author
NV=Novel
NF=Nonfiction
FT=Fantasy

トッカン vs 勤労商工会《きんろうしようこうかい》

〈JA1097〉

二〇一三年二月 二十 日　印刷
二〇一三年二月二十五日　発行
（定価はカバーに表示してあります）

著者　高《たか》殿《どの》円《まどか》
発行者　早川浩
印刷者　草刈龍平
発行所　株式会社 早川書房
郵便番号　一〇一 - 〇〇四六
東京都千代田区神田多町二ノ二
電話　〇三 - 三二五二 - 三一一一（大代表）
振替　〇〇一六〇 - 三 - 四七七九九
http://www.hayakawa-online.co.jp

乱丁・落丁本は小社制作部宛お送り下さい。
送料小社負担にてお取りかえいたします。

印刷・中央精版印刷株式会社　製本・株式会社川島製本所

ISBN978-4-15-031097-4 C0193

本書は活字が大きく読みやすい〈トールサイズ〉です。